黑暗森林

作品

地宫笔记

南京秘河

黑暗森林 著

江苏凤凰文艺出版社
JIANGSU PHOENIX LITERATURE AND
ART PUBLISHING, LTD

目录

/第一章/

秦淮河诡事

凌晨两点，秦淮河畔很冷清。

我和陈八尺摸着下了水，一丝不挂，享受盛夏之中难得的清凉。

我原本在北京上班，前些日子因为跟领导吵架，愤然辞职。闲待了一段时间，突然接到大学同学陈八尺的邀请，便来到南京跟他玩几天。陈八尺现在在1912酒吧街开了个小酒吧，店面在街的拐角，只有二三十平方米，自己一个人打理，生意不好也不坏，勉强赚些小钱。

最近天总是热得发闷，每到凌晨打了烊，我们就骑着单车穿过夫子庙，偷偷来秦淮河里裸泳，荡漾在南京城的六朝烟波中。

泡了一会儿，陈八尺上岸边拿来了烟，我们一人点上一根，之后他便把打火机别在了耳朵后面。

我们一边在河里泡着，一边吞云吐雾，周围很寂静，只听得到偶尔的虫鸣。

“八尺，你每天都营业到凌晨一点半，这么下去，你会老得快。”我说道。

“没办法，开酒吧就这样，我这算轻松的了，那些生意好的都营业到凌晨三四点，”陈八尺吐了口烟，“挣钱都得卖命啊。”

我借着远处路灯传来的微亮瞥了眼陈八尺，依稀可见他耳边打火机上“八尺bar”的字样，心想他买卖虽小，却事无巨细，也算对得起他老爸那二三十万元的投资了。但愿他哪天能做大做强，我来了南京，也好跟着多沾沾光。

“咱俩比比憋气怎么样？”陈八尺泡得无聊，提议道。

“好啊，闲着也是闲着。”

陈八尺把烟灭了，将打火机丢到岸边的衣服上，跟我说：“可别硬撑，不行了就赶紧浮上来，输了事小，这月黑风高的，你万一憋死了，我可能会被判谋杀罪。”

我笑了笑说：“这么说吧，我从小在海边长大，就算实在憋不住了，喝水都能再多耗你半分钟。”

说完，我们同时把头缩进了水里。

进入秦淮河的水里视线很朦胧，河壁上的彩灯透进来，像是悬浮着片片飘落的胭脂。

憋了快一分钟了吧。

我还撑得下去，陈八尺这小子也没动静，我便继续憋。

我感受着水的清冽，脑中慢慢缺氧，如闪电般闪现了一点有关秦淮河的残句，意识在渐渐模糊……

又过了十几秒二十秒的样子，我感觉不行了，想要上去。

但是，我听到陈八尺先出了水。

我心头一乐，说什么来着，他比不过我的。反正都到这份儿上了，索性我就再多耗上十秒，拉拉距离，免得他不服。

我费劲地憋着气，头昏眼花，闭上了眼。

可我蓦然听到，陈八尺好像又钻进了水中，没等我反应过来，他的手已经搭在了我的肩膀上。

这是干吗？我憋不住了，边睁眼边要把头探出去，可陈八尺竟按住了我的身子，不让我动！

我全身急剧失氧，快要窒息了！

陈八尺贴了过来，我是说，他的头贴了过来，他亲上了我。

他亲上了我！他是个男的！当我回过神来的时候，心头慌得要命。我惊恐地看着水中他那秀美的面容，又想起他那颀长的身材，脑子凌乱不堪。我们大学同窗四载，他本就俊得令我怀疑，如今多年不见，他不会是真的已经出柜了吧？

我不行了，陈八尺，跟我玩浪漫，能不能别在我快没气儿的时候来？再不呼吸空气，我肯定得呛水，你瞎亲什么啊，我就真的帅到了让你欲火难耐的份儿上了吗？我正要蹬开他，忽然一股空气从他嘴里送了过来，我下意识地吸了进去，感觉一阵舒爽。

我竟有了一丝快感。

但我清醒得很，我要出水！我挣扎着，想要跃出水去。可陈八尺开始推我了，我感受得到，他正推着我向岸边靠去，这小子大概是想一气呵成把我弄到岸边直接推倒！宝宝可是个直男啊，怎么办？！

转瞬之间，我们已经到了岸边，我摸到了岸边的青石壁，此时已是背对着陈八尺了，我想，难道他即将以这个体位结束我的直男生涯？

他把我拎了上来。

我的头浮出了水面，尝到了大把空气涌进嘴里的快意，我贴着青石壁喘息着，欲仙欲死。

我回过了神，屁股并不疼。我也不知道是羞、是怒、还是怯，瞪起了眼，盯着陈八尺。

他做了个"嘘"的手势，示意我不要出声，然后指了指斜上方。

我不知何意，只觉头顶一片阴暗。

我好像听到了窸窸窣窣的声音。

仰头望去，却看不到声音来源处的情况——我们被青石壁挡住了。

我明白了刚才发生的一切，难道是我想多了？此时我再看那面容俊秀得如魏晋风流人物般的陈八尺，忽觉荒诞，我惭愧得心头小鹿乱撞，我的天，我这条堂堂七尺硬汉刚才是怎么了？

上边的声音还在继续，陈八尺无暇关注我的脸色，静静地听着。

只是那声音越来越小，听起来好像是几个人在走路，越走越远了。我心想，不会是景区巡夜的保安吧，要是被他们抓着了，可真是会有一点小麻烦。

正在这时，我却听见有人下水的声音。

我还以为自己听错了。

陈八尺没动。

看来确实是有人下水了。

我已经完全恢复了往日的雄风，看着陈八尺，很有主见似的扬了扬头，示意他跟过去看看。

陈八尺也同意，我们贴着青石壁，慢慢地移动身子，尽量不发出水声。

往前移动了一小段，我隐约瞧见了，就在前面几十米处，在我们的下游，有五六个人正在从石阶小码头处下水，一个接一个，鬼鬼祟祟的。

不可能也是下来泡凉水澡的吧？

不像。

我跟陈八尺又谨慎地往前摸索了一小段。

那帮人全都下了水，我大概看得到，他们还穿着衣服呢。

奇怪了，穿着衣服下水的人，能是干吗的呢？

他们向前游着，跟海豹突击队似的，也像一群鸭子。

我和陈八尺跟在后面，压着呼吸，轻轻地划水。我们两个人不敢交流，怕被他们听到。也没什么好交流的，因为我们对目前发生的事一无所知，只是任由好奇心驱使，跟着看罢了。

那群人游了一段时间后，略微停了停，而后他们将头纷纷沉下了水面，不见了。

他们潜入了河中。

我跟陈八尺不敢继续游了，他们这是要往哪里潜？万一游回来怎么办？我们要不要上岸躲躲？

我看了看陈八尺，他也拿不定主意。

我觉得他们应该没发现我们，他们往前游的那一段，不会是白游，一定有什么很直接的目的吧。

我往水里指了指，意思是，咱们也潜下去吧。

陈八尺不假思索，点头同意。我们深吸了几口气，再次潜入水下。

我略微调整，就睁开了眼。

我看到了光。

陈八尺应该也看到了。

不是那种彩灯透进来的胭脂光，而是在前方三四十米处，那帮人潜下去的地方，有电光！

他们应该是在打着几个手电筒。

那灯光的位置要比我们低，我们看到，他们正贴着青石壁在忙活着什么。

我和陈八尺一动也不敢动，就好像动一下他们就会感受到水波似的。

秦淮河的水不浑，但水里的通透度还是很低的，我们离这么远，几乎看不清那边的状况，更多的只是靠猜测。

他们是来修什么东西的吗？或者，更玄乎点，难道是哪帮探险爱好者搞的水下探险队正在进行夜半临深池之类的探险项目？

我想得杂乱，自己也不觉得有多少靠谱之处。

过了一分多钟，我觉得潜得有点费劲了，正想慢慢浮出水面喘口气。忽然，听到了“铿啷”一声，那头好像卸开了什么！

而后，就只见灯光渐渐消失在青石壁里了，看样子，那帮人是钻进了什么洞里。

我和陈八尺同时神色一凛。

这是在干什么？

灯光已完全消失。

我们浮出了水面，大口地喘着气，感觉十分诡异。

这大半夜的，全南京的人都已经睡了吧，睡得早的都快起夜了，我本以为只有我跟陈八尺这样无聊的人才会来景区逛荡，可这帮家伙是怎么回事？他们那么低调谨慎地走过来、下水，又潜进水底消失了。他们是什么人？要干吗？那边到底有什么？

多个疑团围绕着我们，我们的好奇心空前膨胀。

我对陈八尺使了个眼色，示意他过去看看。

他未必能看得清我的眼色，但点了点头。

我们没有过多的交流，又吸了口气，下了水，奔着那帮人消失的地方游过去。

在游荡的过程中，我们随时准备在原处停住，假装隐身，谁知道他们会不会再冒出来。

他们不像是干正经事的，一定有什么秘密。

我几乎想到了所有我认知范围内的可能，贩毒、走私、杀人抛尸，甚至偷渡，可都觉得不太现实，偷渡的话，有人会从秦淮河偷渡吗？从上海偷渡到南京吗？笑话。

中间只换了一次气，我们到了刚才他们所在的地方。

这一段没什么光亮，很黑，看不太清状况。

我和陈八尺小心翼翼地移动过去，降低身子，逐渐增大的水压让我们的眼睛有些难受，可我们也不想闭眼，因为我们在接近目标，也在接近真相。

我看到了一个洞。

一个位于青石壁的下角，四四方方的洞。

我回头看看陈八尺，心不由得揪了起来。

陈八尺指了指洞的下边，我也看到了，那里有一块大青石，就是垒河壁用的。我们明白了，刚才听到的那声响，大概就是青石落地的声音。很显然，它是从这河壁上被卸开的。

那帮人肯定是进了这个洞了。

他们是干什么的？进去干什么？我觉得水有些发冷了。

我探着头看向那个洞中，它漆黑无物，阴如鬼蜮所在之地。

那里面连着哪呢？我越想越怕，如果那群人真是些凶恶的人物，他们代表着那些不为人所知的世界阴暗的一面；代表着那些相对于正常社会来说，只露出了一个小头，大部分还深藏于水下的海底冰山；代表着那些没有法律，只有规则的地下世界……我想，我们还要跟下去吗？万一不小心被卷进去，人生可能就完全变了。

我盯着洞口，心头顿生恐惧，秦淮河的水更加寒了。

我肩头耸了一下，是陈八尺拍了拍我。我转过头，他朝着洞中指了指。

他想进去？

我不想。

/ 第二章 /

秘洞追踪

我浮出了水面，陈八尺跟了上来。

凌晨的秦淮河分外阴森。

我不想在这里待了，我想上岸。

陈八尺拉住了我，小声道："别走。"

我也压低声音道："不走干吗，等他们上来了，把咱灭了口吗？"

那帮人明摆着不是干正经事的。

"你不觉得怪吗？那么一堆人大半夜的来这，河底下还有个洞！"陈八尺道。

"废话，当然怪，怪就得进去看吗？马里亚纳海沟还怪呢，你去吧。"我说道。

陈八尺默然不语，好像在思考什么。

我又说："下面全是水，洞里肯定也是水，咱俩进去，顶多待一两分钟就得出来，没多大意义，走吧。"

陈八尺道："你是说，那帮人带了潜水装备？"

"我哪知道，我又没看清！"我急着想上岸。

陈八尺略一停顿，拉住我，说："这样吧，咱就下去看一分钟，钻进那洞里瞧瞧再出来，怎么样？"

你小子怎么就这么执着呢？都这么大的人了，好奇心还这么重？我心里骂道。可我见他仍在坚持，又一转念，反正下面除了水就是水，按照连通器原理，只要那洞不高出河岸，里面一定也是水，我们啥也没戴，光靠憋气待不了多久就会出来，算了，就下去瞅一眼吧，满足他。

我故作严肃道："那可说好了，就一分钟，不行立马上来。"

"没问题，想待久了也没那条件。"陈八尺道。

我们略微调整，深深吸了口气，又潜了下去。

水中早已不再惬意，水下幽深。

我们到了洞口，我又观察了一下，进人是没问题的，大小足够，出来应该也行，卡不住……陈八尺已经钻了进去。

算了，时间有限，甭磨叽了，钻吧，我跟在他后面进了洞。

黑暗的洞里伸手不见五指，我只能摸着洞壁往前慢慢移动。

洞好像还挺深，陈八尺在我前面一米左右。这里除了我们两个人的游水声，别无动静。

可我的心还是在揪着，生怕冒出个人，或者水鬼，一把抓住我们，将我们浸死在这里。

游了七八米，我盘算着有四十秒了吧，为了保险起见，该考虑回去了。

我伸手要去抓陈八尺的脚，叫他走，可这里黑咕隆咚的，不好抓。我竖着耳朵仔细听，顺着水声，终于拍到了他的身子。

我揪了揪他的皮肤，示意该回去了。可我感觉他没听我的，他在往上浮。

上面有空间？我摸了摸头顶，还是洞壁。

我意识到，他可能已经出洞了，洞的那端，就在跟前。我伸手又往前探了探，果然，上面空了，我摸到了洞口的沿儿。难道这个洞是个管道，连通着另外一条河，是条……暗河？

陈八尺一点都没停，迅速脱离了我的掌控。

臭小子你作什么呢？这可是水下，那边是深是浅也不知道，你别乱来啊！咱犯不上一口气把这里探索完了，先回去，命要紧。

陈八尺游动的声音已经在我的头顶上方。

要是再等下去，回去的时间可绝对不够了，我忽然悲上心头，难道这次不经意间的探看，竟是陈八尺生命的终结吗？死神来得真是猝不及防，我们要天人永隔了？我一阵揪心，也没别的办法，不能管陈八尺了，必须往回游了。我调过了身子，缩回洞中。

可我又听到了水声，是陈八尺下来了，他还活着。我此时已缺氧了，无暇旁顾，只想回去，但愿陈八尺别游到一半溺了水。

我伸手划水，可脚被勾住了。

是陈八尺，他动作很快地抓住了我的脚。

你要干吗？我又一阵慌。

陈八尺拉着我的脚，把我往外拽，就像要把我拽向阎王殿。

我竭力想蹬开他，却没什么东西可抓，很快就被他揪出了洞。

洞外很空旷。

但我无暇细想，我已憋得头昏脑涨了，我挣脱不了他。此刻我的处境十分危险，只要一不小心松了口气，水就能直接涌进肺里，不死也得残。陈八尺，你究竟是要干什么？！

他的力气胜过我太多，我不能自主，被他倒了过来，往上拎。我现在竟希望他能像之前那样再对着我的嘴送来一口气才好，我有些癫狂了，就像有人掐着我的脖子。

我们终于出了水。

我感受到了空气，狼吞虎咽地将它们吸进嘴里，享受着这种畅快的滋味。

还是什么也看不见，可我什么都明白了。原来，陈八尺发现了水面。

一个感觉上应该是跟外面的秦淮河一样高的水面！

我很快恢复了神志，而且觉得比之前更睿智了。只是，我们两眼一抹黑，再聪明，也没多大意义。

“这是哪？”我小声问。

陈八尺低声道：“暗河。”

这能叫什么暗河，这顶多就是洞的另一头，水与河面齐高罢了。

“这里面有多大？”我问。

“不晓得。”

我俩说话都很谨慎，连措辞都在刻意控制，尽量用最少的语言表达出意思，因为我们不确定那群人是不是就在周围。

不过，他们是有手电筒的，这里既然没有灯光，就说明不在附近。他们总不能特地埋伏在这里等我们吧？可我们两个对于他们而言算什么？至于这么等吗？显然不至于。

“咱们四下游一游，探一探。”陈八尺道。

他还是胆子大，这是天生的。当初他提议下秦淮河洗澡的时候，我还颇为犹豫，怕这河不像海，里面可能有水蛇、水老鼠啥的，他倒是拉着我“扑通”就跳下来了，衣服都没让我脱。我总感觉他这种人没什么脑子，想象力也匮乏，所以不知恐惧为何物。

陈八尺已开始四下游了，我还浮在原处，不敢轻举妄动。

我听着那断断续续的水波荡漾声，分外不安。

抬头看看，什么也看不见，我想，上面应该是河岸吧，那就是地面。也不知在这个时间里，有没有人会从这里走过，如果有，他肯定料不到自己脚下会有两个人。

陈八尺停了，我听到了拍打墙壁的声音，就一声。

他离我四五米远。

“过来。”

陈八尺低沉地唤了我一声。

我想了想，还是过去了，觉得应该没啥吧。

“怎么了？”

陈八尺伸手搭着我：“这儿有堵墙。”

他把我的手放在了墙上，让我摸摸。

废话。我当然知道这有墙，确切地讲，这应该叫壁。

“怎么了？”我摸着壁问道。

陈八尺道：“你往上摸。”

我按照他说的，伸手往上摸，摸着摸着，我忽然摸到了壁沿！上面是空的！

难怪他说这是堵墙，墙才有墙头嘛，壁按理说是没有头的，是封闭的。感觉真是最好的文学老师，它让你自然地精确了起来，我也毫不犹豫地认为这是一堵墙了。

我特地用手左右量了量，它很长，我又上下挥了挥手，它很阔。在我大体掌握了这堵墙的规格的同时，我又感到了恐惧，墙的那头会不会有个僵尸什么的把我拉过去吧，我赶紧缩回了手。

我和陈八尺沉默地待在这堵墙边，有一种想抽根烟冷静冷静的欲望。

洞虽漆黑，人虽沉默，我们却不用看也不用听，都明白对方在想什么。

要不要翻过去？

有人说，想翻过一堵墙，要先把帽子扔过去。我们没有帽子，我们赤身裸体。如果说非得扔点什么过去才能坚定信心，我们只能扯掉一把头发扔过去了。

大概过了半根烟的工夫，陈八尺又轻轻拍打了一下那墙壁。

其实，我也已经不是非得回去不可了，我也有了探索欲。我们都清楚，那帮人一定是越过了这堵墙，这堵墙的后边，定有不可告人之事。

“翻吧。”陈八尺说得淡然。

我没有拒绝。我想，墙也不是一下就能翻过去的，可以先骑在墙头上坐会儿，不行再回来。

陈八尺率先翻了上去，他伸手拉了拉我，我借着劲儿上了墙头，而后没等我说出自己的想法，陈八尺已经下去了。

我听到了硬物相撞的声音，还有一声“哎哟”，他掉在了地上。

那边没有水？

我急忙问他：“咋了？”

“是地，差点摔骨折了。”陈八尺咬着牙小声道。

从声音上判断，那地方不算矮，我就说这家伙莽撞，有点没脑子。

“你慢慢下来，我接着你。”陈八尺过了一会儿道。

我下意识地朝下面看了看，依然什么也看不见。

我慢慢地把右腿翻过来，两臂用力，身子沿着墙往下滑。

陈八尺接住了我的脚，而后搂上了我的腿，紧接着，肩头顶住了我光秃秃的屁股。

我感觉怪怪的。

“可别放屁啊。”陈八尺提醒道。

放屁倒还是小事，我对他道：“你可别乱摸。”

我能感觉到他一脸黑线。

陈八尺嗤之以鼻，利索地将我接了下来，我两脚着地。

在凉水里待久了，两个人的身体忽然亲密地接触了一下，又是一阵怪怪的感觉。

我们什么也没说，转瞬就严肃地进入了正题，我靠着墙，伸手探路。

黑暗，真是令人焦虑。

陈八尺拉了拉我，示意我往前走。

我们手牵着手，并行着，一小步一小步地挪动着。

这里的地面是干的，是泥土。

这是个山洞吗？我动用了一切感觉器官，想看看不到；竖耳听着，听不见什么；小心地用鼻子去嗅，也嗅不出任何有价值的味道，我都想发超声波了。

我们就像是掉进了宇宙的某个没有恒星的角落，周围是一片虚空。

在这种时候，我们两个的举动又渐渐不太一样了，我迈步的幅度越来越小，陈八尺的步子则在变大。

我想提醒他谨慎为上，刚要开口，他胳膊一坠。紧接着，我感到他蹲了下去，哦，不是，是落了下去，他好像掉到了什么里面！我对此毫无防备，根本来不及反应，顺着他的力道，一脚踩空，向着下方急剧跌落！

/第三章/

暗夜惊斗

我们兵荒马乱，颠头簸脑！我一时间胡乱用词，不知道怎么形容我们的状态，我们掉进了什么洞中，噼里啪啦，屁滚尿流！

我们的身体不受控制，撞得生疼，我下意识地夹紧了两腿，手捂着头，以免要害部位受伤。我想停下来，却无能为力，整个人都在滚动。我感觉得出来，这是一个斜坡，特别陡，它使我们的身体产生了巨大的惯性。我也不知道用词恰当与否，我已全乱了！

滚动之中，我与陈八尺混成一团，他死命地抓着我，我也胡乱地搭着他，我们两个就像在肉搏，想尽一切办法要停下来。陈八尺的手臂在我脸侧乱挥，他叫道："抓着把手！"

把手？我没反应过来，可听到他说了，就特意感受了一下，这个斜坡上是有些不大不小的凸起，我说怎么磕磕碰碰地搞得老子直颠呢，原来这上面有把手！

陈八尺想必是抓住了，但没抓牢，他的身子偶尔顿一下，而后再次向下滚去。我赶紧伸出了手，猛地去抓那些凸起，用尽指力，扣着我能触及的部分，可试过之后才知道根本无济于事，我们除了速度慢了一点之外，依然在往下滚！

我五脏六腑都快颠出来了，那哪是把手，顶多就是些小凸起，顶多只有自行车脚蹬子那么宽，手根本抓不住啊……

"嘭"，一点准备都没有，我们就撞在了什么东西上，一股巨大的疼痛感迎面扑来。

我快撞成鸡蛋灌饼了，然后终于停了下来。我的骨头也快撞裂了。

陈八尺低声哼哼，我也凄惨闷叫。

我们恨不得像小时候那样哇哇大哭，你不知道那有多遭罪，可又像是晚自习时老师在你脖子后面盯着随时准备“撕咬”你，你却连屁都不敢放一个。

我们恢复了好一阵子，疼痛终于减轻了。我伸出手探了探，觉得应该是落地了。

如果让我描述刚才的经历，就是我们从一个斜洞里掉了进来，一路翻滚，到了地面。

可这地面属于哪里？这里只有比先前更黑的黑，连猜都没法儿猜。

陈八尺也默契地不跟我说话，我们手拉着手，有些后悔了。

不该下来的，这是个幽闭的空间吗，还是个开阔的空间？这是哪里？我们还回得去吗？我不由得想起了《白夜行》，想的就是它那句主题语，只希望此时我们也能手牵手一起在太阳下散步。

我们当初就不该来这！说好了在水下待一分钟就回去，怎么就一步步落到这般田地了！

陈八尺轻轻地拽了拽我的手，我不知道他是什么意思。我忍不住了，也不管这里会不会有人听见，斥道：“干吗？！”

陈八尺显然是嫌我声音太大，他说了四个字：“黑暗森林。”

我知道他是什么意思，他说的是黑暗森林法则，从科幻小说里学来的，我也看过，他是让我注意，别被发现。

我冷静了下来，刚才那声确实有点莽撞了，说不定，现在如果来一点光亮，会发现正有个家伙拿枪指着我的头。

陈八尺抓着我的手往回摸，我不明其意，但我摸到了那些凸起。

洞里的凸起。

我明白了他的意思，这些东西虽然抓不住，但能踩得住。我好好摸了摸，它们是木质的，大概有一尺长，宽度嘛，有个五到七厘米吧。我抠了抠，那是镶嵌在洞壁上的，洞壁是泥的。而且，洞是斜着的。这就是说，我们极有可能踩着这些小凸起，走上去？

我欣慰不已，也更加了然，如果方才那帮人有路可去的话，想必是沿着这条斜洞下来的，那么，他们回去也是沿着这条斜洞回去，这条路的价值，就俩字——通行！

我释怀了不少，要回去的话是问题不大了。

那这条路是怎么来的？那些凸起，那些木条，是有了斜洞就有了，还是后来安上去的？

不管我的想法符不符合逻辑，它都已减轻了我的恐惧。

“咱再探探吧。”陈八尺道。

为啥就不能回去啊？我是看明白了，我和陈八尺简直就是左右两派，处境再一样，想法也总不同。

“反正能爬回去，再走几步怕什么。”陈八尺怂恿道。

我是死活不肯上当了，我必须回去，哪怕是明天晚上拿个手电筒重新下来，我也不跟他闷头瞎逛了。况且，我们随时都有碰上那帮人的可能，届时恐怕不死也难逃。

“不行。”我执意回去。

陈八尺看不到我的面容，我特地加重了语气，让他知道这事不容商榷。

“那你在这等会儿，我去逛逛。”

赶集呢？黑灯瞎火的你逛个啥啊。我真没料到他竟能这么说，这时候不应该共进退吗？

陈八尺已经离开了我，我像个没管住熊孩子的家长，蜷缩在原地，像个懦夫。

“小心再有洞掉下去，”我提醒道，“赶紧走吧。”

“放心吧，没事了。”

我猜他这回肯定是跟鬼子扫雷似的一条腿先探出去，然后一条腿慢慢跟上，毕竟也没别的办法了。我瞪着眼，面对这黑暗，一度怀疑自己到底是在黑暗里还是失明了。

“咔。”

有个声音，就像用针扎了一下大地那么微小。

可在我们听来，响若炸雷。

“嘘……”那显然不是陈八尺发出来的，他用极其轻微的声音，示意我小心。

时间定格了。

我连眼珠都不敢转。

有道光从几米之外钻了出来，没有给我多留一点观察的时间，它如一辆毫无顾忌的火车，直接照了过来！

与之伴随的，是什么东西被掀开的声音。

“谁？！”一个粗鲁的男声响起。

灯光照得我睁不开眼，我们果然被撞上了，我吓得汗毛乍起，下意识地就转身要往斜洞里爬！

灯光缭乱，那男人猛地扑了过来，如一头恶狼，他身体摩擦的声音，令我浑身发紧！

我“噌”地一下蹿进了斜洞，手忙脚乱地抓着那些凸起，连磕带碰地往上爬！

我听到身后传来一声闷响。

“回来啊！”是陈八尺的声音，我把他都给忘了！

“兔崽子！”那个粗鲁的男声又传了过来，听起来他在干着什么吃力的事。

我急忙回身，借着四下乱撞的灯光扫了一眼，看见陈八尺正从后面搂着那个男的，两个人缠在了一起！

这家伙刚才光顾着看我了，并没发现陈八尺，陈八尺偷袭了他。真是条汉子，我没来得及细想，上去一脚就蹬在那男人身上，抓着他就帮陈八尺往地下按！

那男人胡子拉碴的，一边挣扎一边叫，他两手还没被拢住，一拳一拳地捣着我的头，激得我火冒三丈，加大了力气按他。陈八尺则从后面移动着身子，手脚并用，想全力制住这个家伙。

我看清了，这人不是拿着手电筒，而是戴着探照灯，他身上穿的是紧身衣，背上还背着个不小的包，这让他的动作有些笨拙。

我和陈八尺疯狂地按着他，他喘着粗气，像头猛兽，想要发狠。

“小段，快来人！……”

我们没料到他喊了这么一句，同时也想起了他还有同伙，刚才看到的那群人可比我们多多了，我和陈八尺同时心中一凛！

使劲！

我们也不知道是该逃还是该继续跟他打下去，但都十分清楚，只要那群人上来，我们两个就完了！我们肯定打不过他们，必是凶多吉少！

哼！听声音你少说也有个四十岁了，我们两个年轻人还打不过你？！让你叫！

冷不防地，我瞥见他的手伸进了背包，而后从侧兜迅速地抽出了一把匕首！

“八尺，小心！”

我刚叫出来，他那匕首直接就扎到了陈八尺的腰上。陈八尺没有任何防备，我看到，那匕首扎进去了一小半！

陈八尺闷哼了一声，他肯定从没被匕首扎过，他慌了神！我当即松开胳膊，猛地抓住那家伙拿匕首的手，从陈八尺身上抽了出来：“八尺！按住他！他有刀！”

陈八尺也看到了匕首，性子上来了，怒不可遏，力气也增了一倍。他不顾腰上疼痛，发了疯似的一把就将那人掀了起来，我看到了他腰腹肌肉暴增，血也流了出来。

我趁这工夫把匕首夺下了，那家伙一拳难抵两手，手腕都快被我掰折了。

“捅他！”陈八尺吼道，我不看都能想得到他的眼珠子肯定发红了。

我二话没说，朝着那家伙大腿上扎了两刀，他疼得再度大叫：“小段，上来！”

“去你的！”陈八尺疯狂了，一把将匕首从我手里夺了过去，朝着那人脸上就扎，连续四五刀，转眼就让他的脸上多了几个血窟窿！

那人逐渐软了下去，身子松了。

陈八尺还要扎，我立即清醒了过来：“八尺！停下！别把他杀了！”

陈八尺也是一愣，恍惚间，我们又回到了现实，我们在干什么？是在杀人吗？

那人停止了抵抗，我不敢看他的脸了，我觉得他已奄奄一息。

生命也太能开玩笑了，刚才还生龙活虎的，就扎了这么几下，怎么就奄奄一息了？人类也太脆弱了吧。

可现在的情况不容我细想，陈八尺特别果断，低声道：“赶紧走。”

他怎么一点都不慌，跟个越战老兵似的，这小子不会是以前干过这种事吧？

“老驴？！”

一个更为骇人的声音从洞口传过来，听着有些距离，但也不远了！

他们的人上来了！我不由得心胆俱裂，跑！

“等等！”陈八尺又道，他说着托起了那人的身子，对我道，“把他扔洞里，掩一掩他们！”

我没什么思想了，机械地按照陈八尺说的去做，只见陈八尺快速卸下了那人的包裹和探照灯，我们两个一人拎着一头，朝着洞口直接扔了下去。

我抬着他的时候，感觉他已经死了，但是我不愿去想。

“走！”陈八尺没有片刻停顿，任由那人的身子滚落下去，下面一阵乱。

“拿着探照灯！”陈八尺对我道，他自己则背起了那人的背包，顺手把匕首也拾了起来。

我捡起探照灯，胡乱系在头上，借着灯光看清了路。我们钻进了斜洞，失魂落魄地往上爬，背后似有千军万马追来！

第四章

金像

我们一路逃窜。

下洞容易出洞难，这个斜洞的坡度不小，爬着很吃力，但我和陈八尺是在逃命，顾不得体面，有把手就抓，有路就踩，手指脚趾连磨带碰，也没工夫理会疼痛，恨不得能一下子飞出去。

后面已经传来了声音。

我们真想变成猴子，因为猴子肯定用不了几秒就出去了。人类真是笨拙。

“别跑！”

我心头的血液一下子涌了上来，他们追上来了！

我们加快了速度，抓握的动作又狠了几分，我仓促地抬头看，离洞口也就十米不到了，加把劲还有机会！

“砰！”

一声暴响。

那是枪吗？！这个声音在这幽深的洞里尤为骇然。我头皮一麻，心想，这些王八蛋怎么那么不讲究，开枪之前也不说一声！

“快！”陈八尺急促道，他仿佛突然长了一双翅膀，扑棱着就贴上了我。下面传来了光，我也像只被烧了屁股的母鸡，愚蠢地想一跃而上，几乎一步就蹿到了洞口。

我们出来了。

“砰砰！”连续两枪，就跟有马鞭子在抽似的，每一声都在抽紧我们的神经，我也来不及去问陈八尺有没有被打中，就直接冲到了来时的墙根儿那儿。这回我看清楚了，这个地方不大，就是个用来暂缓的地方，墙至少有两米半高，想要翻过去也不容易。

“你先上！”陈八尺道。

我这回没听他的：“你受了伤你先来，我扛你！”

陈八尺道：“我没事……”

“别啰嗦！”想被打死吗？我不由分说就抱起了他，强行往墙上推。

陈八尺没再废话，扶住墙壁蹬着我的肩膀，很快就够到了墙顶，我死命直起了身子，他一使劲就翻上了墙头。

我听到了身后洞里越发逼近的攀爬声，它如鬼魅般骇人，尤其是我还光着身子，更觉得冰冷刺骨。

“来！”

陈八尺把腿放了下去，探出半个身子，伸着双臂要接我。我没犹豫，抓着他的手，两腿上墙，奋力一蹬，陈八尺借着下半身的重力，猛地使劲，我一下子就搂住了墙头，而后陈八尺直接就沉进了水里，我也跟着翻了进去。

我俩这一连串的流畅动作就跟特种兵似的，求生的本能真令人惊叹。

我们入了水，水中还是冰凉无波。我们已听不到身后的声音了，恐惧却未减弱半分。我们借着探照灯的那点微光，快速摸到了来时的横洞，急速穿过，到了秦淮河中，拼命上浮，两三秒钟便出了水面。

我闻到了凌晨时分新鲜空气的味道。

可我来不及细品，只嗅得到身后腾腾的杀气。我和陈八尺抓着河壁沿就翻上了岸，也没来得及看周围能不能找到人，一点都不敢声张，沿着河边就跑。

陈八尺喘着粗气，他腰上受了伤，终究是有些影响跑动。我伸出一只手扶着他，两个人沿河逃命，真有种生死与共的感觉。尤其是在我们还光着屁股的情况下。

“去拿衣服！”陈八尺道。

我也觉得即便身后来的是地狱恶魔，我们也不能就这么在南京城里裸奔。我们很快跑到了放衣服的地方，一人一把抓起衣服来，边跑边往身上套。所幸夏天衣服简单，裤衩穿上了，基本上也就算个正常人了。我们踉踉跄跄地套上鞋，拐进了小路。

后面已经有了声响，追来的人出了水。我想这下他们不会再开枪了吧，这可是在地面，在闹市！他们就算是天王老子临凡，做事也不能一点都不顾忌。

“咱去哪？”我急问道。

“进王府园小区绕道回酒吧！”陈八尺对南京城熟得很。

“你伤口不要紧吧？”

“问题不大，没扎着内脏。”

行吧，没事就好，先逃命要紧。我把探照灯丢掉，将他抢来的包接过来背上，一路曲曲折折地逃出夫子庙进了小区里。

此刻除了远处马路上传来的阵阵车声，身后已经没什么追赶的动静了。我想，应该是我们东拐西拐地将他们暂时甩开了。

但我们不敢放松，我们两个像贼一样，在小区里贴着墙根儿在无光处溜步，没多久就上了一条主路，横穿之后，又进了一片更混乱无章的建筑群里，在犄角旮旯中左冲右撞。

幸亏陈八尺久居南京，在逃跑路线上我们占了先天优势，我渐渐地，没那么紧张了，觉得那帮人多半找不到我们了。

我们一直没放松脚步，总是尽可能地保持着最快的速度。开始是因为害怕，并不知道累，可连续跑了十五六分钟以后，甩开了他们，也真有点受不了了。尤其是我身上还背着一个沉甸甸的包，越来越吃力，我边喘气边对陈八尺道：“这包里能是什么啊？”

陈八尺道：“肯定有秘密，不行我背会儿。”

我问他：“还得跑多久？”

“五六分钟。”

“算了，我背吧，你看你那血。”我已瞥见了他衣角的一小片红。

陈八尺没当回事，继续跑。

也不知道又跑了多远，当我真的快精疲力竭的时候，他带我进了一条大巷子，又跑了几十米后，我认出了它，这是1912的后半条街。

拐了个弯，我看到了熟悉的小酒吧。

“八尺bar”那几个大字在夜里闪烁，它在我眼中宛如故乡。

陈八尺从石阶缝里摸出钥匙，我们进门之后疯狂上锁，拉了电闸，终于瘫在了地上。

地面就像天空中的云朵那般柔软，我没有躺过比这更舒服的地方。

我深情地吐着粗气，竟然体会到了人生的起落。我目光游散到那些洋酒架子上，酒未入喉，却已神魂颠倒。

我小心地听着外面，并无什么特别的动静，悬着的心也慢慢放了下来。

陈八尺在呻吟。

我转过头，看见他正掀着衣服看自己的腰。

“怎么样？要不要去趟医院？”我问。

“去了咋说，自己不小心扎的？”陈八尺道，“消消毒包起来就行了，你给我拿瓶伏特加来。”

“很疼的，兄弟。”我说道，但当下只能用这招了。我去架子上拿了瓶伏特加，给他倒上，疼得他龇牙咧嘴的。我仔细瞧了瞧，伤口确实不深，于是拿了条干净毛巾，撕了些宽胶带暂时把他的伤口包上，而后收拾了一下东西，跟着他去了二楼的卧室。

我们躺到了床上，一人点了一根烟。大难不死也无非如此了吧，我们慢慢歇过来了，脑子也变得清醒了，回想着方才的一幕幕经历，感觉竟有些不真实了。

那帮人究竟是干什么的？还有，那家伙到底是不是被陈八尺捅死了？多半是死了吧。一想到这事，我的心又慢慢地揪起来了。

我微微侧过眼，瞟了瞟陈八尺，他却云淡风轻地躺着，看不出任何感触。

他安静地把烟抽完，将身子往上挪了挪，头压在了枕头上。

他在看地上的东西。

我也直起了身子。

那个丢在地上的背包，是一个很耐背的牌子，外形又憨又土。

它里面究竟装的是什么？我背了一路，说沉不沉，说轻也不轻，就像上学时背了一堆暑假作业。

我还是打断了陈八尺，问他道：“八尺，说实话，你对刚才那事一点感觉也没有吗？”

陈八尺当然明白我说的是什么，他头也没转：“有，但我并不确定我杀了他。”

“你真是个天生的好流氓。”

“开店的人，多少得有点流氓气质。”

陈八尺说完，从床上爬起，把包拿了过来。

我坐直了身子，看他拉开了拉链。

里面好像有道光，没等我再酝酿一下，陈八尺已将它掏了出来。

是尊佛像。

我们看得很清楚，那就是尊佛像，金色的。

陈八尺拿在手里掂量了一下，交给我，我也举了举，感觉是实心的。

我对佛像这类东西一窍不通，看了看陈八尺。

陈八尺眼里也并无懂行的迹象。

“这东西……”我不知道说什么好，我想说这东西怎么样呢？想说的太多了。

“铜的。”陈八尺道。

“铜的？”

“金的绝对不止这么重。”陈八尺道。

我放心了，可又有一点失望，我刚才确实猜过它有没有可能是金的来着。

陈八尺看了会儿，又道：“这应该是古时候的。”

那就是古董了。

我又泛起了欣喜，但担忧随之而来。

“这不会是什么遗宝吧？”我说道，“那帮家伙……江洋大盗？”

这么一想，延展性可就多了去了，三更半夜的，进入地下，那么多人，身上带着匕首，还带着枪！

我顿时脊背生寒。

陈八尺也有些不安了。

太折磨人了，我们只有片段式的信息，而且每一个片段都透着凶气，令人无法安下心来。

我拿着这尊佛像反复看了好久，问道：“你说，有没有可能是盗墓的？”

陈八尺当然不知道，他想了想，反过来问我：“秦淮河下能有墓？”

秦淮河存在了有一两千年了吧，所以它也有典故。我以前在秦淮河畔玩，听路过的旅行团导游讲过，最早，是秦始皇东巡的时候，来到古南京这块地儿，当时叫金陵，听人说此地山势俊秀，地形险要，有“天子之气”。秦始皇听后大为不悦，觉得此地偏居一隅，怎么能有这个呢？便命人在城中凿河，用河流贯穿全城，将这“天子之气”散掉，而那道河，就是今天的秦淮河。

深的不敢说，单从唐诗宋词里就看得出来，秦淮河这块地儿，自古就很繁华，尤其是夫子庙附近，一直都是闹市。况且在我们老家都知道，把坟修在河边，容易被水淹了，家里后代会出傻子。所以，无论是从风水还是从风俗上看，在这里修墓都不太可能。

我把我的想法说给了陈八尺，陈八尺也觉得有理。

那下面能是什么呢？这佛像究竟是怎么回事？

我们想不清楚。

陈八尺又点了根烟，平静了一会儿，问道：“这佛像是啥时候的，能看出来吗？”

“废话，你觉得呢？”我看着他。

陈八尺叼着烟沉思，片刻后又道：“也不知道这块地儿是什么时候成了闹市区的，咱得查查。”

“就算不是闹市区的时候，至少也得是秦淮河开凿以前吧？不可能有人把墓修在秦淮河下面。”我说道。

而且，我们进入那个地洞的路线也很蹊跷，明显是人为的。

“那就得是秦始皇以前了？”陈八尺道，也不管这个猜想接不接得上之前的逻辑。

“佛教传入中国，是在汉代。”我看着那尊佛像道。

陈八尺看着我，眼里写满了你怎么这么渊博的异样。

“这都是初中历史课本上的，第一座寺庙就是东汉的白马寺，”我解释道，“再者，我就不信如果原本这下面有个墓，开秦淮河的时候能不被发现？反正无论从以前看还是从后来看，这地儿就绝对不可能有墓。”

陈八尺点点头，又琢磨了一会儿，看着那尊佛像道：“别的先不管，这要是个值钱的宝贝，咱可就发了。”

我光想着害怕去了，把这点给聊忘了，没错啊，这东西应该值钱，能卖。但我在脑子里搜罗了半天，也没这方面的熟人，倒是以前上班的时候认识过一个历史系教授，好像是主攻欧洲史的，在武汉。于是，我将此人告诉了陈八尺。

陈八尺听了，征求我道：“问问他？”

/ 第五章 /

故人携祸来

我觉得这个时间点给人打电话，前不着村后不着店的，有点不太礼貌。可我又着急，想了想，那姓王的之前没少坑我，有一回活动结束了非得让我安排去夜总会，害得我因为发票的事被领导骂了半个月。他也算欠了我个人情了，那就甭怕打扰他了。我直接掏出手机拨了电话过去，响了有二十多秒，那头才接了起来。

王教授那股睡蒙了的语气直接就传了过来，口齿不清地问我是谁。我是谁？老王，你不会连我手机号都没存吧？我真想说我是那回给你叫了三个小姐陪唱，然后你都给带回了酒店的“齐经理”！我说我是齐小白。王教授听后，含含糊糊地回应大概是想起来了，问我大半夜的有啥事。我说我有件古董想让他帮忙看看。王教授一听，毫无兴趣，说他又不是考古的，说我找错人了。

他刚要挂电话，我说：“王教授别这样啊，你学问那么深，再不济也比我们懂点，况且，我这个东西来得不简单。王教授咽着口水问我怎么个不简单法，我看了看陈八尺，我俩都明白，不跟他说实话肯定是勾不起他的兴趣了，于是便将方才发生的事讲给他听，抛开用刀捅人那段，其他的都说了。

没想到王教授的反应比我想象中要大得多，我还没刹上尾呢，他立马就全醒了，跟打了鸡血似的，让我别说了，加他微信，跟他视频聊。我挂掉手机连忙按他给的号加上了微信，一秒钟就给通过了，紧接着他就发来了视频请求，我点开之后，只见好久没见的王教授依然是那副狗熊德行，两眼通红，一句客套话都没有，让我赶紧把佛像拿出来。

我让陈八尺举着手机，我捧着佛像，对准镜头，让他看清楚。王教授又变沉着了，多余的话一句不说，只让我来回换着角度照，我偷偷观察他的表情，感觉像有大事要发生，可也不敢贸然相问。王教授跟个老神仙似的盯着佛像研究了五六分钟，气氛搞得静如算命，在我俩都被他看困了的时候，他终于声沉如钟地说："果然是明朝的东西"。

明朝？

我和陈八尺对视了一下。

我们发了。

明朝的佛，我们是不太懂，但傻子也知道，这东西，少说得有个几十万吧。

我和陈八尺顿时眉开眼笑，我当时就想问王教授到底确不确定，另外有没有路子能帮我们卖出去。可王教授的面容并没有舒展开，他说了一句："你等着我，我明天下午过去一趟，这事千万要保密。"

过来？上南京来？我心想这个没啥必要吧，你大老远跑一趟能怎么着，难不成这东西不止值几十万元，能值几百万元？我此时又想起了那帮人鬼鬼祟祟的样子，心头起霾。

王教授并没给我时间考虑，直接关了视频，两分钟后发来消息，让我下午四点去机场接他。

我抱着佛像，和陈八尺坐在床上，对这一切尚在反应当中，我们需要适应一下。

陈八尺道："这个王教授到底是什么来路，他来干吗？"

我也心想：是啊，他能不能至少把事情先说清楚了再来啊？我们事先可一点都没想让他来，这不是不速之客嘛。我说道："就是个大学教授，路子稍微有点野，有点不良嗜好，别的看不出什么来。"

"现在一些大学教授都这样，不会这些就拉不来项目，"陈八尺道，"我是问他人品呢？"

"除了这些，瑕疵不大。"我回忆道。

陈八尺在考虑什么，片刻后，他又问道："他就是历史学教授，没别的身份了？"

我想了想："以前喝醉了的时候，他好像吹过牛，说自己年轻的时候走南闯北地流窜社会，算是江湖中人，不过我不觉得这是啥厉害事，就没多问。”

陈八尺若有所思。

我又道：“你说他为什么非要急着过来，按理说，我们俩的交情也没到这份儿上啊。”

陈八尺道：“肯定是事关重大。”

“能大到哪去？这东西难不成真能值几百万元？”我一半是期待，一半是顾虑地说道。

陈八尺还在沉思，他微微摇头。

“你咋了，想什么呢？”

陈八尺看了看我，终于说道：“我在想，这东西，有没有可能是国宝。”

“国宝？”我一惊。

我明白他为啥会那样了，他想的的确比我深一点。如果是国宝的话，不用说我们也知道这事有多严重。先不说私运国宝得判大刑了，好好想想，这东西可是我们这两个平头小老百姓从别人手里夺来的，那帮人得是何等高深厉害的角色，才会跟国宝扯上关系？如果我们真的抢来了国宝，纵然一时半会儿甩开了他们，可他们能善罢甘休吗？

我不由得望向了窗外，外面黑暗如铁，我只觉剑戟森森。

我看着那尊佛像，有意自我安慰道：“不可能吧，就一尊佛像而已，这种东西我看多了去了，能是什么国宝？”

其实陈八尺也不太确定，只是王教授的表现让我们心里很没底，这个老家伙，就不能在视频里把事说明白吗？不知道我俩会担惊受怕吗？

“只能等王教授来了给咱们讲讲了。”我说道。

“他非得来？”陈八尺蹙着眉头，他显然是不太欢迎王教授。

“你也看见视频了，没拦住。”我说道。

陈八尺不说话了。

“你咋了？”我问道。

少顷，陈八尺道：“没什么，只是现在还不能确定是什么事，我怕知道的人多了会不妥。算了，王教授既然要来就让他来吧，当下只能等他到了再说了。咱们两个一定不能声张，暂且当作什么事也没有发生，天亮了我照常营业，你去机场接他，晚上我早点关门，咱们研究研究这到底是什么情况。”

我点了点头，此事看起来性命攸关，我们很可能是卷入了一个旋涡，理当谨慎。

而后，陈八尺把佛像收了起来，我们躺在床上渐渐睡着了。

天一亮，陈八尺就去楼下忙活。店里白天还算清闲，没什么事，我在二楼守着佛像上网，查了一堆相关知识，却并无多少头绪。下午三点，我开着陈八尺的车去了机场，路上堵，我到的时候王教授已经出了站。他站在马路牙子上抽烟，一副胡子拉碴不修边幅的样子，见了我之后，大大咧咧地握手并加横笑，就跟见了自己亲小舅子似的，一点不生分。

“小白啊小白，一叶浮萍归大海，人生何处不相逢，没想到在这还能碰上你，真是缘分啊。”

我接过他的行李：“啥缘分，明明是你主动找过来的。”

王教授继续道：“你我自上回江都宴KTV一别，已然有一年多了吧。你居然还是这么风流倜傥。”

“风流总被风吹雨打去，我今时不比往日了，倒是你，还是那副猥琐样，龌龊不减当年，”我拉开车门，“上车。”

王教授笑了一阵，对我的评价十分满意，坐了进去，道：“别忙着走，还有一个人。”

“还有人？”我问。

“我的女徒弟。”王教授道。

“女徒弟？”这个词听着怎么自带一种淫乱气质，我打量了下王教授，心里一闪万念，“你带女徒弟来干吗？”

王教授道：“她是我带的研究生，发小家的孩子，也算半个侄女了。我出来见世面的时候，一般都会带着她，也算叔父的关怀吧。”

我心想，你这老家伙不会连这半个侄女都下手了吧，我正要浮想联翩，身后传来一个声音：“王教授。”

我转过身去，看到了一道彩虹。

没错，那女孩儿清秀可人，扎着马尾，穿着浅色牛仔裤，柔嫩的脸上带着微微笑意，就像是一道彩虹。

“曹欣欣，齐小白，你俩熟悉下，上车。”王教授随意介绍道。

“你好，我是王教授的学生，请多多指教。”她冲我点了点头。

我心里冒出了一大堆日本话，但都不太适合说，只故作淡定地给她拉开了车门：“你好，上车吧。”

驶离机场，直奔1912酒吧街。

路上，王教授对着我一通叙旧，同时对南京城赞不绝口，一会儿说他上回来这里是五年前了，一会儿又说上次见我的时候如何如何，我也跟着忆往昔峥嵘岁月。就这样，我们两个人明明都没什么大长进，却聊出了一种飞黄腾达了的氛围，特别和谐。曹欣欣则乖巧地坐在后面，不怎么说话，听着我们吹牛。

聊了一会儿，我转入正题，问道：“王教授，你来这里到底为了什么？”

王教授打了个哈欠：“能为啥，来看看你那宝贝呗，瞧瞧值不值钱。”

“你少扯淡，这么火急火燎地跑过来，肯定有事。”我特地从后视镜看了眼曹欣欣，但除了美貌，一无所获。

王教授道：“说实在的，我也不是特别有把握，我得等看了那尊佛像真身后才能确定。”

“确定啥？”我继续逼问。

王教授摇了摇头，还是不肯轻易说。

我换了个点，问道：“那帮人是什么来头你能猜出来吗？秦淮河夫子庙那地儿怎么会有地道？”

王教授故作淡漠。

我回了下头，问曹欣欣：“你知道吗？”

曹欣欣面色有点尴尬，见王教授没阻止她，说道：“不是特别清楚，只了解个大概。”

我说道：“那你就跟我说说。”

王教授打断了我们：“别问了，先专心开车，到了地方见到了东西我再给你们讲讲。”

神神秘秘的，能有多大事，值得这么卖关子？我心里不悦。

十几分钟后，到了酒吧街，我停下车，带着他们来到“八尺bar”。

我带头进了门，陈八尺正在柜台里坐着，两手放在台子上，架势跟县官升堂一样，店里只有两三个客人。

陈八尺见我们进来，并未起身，也没什么笑容。

“八尺，这是王教授、曹欣欣……”

说了一半，我忽然感觉到，有些诡异。

有人用枪顶到了我的头上。

第六章

苦厄

我的脖子僵了。

紧接着，只听见身后的门被一脚踹上，原本坐在店里的三个人都起了身，阴沉压顶。

我不由得举起了双手，但嘴上还想抖机灵：“哥们儿，你这是干吗……”

“啪”，有个平头男走上来就抽了我一巴掌，火辣辣的疼，我看到了他胳膊上的文身。

陈八尺给了我一个眼色。

我吓得不敢说话了。

完了，我们这是被人找上了门。

“是他吧？”拿枪顶着我头的人说，声音低沉又沙哑。

我弄明白了，他们总共有四个人，这个拿枪的家伙一直都躲在门后。

陈八尺点了点头，特别老实。

“那就对了，”拿枪的家伙轻笑了一声，“你去把店门锁了。”

陈八尺起身出了吧台，平头男梗了梗头，余下两人中有个戴眼镜的跟了过去，一手掐住了陈八尺的脖子，毫不顾忌地押着他。

陈八尺把店门锁上，拉上了遮帘。没了阳光，店里顿时暗了下来。

我心里忐忑得要命，看来，真是摊上了不小的事。

平头男转过身，我看到，这家伙脖子上竟文了只硕大的花蝴蝶，乍看之下十分妖娆。

他回到方才坐着的桌旁，从桌子底下拿出了一个大包，拉开，取出了佛像。

明明金光闪闪，我却觉得却觉眼前一黑。

确定无疑，这就是昨晚我们遇到的那帮人。

平头男单手托着佛像，掂了掂："东西我们拿回来了，保存得还算完好，可以不跟你们计较。"

他的语气有点玩味，让我们觉得自己就像他的掌中玩物一样，听着刺耳。

"但是，"他又道，"你们把老驴给攮了，这笔账，咱不得不算。"

原本这屋里只是有股杀意，此话过后已尽是杀气。

老驴一定就是昨晚跟我们搏斗的那家伙了，我是听到后来有人喊了这么一声的。

顶着我的头的枪已经撤了，但我觉得自己随时会被一枪崩死。

我微微偏了偏头，看清了拿枪的那个人，他已经在高脚凳上坐下，枪攥在手上，一脸凶神恶煞的样子，眼角还有道斜疤。

我特别想知道他们是怎么找上门来的，怎么就这么快？国安部都不能有这种速度啊，况且我们昨晚走的都是小路，监控都未必有。

另外，我还发现，王教授的眼睛一直都在盯着那尊佛像，无暇旁顾。

"二鹏，都绑起来。"平头男下令道。

这是要就地枪决了。

一直都没什么动作的那个人点了点头，四下看了看，问陈八尺："有绳子吗？"

语气就跟让老板上酒似的，陈八尺摇了摇头。

二鹏环视一圈，自己转身上了二楼。

屋里静如水底，我甚至出现了幻觉，有点精神窒息了。

平头男站在原地，跟个雕塑似的，他明明没怎么动，却让人觉得他张牙舞爪。

"我说，这位兄弟……"王教授开了口，眼睛从佛像上撤回来，"容我说一句啊，你们跟这俩小哥儿之间有啥恩怨，我不太清楚，跟我也没关系，我今天就是来喝酒的，能不能让我们先走，你们处理你们的事？"

平头男嘴角歪了歪，笑得狡诈："见者有份，你要是给说出去了呢？"

王教授见他接话，赶紧跟上道："这个你放心，我王胖子行走江湖多年了，规矩还是懂一点的，绝对不说，打死不说。"

平头男瞄了他一眼，似鹰视狼顾，特别瘆人。

王教授装得稳如泰山，脸上不变分毫。

平头男道："你难道不是王教授吗？"

王教授抽搐了一下，面色尴尬。

平头男又瞥了眼曹欣欣，曹欣欣下意识地退了两步。

王教授缓了缓，又道："那你们是想干吗？不会是要把我们四个都给'处理'了吧？"

平头男道："差不多，反正为了这宝藏的事，也没少死人。"

宝藏？我听到这两个字后特意看了看陈八尺。这小子的表情告诉我，他啥都不知道。我心里骂道，可你倒是把什么都说出去了。

王教授和曹欣欣却没有显出惊奇的样子，我好像明白了什么。

楼上传来了翻箱倒柜的声音。

看起来，一会儿我们被绑了之后，接下来就是怎么死的问题了。这帮家伙，我敢保证，他们绝对会杀了我们。

我们得反抗，我心里很清楚。我不知道楼上那个家伙能不能找到绳子，可一旦找到，我们被绑起来，希望可就更渺茫了。

我悄悄看了眼陈八尺，皱了皱眉。陈八尺应该是能领会到我的意思，毕竟，我们的处境一样，他也知道这么下去会怎么样。

陈八尺冲我眨了眨眼。

如果想抗争，拿枪的家伙是关键。只要先把他给制住，暂时就不会被打死，再趁着楼上找绳的那人没下来之前，想办法跟另外两个拼一拼，说不定也就成了。此时此刻他们是三个人，而我们则是三男一女，他们是在瓮中捉鳖，我们却有着极强的求生欲……

"还等什么，动手！"没等我考虑完，王教授竟很突然地喊了一声，紧接着就见他扑向了拿枪的那家伙，"给他抢下来！"

我和陈八尺也来不及想了，不拼就是死，上！我们同时扑到了拿枪的刀疤男身上，他还真没料到这点，凳子直接翻了，倒在地上，我顺势给了他一脚，陈八尺已经按住了他的胳膊。

场面全乱了，我大叫道："小心别被打中！"

那刀疤男想开枪，可胳膊已经被卡住了，手不得劲，扣不了扳机。王教授抖着硕大的屁股上来直接就坐到了他腿上，死命地掰着他的手腕要把枪抢下来。可那家伙手劲也挺大，根本不松，王教授一边叫着一边发力，我们以三敌一，心里都明白，谁拿下了枪，谁就能瞬间登上战略制高点！

但是，我在仓促之中，发现好像有些不对劲。

平头男他们根本就没上来帮忙，好像对这刀疤男很有信心似的，认定了我们抢不到。

可我想错了，他们不动的原因是，他们又掏出了两把枪。

和先前一样，慢慢地、冰凉地顶在了我的头上。

王教授也不动了，我们就像是长了两只犄角，一人头上顶着一把枪。

我们很尴尬。

你们有那么多枪，应该早早就掏出来的，何必费这么大的事呢？

我们全都停下了，傻子似的坐在刀疤男的身上，像一堆小虎崽守着它们的母亲。

刀疤男就静静地躺在那里，耍赖似的，还笑了。

我们三个十分不好意思地站了起来，如果需要讲一些礼节，我们真的可以向他鞠躬道歉。

这真是太令人尴尬了。

平头男咧了咧嘴，刀疤男则已经捧腹大笑。

我看到曹欣欣还是站在那里，像个淑女。

“你们很勇敢，让我想起了刚进社会时的自己。”平头男对我们赞赏有加。

“兄弟，真是不好意思，”王教授嗫嚅着，大概是想说点求饶的话，可憋了半天也只道出了事实，“我们不知道你们还有枪。”

平头男看了他一眼，也笑了，连同那个戴眼镜的家伙，都笑得十分包容、谅解、和气生财。

楼梯处传来脚步声，二鹏下来了，他手里拿着一堆鞋带，不用说，我明白，是从陈八尺那几双运动鞋上抽下来的。

“这小子脑子可能有问题，买了三双一样的旅游鞋，”二鹏说着，给了眼镜男一根，“虾仔，你绑那女的。”

我看了看陈八尺，能读懂他眼里的意思，那不是一样的旅游鞋，颜色不一样好吗？那是乔丹，限量版乔丹！鞋带都是从香港买的！

没人有工夫心疼他的鞋带。我们都已经分别被鞋带绑了起来。

刀疤男笑够了之后站起了身，往前走了一步，一脚踹在了陈八尺的小腿上，顺势又狠甩了我两巴掌，并拿枪托砸了砸王教授的头，骂了句“老羔子”。

我今天这两巴掌挨得真是过瘾，眼睛都快被打斜了，脸大概已肿了吧。

陈八尺倒在地上，王教授捂着头吸气。

刀疤男还没完，又到了曹欣欣跟前，曹欣欣抱紧双臂，刀疤男扬起手，我心里一紧。他却又停了一下，拍了拍曹欣欣的屁股，笑道：“小段，今晚，这个交给我，办了再上路。”

平头男就是小段。他说道：“你跟费爷要去吧。”

曹欣欣遭了这点猥亵，对刀疤男怒目而视。

不知道为什么，我对小段还没那么讨厌，我特别痛恨刀疤男。

刀疤男趁着我们的手动不了，还特地走上前，想要摸曹欣欣的胸，陈八尺见状，挡在了曹欣欣跟前。

刀疤男笑了笑，往回撤了撤，然后一巴掌甩向了陈八尺，势大力沉，将他扇倒在地，骂道：“死到临头了还有工夫护花。”

陈八尺被扇得三魂出窍，气得咬牙切齿。

“行了，这是闹市，别搞出事来，先给我老老实实的。”小段道，他俨然是这堆人里的头儿。

刀疤男没再说什么，饶有兴味地看了眼曹欣欣，坐回了高脚凳上。

小段又道：“虾仔，给费爷打电话，说人都抓着了，东西也没丢，晚上老地方见。”

我琢磨着他口中的这个费爷是谁，听起来像是终极大boss的样子。老地方是哪？我们的葬身之地吗？这下肯定是完了，没机会了。

他们把我们赶到墙角蹲着，虾仔和二鹏坐在旁边看着我们，小段和刀疤男则坐在吧台边，他们开了一瓶酒，一人倒了点，淡定得很。

同处一室，我们四个跟他们的心境可就大不相同了。

这可能是我们活在世上的最后几个小时了吧。大家越是沉默，悲伤就越是明显，我甚至想起了我的家乡。

它是一个小城镇，是我长大的地方，我爸妈还在那里，我很久没有回去了。我想得一往情深，却又没滋没味。我不知道该如何是好，我们连垂死挣扎的机会都没有了。

我们就这么待了两个多小时，待得都快睡着了，都忘记了时间。

我总感觉王教授想说点什么，那佛像已经被收了起来，也不知道他看明白了没有。他可能是在怨恨我，是我把他牵扯进来的。可这也不能完全怪我，我没让他来南京，是他主动要来的，现在回想起来，如果冥冥之中自有宿命，他昨晚到今天的举动，可真是有点赶着投胎的意思。

曹欣欣就更冤了，这事可真是跟她一点关系都没有。只是因为两个陌生人偶然发现了一件怪事，而后告诉了王教授，怀揣一肚子秘密的王教授来就来吧，又顺手把她带过来了。天下最倒霉的事莫过于此了。我以为曹欣欣会哭，但她却没掉眼泪，我想，她大概还在琢磨着怎么能逃出去。

恐怕逃不出去了，小段这帮人，每一个都比我们机灵好几倍，论要花招，根本不在一个段位上。

会天降奇兵吗？我甚至期待警察能碰巧扫、黄缉、毒查个户口啥的，破门而入一回。

天都黑了，外面喧闹了起来，屋里依旧没有动静，他们连个灯都不开。

我看着墙上的表从七点到了九点，又从九点到了十一点。现在不是周末，大家歇得早，这条街逐渐地由热闹又转为了冷清，那渐行渐远的嘈杂声，仿佛在告诉我们，时辰已到。

二鹏从冰箱里找出了一堆意大利面，去二楼煮了，就着肉酱，他们吃得很香。

我们四个则馋得难耐，我闭上了眼。你们吃人家的东西，怎么就不知道跟人家分享呢？冰箱里又不是没有面了，你们给我点肉酱让我舔舔也行啊。现在的坏人真是越来越不讲究了，他们面对濒死之人，毫无怜悯之心。

到了十一点半，他们吃完了饭，小段把碟子一扔，对我们道："走吧，去给老驴陪葬。"

老驴果然还是死了。

我和陈八尺听了他的话，心同时沉到了地底，我们杀了人。我早就料到了，只是当有人真正对我讲出来的时候，那股震撼还是难以抵挡，我们生平第一次杀人，我的心里有些难以承受。

我不由得跟陈八尺往一起靠了靠，像是两条癞皮病狗，相互安慰。

王教授和曹欣欣大概也猜出了眉目，曹欣欣看看我们，不敢相信我们会弄死了一个人。而王教授的目光则带着怨恨，怨我们没告诉他这事，他一定在想，如果他知道我们杀了人，或许，他也就不会来了。

虾仔从后门出去了，没多久，小段的电话响起，他没接，挂了，让二鹏带我们走。

刀疤男特意走上前，把枪插在腰上，然后右手掐起我的脖子，左手则拎着陈八尺的头发，极尽侮辱。

我们势单力薄，无力反抗，只气得要命。他们像押死囚一样把我们押出了酒吧，塞进了一辆老旧的金杯车。虾仔驾着车，我看得清外面，五六分钟后，我们好像来到了夫子庙。

小段他们在车里换上了紧身衣，并不避讳我们。

我还看到，他们戴上了探照灯，且一人背了一个先前老驴背的那种包。

我明白了，我们是要去地下。

/ 第七章 /

地中邪境

秦淮河畔的夜风吹得人悲凉欲泣，我们从无人处下了水。

他们像拴牲口一样拴着我们在河里游，小段和虾仔带路，二鹏和刀疤男拿着枪顶在最后面，冰凉的河水十分萧瑟，我都快哭了。我特意转头看了看陈八尺，陈八尺却面无表情，视死如归似的，他大概还在想着找机会逃走。

游了一会儿，小段停了，他回过头来说："下面的路，就一小段，记住了，可要憋住气，别在水里呛死，当然，想给我们省事儿的，就随意了。"

这是到了那个洞口之上了。

小段和虾仔率先潜了下去，二鹏和刀疤男盯着我们，手里的枪在月光下发出凶光。

刀疤男道："我只给你们五秒钟的喘气时间，要不然，就溺死你们。"

他根本不问有没有人不会潜水，毫无临终关怀精神，在他眼里，我们已经成了死人，没必要多费口舌。

我觉得刀疤男就是个神经病，而且是又暴力、又傻、又有歇斯底里症的那种。

陈八尺没理他，先潜了下去。

我冲王教授点了点头，也潜了下去。

进洞之后，很快就从另一头出了水。

我们已入地下，在这里，空气并不能使人身心舒畅，黑暗更令人感到幽闭。

过那道墙时，我们像是被扔的死猪一样，重重地摔在了地上，接连呻吟了几声。借着探照灯光，我看到，这里很小，它只是一个缓冲地带，中央有个洞，就是我们先前滚落下去的斜洞。

小段和虾仔先进了洞中，他们躬身倒退而行，踩着那些凸起，逐步下移。

陈八尺正要跟下去，曹欣欣道："我先走。"

我们有些意外，曹欣欣看了一眼后面。

刀疤男笑吟吟地拿着枪，看着她。

我们明白了，刚才在水下的时候，一定是又发生了什么。

这个变态，我真想抽死他。

我说道："八尺，你先下去，让欣欣在我们两个中间。"

刀疤男嗤笑一声，特别鄙视我们，二鹏也跟着笑，他们觉得我们很滑稽。

陈八尺点头，我们依次进了洞，王教授留在最后，我想，刀疤男再变态，也总不至于去摸王教授吧。

我们并着双手，扶住那些凸起，小心翼翼地往下退。

这里让我想到了蚁穴，我甚至怀疑这帮人是不是变异生物，带我们穿过了压缩门，进了一个微小而又神奇的地下世界。他们可能并不是要杀我们，而是要劝说我们加入他们，通过某种魔法变成蚁人，一起对抗人类的世界，成为地球的主人……

我在胡思乱想。每当我心头慌乱的时候，就忍不住这样，我讨厌这种感觉，它令我像个傻子。

我们出了斜洞。

小段停下了。

我的心提了起来，我认识这个地方，陈八尺也认识，这是我们杀人的地方。

这里没有声音，老驴的魂魄还在这里游荡。

我看到了地上的血迹，地是泥地，血迹已发黑。

小段他们身上散发出来的那种越来越浓的杀气告诉我，在哪杀了人，就得在哪死。

我膝盖发软，如果旁边没有别人，我都恨不得要给他们跪下了。我很不仗义地想，按理说，是陈八尺捅的刀，我顶多也就是个从犯啊，能不能把我判得轻一点？

陈八尺却硬挺着，摆出一副死则死矣的样子。我对他更多了一层认识，长得阴柔归阴柔，俊美是俊美，没想到死到临头都能保持架子不倒，他让我觉得惭愧。

就在我仪式性地想要回顾自己的一生的时候，小段动了，他搬开了老驴当时爬上来的那个洞口的遮挡物，借着探照灯，我看得分明，那又是一个洞。

“继续走。”小段道，他的声音低沉了不少。

哦，原来，这儿还不是我们的死亡之地。死亡之地，将在地下更深处。

我们被推了进去。

这个洞依然是斜的，里面的构造跟方才那个几乎一模一样，我们踩着凸起，慢慢下移。路很长，它比上面的那条斜洞要长得多。重复的场景，幽暗的环境，时间一长，我几乎丧失了辨别能力，对时间和空间的概念越来越模糊了。我低下头想要看看它的底在哪，却只能看到陈八尺和曹欣欣晃来晃去的头顶；我抬起头想要回看一下我们走了多远，却只能看到王教授颠来颠去的屁股，我憋闷不已。

这里有多深？没人能回答我。我们深入地下已经好远好远了吧？这些斜洞到底是怎么回事？南京城的闹市区下，竟能有这样的地方，这些洞是天然的还是人工的？是古人所为还是今人所为？是小段这帮家伙干的吗？他们要干吗？要掏空南京城吗？还有，小段之前所说的“宝藏”是什么意思？王教授好像也懂，可是，我永远都不会知道真相了。

“下面可抓紧了，摔地上摔折了脖子我可不管。”小段说道。

我低头看看，下面变了样子。那是斜洞的尽头，可看起来又不像地面，而且，是亮的。

我形容不上来，我们所爬的斜洞是黑的，全靠探照灯照亮，而那洞口的末端，仿佛连着外界，有光传来。

又退了几步，我怎么瞥见了两股绳子？定睛细看，那是绳梯，用两根粗大的钉子，固定在斜洞的洞壁上。

下面不是地面，是半空。

小段登上了绳梯，摇摇晃晃的。下面，是悬崖吗？是另一个世界吗？我仿佛看见穿越就在眼前，那个洞口，宛如虫洞。

虾仔紧随其后上了绳梯，而后，陈八尺踏了上去，我则到了洞口的末端。

我并没急着往下走，我低下头，观察了一下。

我注意到了两件事，一件事是令我颇为释然的——我看到了地面，它离着这个斜洞的末端有十几米，通过绳梯连接着。小段已经下到了绳梯的末端，他即将落地了。我脑子里一下就有了概念，下面该是个宽敞的空间吧，那光是从哪里来的，它暴露于室外吗？我一个激灵，意识到自己真是糊涂了，现在是大半夜，这地儿除非是在地球背面的美国，要不然哪来的光？它里面要么是有灯，要么是有火。

而另一件事，则令我微微兴奋，也立即变得极为不安，那就是，我看到陈八尺手上的鞋带松了。

我看清楚了，他不知道怎么给解开了！

我下意识地望了望落了地的小段，心突突地跳。

陈八尺依然将双手并在一起，假装什么事都没发生，慢慢地往下爬。

虾仔给我们系的是死扣，我不是没有过解开的念头，可根本行不通。

来不及细想，我已踩上了绳梯，小心翼翼地扶着洞口处的凸起爬了下去。

当我的头彻底离开斜洞，终于在一瞬间看清楚了我们的处境，简单来说，我们就像是从烟囱里下来的圣诞老人。

我们到了一个巨大的地厅里，一时之间我竟有些眼花。

这不是地厅，这是一个偌大的世界。

地下世界！

满地神佛。

哦，我的形容可能有些过了，但是，我的确看到了无数尊佛像。

我差点定在绳梯上，不敢相信自己的眼睛。

下面，就像是一片黄土高原，它有十几个足球场那么大。进入此中，只觉十分辽阔，它大概是圆形的，可实在太大，我不确定。

从我的角度看，地上密密麻麻地陈列着无数尊佛像。没错，就是跟我们之前抢的那尊一样大的佛像。

我还看到了许多团篝火，可我无暇理会篝火，只顾着看佛像去了。这里至少有几百尊佛像吧，每尊佛像间隔十几米，它们有一定的秩序。怎么说呢？这里就像是一块洒满了芝麻的大饼，那些佛像就好比芝麻，散在大饼表面。只不过，它们全都面向大饼的中央——大厅的圆心，呈辐射状排列着。粗略看去，几百尊佛像排成了好几十列。

我的比喻太过粗糙，可我的第一反应就是这样，想不出什么更贴切的了。或者，旺旺仙饼听着更文雅一点。我不知道，我脑子有点乱。

这是什么地方啊？我们先前觉得抢到的佛像是宝贝，现如今，它们暴增的数量扰乱了我的判断，我不知道那是什么了。

我很震撼。我无法想象，就在这熙熙攘攘的南京城中，闹市之下，竟会有一个如此不可思议的洞窟。我都不知道称其为洞窟合不合适。这到底是个什么地方啊？我就像是来到了某座千年古刹藏于深山之中的巨大秘殿！

我机械地爬了下去，着了地。就在这个大饼的圆心处，就是这个空间的正中央。

我也同时看到了，厅里有五个人，正如十殿阎罗一样看着我们，面色阴沉。

新鲜的事物太多，我没工夫仔细看那些人都是什么样子，我仍在环视。如果称这整个地下世界为一个巨型大厅的话，那么，大厅的圆心直径有四五十米，我们正是在这里。这里没有佛像，几百尊佛像在它外围开始有序地排列着，全都面朝圆心，肃穆而坐，隐隐似有佛声。我放眼望去，发现那些佛像是参差不齐的，有的相距十几米，有的则相距三四十米。好奇怪。

不过，我立即又看懂了。它们的间距其实是一样的，只是有的佛像已经被搬走了，所以闪出了距离。因为我看到了留在那里的底座。

我收回了目光，在我们身处的圆心里，还有三个大圆坑。它们呈三角形排列着，每个圆坑的直径有四五米，我看不明白这都是干什么用的。

王教授也下来了，他跟我一样，也十分震撼，四处张望。

而那五个人，就站在两个圆坑中间，我终于有心思看他们了。

篝火冉冉，他们的面色分外恐怖。

这回是死定了。这里佛像虽多，可没有一尊是活的，它们救不了我们。

那五个人全都穿着紧身衣，背着包，看样子，也是从水里进来的。我知道，他们个个都能用枪打死我们。

小段走了上去。我看到，他们面前的地上，有块湿漉漉的白布。白布蒙着的，必是老驴了。

我们死定了。

我从没想过我会死在这种地方。因为，我从不知世上竟还有这种地方，这里的东西虽然都是地球上的，可这里不像地球。

小段上前略微弯了弯腰，冲着其中一个年岁偏大的家伙说话。我看得清那人的样子，有五六十岁了吧，比王教授要老成得多。他很精神，腰板挺得很直。

“费爷，带来了。”

地厅里十分肃穆，我们的衣服湿漉漉的，袖子上的水滴答在地上，格外清脆。

被称为费爷的人抬头看了看我们。他的动作细微，却很严谨，像个机器人。那些人众星拱月般地围在他身旁，真是像极了黑帮组织。

虾仔、二鹏和刀疤男呈三角形把我们围住，围得却很松散，他们知道我们无路可逃。

我还在时不时地探看远方，望着这个巨型大厅。我一边为我们的命运提心吊胆，一边还在想这地方究竟是怎么回事。我听说过亚特兰蒂斯陷落的故事，难不成这里也是哪个陷落了的古老佛域？

“费爷，直接杀了算了，别耽误咱们的正事。”费爷尚未言语，他身后站着的一个光头冒了出来。

他们对这个地方显然已经熟到了久见不怪的程度。

费爷并没立即回应，而是停了一会儿，问道：“你们是怎么跟过来的？”

这问的是我和陈八尺。

我不敢接话。陈八尺收回了目光，没迟疑地说道：“在河里洗澡乘凉，偶然看到你们的。”

对答工整，完全挑不出理儿来。

陈八尺回答完费爷的话之后，竟还反客为主了，问道：“你们是怎么找到我们的？”

这个问题让我疑惑了好久，只是一直没敢问出来。陈八尺脑子是抽风了吧，敌强我弱的时候，竟还有心思计较这个？费爷面无表情，光头从衣服里掏出了一样东西丢在了地上。

我和陈八尺清楚地看到，那是个打火机。我俩太熟悉了，它上面写着一行字，“八尺bar”。

陈八尺泄了口气。我们明白了，今天凌晨，我们逃上岸拿衣服的时候，忘了他丢在岸上的打火机！

真是愚蠢、可笑的失误。

既知真相，人也释怀了。可释怀之后，并没有一种这是什么大事的感受。此时此刻，那早已不重要了。

我看到费爷嘴角一咧，吐出了一句话：“都杀了吧。”

几乎同时，我见陈八尺一把将手里的鞋带甩了出去，蹿上前就掐住了刀疤男的脖子，死死将他搂在身前挡着自己：“一命换一命！”

情势忽然变得紧张起来。王教授也立即行动，想要回身攻击虾仔。可虾仔的反应很快，没等他转过去，拿着枪托就朝着王教授脑袋上猛砸了一下，紧接着给了他一脚。王教授毕竟上了岁数，吃不住这两下，直接倒在了地上。

我和曹欣欣就那么站着，不知所措。

刀疤男猝不及防，边叫着边举枪要打陈八尺。陈八尺却早已把他拿枪的胳膊别住，紧紧扼住了他的脖子。

费爷他们没动。

这帮人真是气度从容，我甚至怀疑他们是不是专门练过这种临危不乱的本事。

他们又拿出了枪。

这是意料之中的。

我早就知道是这样，我们的反抗根本就是螳臂当车。

他们就那样举枪对着陈八尺，让我想到了老狼看着小鸡崽。基本上是没什么意义的，我们必死无疑。八尺何苦出这么一回洋相呢?

陈八尺嘴角扬了一下，他笑得特别无赖。

紧接着，刀疤男的号叫声就传满了整个大厅。我们看到，陈八尺用一个啤酒瓶盖抠进了他的眼睛里!

“砰！砰！砰！”几声响，刀疤男胡乱地朝着地上开了几枪，狂跳着要甩开陈八尺。陈八尺拼尽了全力搂紧他，胳膊上暴着青筋，不要命似的，根本就不给他机会!

那帮人明显是急了，我看到小段瞪起了眼。

“扑哧”一声，一股鲜血喷出。陈八尺手指头带着啤酒瓶盖抽了出来，将刀疤男的眼球一把甩到了地上。黑红白三色混杂得就像刚剖开的鱼内脏，恶心得我都想吐!

/第八章/

镇宫

“老子死就死了，弄残一个算回本！”陈八尺瞪圆了双眼，牛气冲天，头一探竟一口咬上了刀疤男的脖子，如恶狼撕羊！

刀疤男疼得浑身发抖，嗷嗷乱叫，枪已经给扔了。他两手去捂着眼上的血窟窿，脖子完全暴露在外，所以陈八尺咬得特别得劲儿，疯狂猛扯，我们听到了气管的断裂声。

没有人会料到他竟是想鱼死网破，我被这幅场景震撼了。你们既然想要我们的命，那我也就没什么对不起你们的了，我也得痛快一回！我上前一脚踩向了地上那个眼珠子，“噗”的一声，爆了。

过瘾！我也搭一个！我也发了狂，左右乱看，想按倒二鹏或者虾仔，也来个同归于尽。可这时已经晚了，小段那帮人冲了过来，纷纷把我们围着按住，一边掰我的胳膊一边拳打脚踢。我双拳难敌四手，很快被制住了。

陈八尺却并不轻易屈服，他真是条彻头彻尾的疯狗。不，是狂狼，五六个大汉连扛带搬，根本就控制不住他。他两眼通红地搂着刀疤男的脖子一直在啃，鼻子里发出“呼哧呼哧”的喘息声，任凭身上乱拳袭来，也浑然不顾，一心想要把刀疤男咬死赔命。混乱之中，刀疤男的叫声极惨。

“一枪打死他！”站在原地没动弹的费爷终于急了，一声令下。

紧接着小段的手枪就顶住了陈八尺的头，说道：“看你还有没有种！”

我被踩在地上，隐隐看到刀疤男的脖子在淌血，我心里很畅快。陈八尺像个吸血鬼一样，咬着他不放，就像是要把他的血吸干、把他的脖子全撕烂，管他们有多少人，就要他一条命！

“小段，开枪！”费爷再也无法忍受这种挑衅了，管他能不能打着刀疤男呢，“把这条疯狗给我打死！”

小段一脸怒气，“啪”的一声子弹上膛，胳膊上的文身都快爆了，狠狠地对上了陈八尺的后脑勺！

陈八尺可能真的要死了！我猛挺身子，却根本动不了，只能大叫：“八尺！”

“慢着！我知道魏忠贤把东西藏哪儿了！”

王教授在慌乱之中喊了一声。

什么？我听得不是特别清楚，他提到了魏忠贤？八竿子打不着的人名，我听错了吗？

可连同小段在内，那帮人全都顿了一下。

“别杀他，我就说！”王教授急呼道。

小段迟疑了，可陈八尺还在咬。

“八尺，你先停下，听我的，咱死不了！”王教授又对陈八尺道。

可陈八尺跟王教授根本就一点都不熟，哪里肯听他的话。陈八尺已经将刀疤男脖子上的肉撕开了一大片，刀疤男绝望如病狗。刹那之间，陈八尺猛地一用力，我听见了相当明显的“刺啦”一声。他将刀疤男的脖子咬开了，连皮带肉足有半个手掌那么大块，一口就吐在了地上。

刀疤男脖中之血如晚潮般散布开来，瞬间浸透了衣服。

陈八尺还要咬，小段瞅准这个时机，跟另外几个人死死掰住了他的头，终于一齐发力，将他按在了地上，恨不得像对待猛兽一般将八尺锁起来。

陈八尺在围压之中传来了大笑声，笑得十分嚣张。他嘴角沾满了刀疤男的血，满足得像个英勇不屈的战士。

我看着刀疤男脖子上涌出的血液，暗红色的，就像落日时的阴影，一片一片地笼罩住了他。我内心的震撼无以复加，陈八尺可能又杀了一个人。

“二鹏，赶紧把他带上去，送医院！”小段叫道。

刀疤男已完全没了先前的嚣张气焰，奄奄一息。二鹏没敢迟疑，喊了两个人，赶紧抬着他上了绳梯。他们摇摇晃晃地往上攀，看起来十分艰难。

局面暂时稳住了，但面对这种突变，还是令人难以平静。

费爷站在原地，看着王教授。

王教授被虾仔用枪指着，坐在地上，却并不慌张。

而这整个过程中，曹欣欣一直都站在原地，就像是置身事外一样。在我看来，她要么是聪明，要么就是冷漠，反正有些奇怪。

费爷往前走了两步，离着王教授又近了一点，问道："你刚才说，你知道东西在哪？"

"我知道，否则，你以为我为什么要大老远地从武汉来这里一趟？"王教授慢慢站了起来，他根本就不在乎谁在用枪指着他了。

一时之间，两相沉默。

这个地厅里的气氛变得让我不能适应，一直在明面上担忧的事，被一直在暗地里嘀咕的事打断了。对于他们那些掌握了秘密的人来说，无论是费爷，还是王教授和曹欣欣，可能都觉得没什么，很顺其自然。因为他们本来都是怀揣目的而来的。但对于对事情真相一无所知的我来说，无法快速融入当前的氛围中。陈八尺也一样，他满足之后，累得已经消停了，暂时没心思去多想。换句话说，在这整个地厅之中，我和陈八尺的心思是游离在众人之外的。我们两个接不上他们的思想。

我特别想知道，究竟是一个什么样的秘密。

王教授再次转头看起了这个地厅的环境，他扫视着远处那些遍地都是的佛像，又放眼望了望地厅的墙壁，啧啧称赞道："还真是跟书上说的一样啊。"

书上？

大家都迟疑了一下，费爷那帮人看王教授的眼神又发生了变化。

停了好一会儿，费爷道："看起来，是同行。"

王教授道："同行倒算不上，咱们这条路，虽然有那么几个人在走，可还远远称不上是一个行业。"

这话让我想起了王教授当年吹过的牛，他说他是走江湖的，难道还真有那么回事？据现在的情况来看，他所谓的江湖，不会就是……盗墓吧？

可听他们两个人的言语，又不太对劲，盗墓本身就是一个行业啊，王教授在否认什么呢？

王教授再次转头看起了这个地厅的环境，他看着那一尊尊威严的佛像，又啧啧称赞道："跟书里记载的几乎就是一样的。我当年在南京城待了足足六年，都没有发现这个地方，你们究竟是怎么找到的？"

费爷没回答他，而是问道："你既然知道东西藏在哪，说说看。"

王教授却强硬地说："等等，咱们是不是应该一步步来啊，你能先回答我的问题吗？"

费爷旁边的光头道："你可看清楚了，现在不是在跟你讨价还价，我们可随时都能弄死你们。"

"不讲价拉倒，那老夫就不说了。"王教授一脸不在乎的样子。

光头看看他，朝地上吐了口痰："费爷，我看他八成是诓人的，咱们也不用听他忽悠了，直接杀了他们，继续干咱们的。"

费爷不说话，他是在斟酌。

地厅里安静了好几秒。我很纠结，我希望它不要太长，因为太煎熬，又希望它长一点，因为我们的命运可能就掐在这几秒里。

王教授轻笑了一声。

光头和小段等众人的目光压迫了过来。

王教授又看了看远处那些空了的佛像底座，说道："你们干的那点破事，无非就是搬罗汉像卖点小钱吧？"

费爷脸上闪过一种不自然的表情。

罗汉像，咋改称呼了？我顺着王教授的目光看向远处，忽地懂了，这些可能不是佛像，而是罗汉像。我并不知道佛像跟罗汉像的具体区别在哪，可脑子里瞬间有了个概念，没错，佛可没有这么多啊，而罗汉，最多有多少来着？一百零八罗汉？五百罗汉？我再次看向地厅远处，懂了点什么。

"这不关你的事，"费爷道，"地宫的入口在哪？"

地宫？这个词很突兀地冒了出来，我不由得竖起了耳朵。这里算是地宫吗？听他们的意思，不像是这里。

王教授一点疑惑的表情都没有，这"地宫"二字，看起来早就在他们脑子里了。他道："就在这个地厅里。"

对方那伙人明显精神一振。

“你给我指出来，我不杀你。”费爷道。

“没那么容易。”王教授道。

费爷的眼睛眨了一下，小段歪着头看了眼王教授，目光如刀。

“别误会，”王教授很淡定，“我是说，找到地宫没那么容易。”

“快说。”光头道。

“你先把我们放了，拿点诚意出来，我再告诉你们下一步怎么办。”王教授道。

所有人都看向费爷，费爷思索片刻道：“你得保证那小子不再乱来，否则我让人第一个就打死他。”

他说的是陈八尺。陈八尺的脸还被人踩在泥地上，就像一头被控制住了的猛兽，此时已并无多少戾气了。

王教授回头问我道：“能吗？”

我能？这事还真是只能问我了，只有我跟陈八尺最熟。我不得不故作老练道：“放心吧，他应该已经吃饱了。”

费爷一挥手，陈八尺被放开了，他慢慢地站了起来。

小段上来把我们手上的鞋带一一解开，然后他们刻意地往费爷那边靠了靠，离陈八尺远点，手里都攥着枪。

“说吧。”费爷有些沉不住气了。

王教授则恰恰相反，不紧不慢，就跟我们占了优势似的，他问道：“你们拿人家东西，可知道这东西是谁的？什么来历吗？”

没人回答。

“光知道是古董，逮着就卖，一点都不去考虑它内在的意义和真正的作用。这个行业都让你们这些没文化的臭流氓给带坏了。哪天给你们座浑天仪、地动仪，你们也能当家具摆件给处理了。”王教授一脸不屑道。

这席话就跟当众扒了他们的底一样，噎得人没话。

费爷顿了顿，说道：“这套罗汉像，是魏忠贤镇宫用的。”

“一瓶子不满半瓶子晃荡，”王教授刻薄道，“你吃亏就吃在这上面了。”

学院派的碾压气势，让费爷根本没机会扳回一成。费爷怒了，语气越发阴沉：“我再给你三分钟，如果说不明白，就不要说了。”

杀意浓烈。

王教授估计也是嘴炮过够了瘾，肯严肃谈事了，他正色道："你们知不知道，让你们轻举妄动的东西，在中国历史上的某段时间里曾经十分重要。"

悬念忽起，无人作声。

王教授瞥了一眼费爷他们，继续道："这些是永乐年间第一套完整的五百罗汉铜像，在前后两百多年的时间里，它们曾主宰过明朝的国运。"

这两句话讲完，他就停下了。

有一种若即若离的庄重氛围，慢慢升起了。

我们的心头都有些微震，这两段话虽短，当中包含的信息却不可小视，它们势大力沉。"永乐""第一套完整的五百罗汉铜像""明朝""国运"，这些磅礴的字眼如垂天之云般慢慢地压了过来，尤其是最后那两个字——国运。细思之下，连空气都有些凝固了。

王教授继续道："你们以为你们偷的只是魏忠贤的镇宫罗汉，可实际上，这套东西最早的主人，并非魏忠贤，而是永乐皇帝朱棣。它最早的作用，也并非镇宫，而是镇国。"

"镇国？"我终于忍不住脱口问了出来，"镇什么国？"

没人觉得突兀，大家都想问。

王教授看了看我，点了点头："小白啊，你知道今天的北京城是怎么来的吗？"

这个话题转得有点怪，咱这在南京呢，怎么一下子又到北京了？我答不上来，你问我北京城怎么来的，你怎么不问我欧亚大陆怎么来的呢？

"确切地说，是明朝都城怎么来的？"王教授又道。

我明白了："不是朱棣迁都迁来的吗？"

起先朱元璋定都南京，后来朱元璋死了，燕王朱棣从北京率兵南下，打败他侄子朱允炆，夺了皇位，而后就迁都北京了。这事我也算是耳熟能详。

王教授又看了看费爷，意思是想让他回答。

费爷道："明成祖还是燕王的时候，朝中人向他推荐了一个贤者，叫姚广孝。姚广孝后来辅佐明成祖打下了南京，被称为黑衣宰相。明成祖称帝之后，要迁都北京，命姚广孝规划北京城的新布局。姚广孝在牛心山上一指，定了金銮殿的位置，并依据潭柘寺的格局，定了新北京城的全貌。"

这典故，我几乎不了解。

王教授道："差不多吧，跟史实有点出入，可以不计较。"

费爷没给好脸色。

王教授又问道："那么，你知道这些铜罗汉像是谁造的吗？"

费爷本不想再回答他了，可又一愣，问道："姚广孝？"

"没错，"王教授道，"你可知道，造来干什么用的吗？"

费爷眼睛微微一亮，看起来是想到了什么。

连我都猜到了一星半点，王教授刚才说了，是镇国用的。

没人说话，小段和光头他们都在想，陈八尺和曹欣欣也在各自揣摩。

王教授缓缓道："朱元璋定都应天府，也就是今天的南京。可南京城对于国家统治来说，有诸多不利因素。其中很重要的一条，就是离北方游牧民族太远，难以进行有效抗击。朱元璋生前一度想迁都北方，无奈年老力衰，没那个精力折腾了，也就一直没动。但是，朱棣夺位后，正值年富力强，且北京是他的发迹之地，他的根基在那里。因此，很长一段时间里，朱棣都是待在北京处理政务的，只把太子留在南京监国。在这个过程中，北京的政治地位越来越关键，战略地位也更加明显。无论是抗击塞外的少数民族，还是防止国内那些追随建文帝的反对派势力，都很重要，进可攻退可守。既方便控制天下四夷，也能摆脱朱元璋和朱允炆留下的政治阴影。所以，朱棣先是改了北平府为顺天府，随后迁发人民，充实北京，并打通漕运、修建紫禁城，前后历时十余年，最终完成了迁都。"

/第九章/

隐壁

王教授顿了顿，继续道："但是，大明开国之都，毕竟还是应天府，即南京。这可是太祖朱元璋定的，这里才是大明真正的龙兴之地，这是朱家的'老祖宅'。无论是从政治影响力还是从大的风水上来看，南京对于整个国家来说，地位始终都是重中之重。迁都可以，但不能就此将南京遗弃，人气虽散了，地气也要稳住。并且，从内政角度看，朱棣为维护统治，压住其王气也很重要。所以，朱棣命姚广孝定了北京城并完成迁都之后，又问其应该如何压住南京地气。姚广孝言，'制五百罗汉，镇于留都，以安国本'，这五百尊罗汉像，就是这么来的。"

王教授洋洋洒洒地说了一通，就跟上了堂历史课一样，令人豁然开朗。尤其这个姚广孝，听着是个人物，我特别想查查他究竟是干什么的。

费爷他们听得有点迷茫。

王教授道："你们一定想问，这些镇国罗汉怎么又跟魏忠贤扯上关系了，是吧？"

费爷默认。

"偷的呗。"王教授轻描淡写道，"用脑子想想，魏忠贤掌权的那几年，他想得到的东西，有得不到的吗？这套镇国罗汉怎么跟魏忠贤扯上了关系，并不是应该重点去关心的，我们重点应该关心的是，魏忠贤拿它镇的是什么。"

这才算是说到点上了，扯了半天罗汉像，它们到底是干啥用的？是镇他们说的那个"地宫"吗？到底是什么宝藏？

王教授又环视了下地厅，道："你们在这地儿应该找了很久了，但是没找到魏忠贤的地宫，所以还是放弃了。你们只能搬走罗汉，凑在一起，卖点小钱，也就满足了，这点我没说错吧？”

小钱？我不知道什么是大钱。在我看来，这五百个铜罗汉，个个都是古董，凑一起卖已经是天价了。那座他们没找到的地宫里，还能有什么比这更贵重的东西呢？

“你说错了。”费爷道。

王教授起先没当回事，他说道：“嘴硬。”

费爷也放眼看了看这个地厅。

王教授想到了什么，突然一个激灵，道：“等等，你们这帮家伙，不会是……”

费爷收回了目光，小段和光头脸上都带了一点笑。

“他们要干吗？”我小心地问王教授。

王教授回头看看我们，道：“他们是要把罗汉全都运走，然后炸了这个地厅，强行找出地宫的入口。”

炸了地厅？！

这地厅能炸吗？这离地面有多远啊？要是炸这么大的地方，地面会不会有感觉？那种炸药的规模，估计能让南京城都震动吧。这是胡作，要是顶上的楼都塌了怎么办？

我胆寒了，我看看陈八尺和曹欣欣，他们也很诧异。

“王教授，那地宫究竟是干什么用的啊？魏忠贤有什么东西藏在地宫里？宝藏吗？”我问道。

王教授没回答我。

费爷说话了：“其实，也没什么东西。本来，这套罗汉凑一起卖掉也够本了，可它们不好卖，规模太大，没几个人敢出价，单卖又有点可惜。所以，我才希望找到地宫里的东西。我想，那些东西的价值未必能有多高，可一定很容易出手。”

费爷又一转折道：“可现在，事情的性质变了。我本以为，这些铜罗汉不过是魏忠贤命人造来镇地宫的，你刚才讲了它们的真正来历，我看，事情更大了。这不单单是谁家造来藏东西用的了，这可是国宝，里面到底有什么奥秘？什么玄机？太深奥了。”

“那么，你是要上缴国家呢，还是装作什么都没看到，早早收手？”王教授问。

费爷道：“我更加确定了，这套铜罗汉卖不了，迟早要归还国家。但我的兄弟们不能白忙，所以，我就更想找到那些能卖的东西了。告诉我，怎么找到地宫？”

“你这老头还挺公私分明的，”王教授调侃道，“说得好像这地宫是你们家的，你想咋分就咋分？”

“你少废话，”光头又不耐烦了，对费爷道，“费爷，我看甭信他的，还按照咱们的计划做，搬完了罗汉，把他们也绑在这里，直接全都炸死，就当祭地藏菩萨了。”

费爷却听得很明白，他没理光头，对王教授说：“你什么意思？”

“见者有份，我也得分点。”王教授直截了当地说。

与虎谋皮。费爷肯定想到了，但我没想到，我不敢想，这是行里的规矩吗？

光头和小段都看着费爷。

费爷斟酌了半晌，说了两个字：“可以。”

我觉得这俩字带着阴谋。

王教授却蹬鼻子上脸，道：“按理说啊，这个罗汉厅是你发现的，地宫则将由我指出来，功劳上算，一半一半，所以分赃的时候，也得一半一半，这没毛病吧？”

他就觉不出费爷可能就是逗着他玩的吗？还有空抠这个？连我都看得出来，这么下去，我们的命运就一种：兔死狗烹。

可费爷再次表示同意：“可以。”

王教授没话了。

我搞不懂他们葫芦里卖的什么药。

“那么，你能说了吧，地宫在哪？”费爷是第三次问了。

王教授低下头，沉思着移动了两步，抬头道：“你们知不知道世界是唯物的？”

什么？

没人听懂。

“我说，世界是唯物的。那些风水，镇国、镇宫、国运等玄而又玄的说辞，都是假的。”王教授道。

这话改变了地厅里的气氛，所有人都不明白他要说什么。

“也未必，”费爷道，“但这跟地宫有什么关系？”

“有，”王教授道：“不管是我们看到的还是听到的，只要是玄乎的，都是用来迷惑和蛊惑我们的。姚广孝所谓的罗汉镇国，魏忠贤所谓的罗汉镇宫，皆是如此。它或许能实现其社会价值，却未必是其宣扬的那些意义。它更多的可能是靠着在社会心理学、物理学、地质学，甚至是经济学方面的效力，发挥了真正的作用。只不过，有些学问扎得太深，我们只能把握其规律，却无法形成科学理论，才误以为那是封建迷信。”

这些话值得琢磨，但我也不是第一次听。

王教授又道：“有时候，对于这些东西，我们会直接去用。有时候，则会借助一下它的反作用。”

“反作用？”我问。

王教授点头：“说白了，就是拿着这些看似与别的封建迷信传说同样高深的东西，做个障眼法，让你去研究它，去给它凭空生出一些唬人的意义，从而陷于其中。譬如这套铜罗汉像，其实，它们看起来声势浩大，来历唬人，却什么用都没有。”

众人被这段话给噎着了。

王教授又略微摇了摇头：“也不能说是啥用没有吧，它还是有那么点用的。你们要知道，一切玄乎的东西，都是机关。谣言、传说也都是机关的一部分。这套铜罗汉，在姚广孝手里的时候，我不知道具体还能干啥。但到了魏忠贤那里，它就是个幌子，幌得所有来寻找宝藏的人把精力都放在它上面，却忽略了该真正重视的东西。铜罗汉只是假象，你在它们身上下多少功夫也是白搭。”

“应该是什么？”费爷问。

王教授道：“你听过那句话吧？‘罗汉向佛，五百凌空’，我想，最早的时候，你一定在这句话上费了不少心思。”

费爷明显一怔。

“所有人都把心思用在五百铜罗汉身上了，那我问你，‘佛’呢，‘佛’是什么？”

费爷道：“我们并没你想的那么一根筋，我们是找过的。”

“但是没找到，有啥用？”王教授一点面子都不给，“还是没想通，没完全脱离罗汉像的诱惑，用佛的话说，就是还没有‘放下我执’，想点皮毛，蹑手蹑脚，可没啥用。”

“那你倒是说说，‘佛’是什么？”费爷道。

王教授看了他一眼，目光犀利了起来：“佛嘛，就是真的佛。”

“真的佛？”

“就在这地厅里。”王教授道。

费爷他们下意识地环看四周，我们也忍不住四下张望。

只有王教授没动，他说：“你让人把墙拆了。”

墙？所有人的目光不由自主地看向了远处。越过满地罗汉像，离着圆心一两百米，是地厅的边缘，墙有十几米高，我觉得说得更准确点，应该叫壁。

王教授道：“你们肯定从来没打过那墙壁的主意。”

费爷没否认。

小段问道：“墙壁里有佛像？”

王教授摇头：“只是一部分。”

没人能听得懂。

光头道：“费爷，只能炸开了。”

费爷望着墙壁，又看看满地的罗汉像。

王教授道：“炸开可有点莽撞啊，小子，你们不如运儿把铁锹、大锤下来，忙活几天，保险一点。”

王教授说得一点都不走心，我们听不出他到底是不是真这么想。

光头道：“那得拆到猴年马月去。”

我没忍住，说出了担忧：“你们炸墙倒是小事，可要是把南京城给炸地震了，事可就大了。”

所有人都不说话了。

停了会儿，费爷开了口：“炸了吧。”

你有毛病吧？我感觉费爷脑子不是特别正常，总是很莽撞地就下了决定，让人很不适应，就跟刚才忽然说要杀了我们那样，没人知道他脑子是什么回路。

我说道：“王教授，这……”

“其实没事，”王教授打断了我，“南京城不会因为这点动静就地震的，他们更关心的，应该是会不会把罗汉像毁了。”

王教授一看就跟南京什么关系都没有，所以南京城的安危不在他的考虑范围中。我明白，他也是想找地宫，那是他的主要目标。我现在有点后悔让他参与进来了，我看了看陈八尺，世世代代生长在南京城的他，看王教授的眼神不是特别友好了，但他什么也没说。

“炸吧，小段，你带人安排一下，”费爷又问王教授，“先炸哪里才能保证佛像炸不坏？”

“这可保不齐，我也只是道听途说，这又不是我修的，你看着炸吧，咱们就当共同探索了。”

王教授这话说得真不负责任，我以为他是地厅百事通呢，结果他也是来进行破坏性探索的。

费爷点了点头。看起来，这俩人已经结成同盟，狼狈为奸了。我真替南京城的百姓担忧，我可是在这里念的大学啊，这是我的第二故乡。

小段招呼了一声，虾仔和费爷身边的一个人跟了过去，只有光头没动。

那两个人原本都是背着包的，他们边走边把包拿到胸前，拉开了拉链，摸出几个东西，然后把包交给了光头。

手雷。

我心里一惊，这帮人来头不小啊，我身为一个平头老百姓，还是生平第一次见到真的手雷。

陈八尺和曹欣欣也都没料到他们竟有这玩意儿，王教授却摆出一副见多识广的样子，道：“你们还挺有准备的，也不怕搬罗汉像的时候走了火。”

“实话告诉你，通向地厅里的这些路就是炸出来的。我让他们随时背着，以备不时之需，今天算是又派上了用场。”费爷道。

光头也道：“炸药太猛，不好掌握，手雷正合适。”

一帮亡命之徒。

我真想知道费爷这伙人到底是干什么的，竟能在法制如此健全的社会里搞到这么多违禁品。

小段三个人没多久就到了地厅边缘，他们围着那里来回走了走，在琢磨怎么炸。

我担忧地环视这偌大的地厅，有些紧张。我知道手雷不比炸弹，威力没那么大，应该不会把这地厅给炸塌了。可还是害怕，万一这地厅的土不严呢？发生点共振什么的，一下把我们都埋在这里，可就全完了。我看看陈八尺，他也蹙着眉头，又看看曹欣欣，她则眼神游移。

王教授和费爷都挺坚定的，好像这种事他们干过好几遍了，一点都不担心会出问题。

小段他们蹲下了，看起来，商量已毕。

我下意识地做好了逃跑的准备，却不知逃向何方。

我远远地看到小段他们用手在墙角挖坑。

王教授和费爷一言不发，像是两个武林高手在比拼定力。

小段他们挖了好久，起了身，往后退。

我看不清墙角多了一个多大的坑，我猜，顶多有脸盆那么大。

他们站住了，离着墙有十多米。小段回了头，我看到费爷点了点头。

作死的时刻要来了。

小段向另外两个人比画了一下，他们三个分开站着，相隔一米，从兜里掏出了手雷。

我往后退了一步，陈八尺则低了下颚，曹欣欣转过了头。

我的心快跳了起来，在调整呼吸的当口儿，只见他们扬起了胳膊，就像是魔术师甩出了三只黑鸽子，手雷飞了出去，轻响，落地。

而后三人转身猛跑，如豹子逃命！

片刻之后，炸声四起！隆隆而至的响声几乎震碎了我的耳膜！我吓得扑倒了。

地厅塌了，塌得泥土松落，雪崩一般地动山摇，尘埃慢慢将我们覆盖，我们就此被埋在了这深远的地下，永无天日……

我们完了……

那是我的错觉。

我耳边像是有风，却并不见土；我头上有雷，天却未塌。

我回头睁开了眼。

隆隆声还在继续，只见那地厅的四壁如枯树皮般剥落，洋洋洒洒，环绕了一大圈。

地厅里在地震，墙壁如长城崩塌，多米诺骨牌般倾倒，伴着狂莽蜕皮般的声响，又似蔓藤在生长！

我吃惊地望着这场面，思绪混乱。

我还看见，那尘土飞扬的深处，佛的慈眉善目，犹如怒目。

/第十章/

陷落佛语

坍塌持续了很久。

整个地厅如寒冬季节北京的天空，灰蒙一片。

我有些被呛着了，我们纷纷捂住了口鼻，已看不见墙壁处的景象了。落灰与扬土如沙尘暴般向我们笼罩而来，我甚至想起了史蒂芬·金的《迷雾》，迷雾那头，是不是地狱之门？

我也说不上这次坍塌持续了多长时间。我从目瞪口呆，到心潮澎湃，再到急躁，最后到憋闷，眼睁睁地看着尘土漫天，等着它们缓缓落下，又因再次看到的事物而心潮澎湃加目瞪口呆，切切实实地经历了一个轮回。

我看到了佛头。有三座佛头，每一座都有三四米高，呈三角形环列，镶嵌在大厅的泥壁里，面如冠玉，沉静不语，又喃喃似有经声。

隆隆声已不知何时止住了，整个大厅却还在回荡着妙谛。

王教授扇了扇鼻子，费爷则喘了口气。

小段他们跑回来了，身上有灰，但却毫发无伤。

没想到先前的泥壁竟是虚的，大家想必都以为要多炸几处，甚至炸到手雷不够使都未必行。然而它竟一炸而溃，倏忽之间便揭开了真面目，冥冥之中似有佛意。

我们环视着这三座佛头，久久无语。单从气势上看，它们相比于那五百座罗汉像，已不可同日而语了，如洪钟与蝼蚁，又如巨树与沙尘，它们威严参天，光芒垂地。

我脑中闪过什么过去佛、未来佛之类的词，却只是一知半解。我不知道这三座佛像都是谁，我等着王教授说话。而我也忽然懂了，王教授说的“只是一部分”是什么意思，因为现在有个问题特别明显，佛身呢？

“三世佛。”

费爷先开了口。

地厅里肃穆得真像是大雄宝殿。

光头一脸疑惑，却不敢乱说话。

直到王教授开了口：“大吧？”

我们差点栽倒。

这么庄重的时刻，他肤浅如佛头着粪。

光头道：“费爷，这不就是庙里常见的那三座大佛吗？”

“燃灯古佛、释迦牟尼佛、弥勒佛。”费爷挨个指着道，又转头接了王教授的话，“是很大。”

王教授也来回看着三座佛头，叹道：“古人诚不欺我。”

费爷又深看了一眼王教授，他特别想知道，这个“古人”，究竟是谁？而我们也再次被勾起了好奇心，那本“书”，究竟是何物？

王教授打破了气氛，大笑一阵，道：“看起来，这地宫的事是真的，我十拿九稳了。”

这暴露了他的本质，大家也是现在才知道，王教授刚才也是赌了一把。那他到底知道多少啊？看他忽深忽浅的，让人琢磨不透。我心想这厮可能还真是走江湖的，道行挺深。

“王教授，这就是佛？”我问道。

王教授很做作地摇了摇头。

“这只是佛头。”久未发声的陈八尺说了一句。我明显看到小段他们偏了下头，就像被狗咬了没多久又听到了犬吠。

佛头都这么大，佛身岂不是更大？我按比例想了想，这地儿可装不下啊。

“佛身呢？”费爷问。

王教授停了会儿，抻够了，伸手朝着地面上一点，道：“佛，就在我们脚下。”

脚下就像变成了雷区，众人都低下了头。

脚下是圆心，佛身能在哪？

但当我的眼神定在这大圆心里那三个同样是呈三角形排列的圆坑中时，瞬间明白了。

与此同时，王教授也指向了那里。在佛头现出来之前，大家未必明白那是什么意思，可现在佛头有了，这三个圆坑的意义立即就显露出来了。按理来说，它们不正是放佛身的地方吗？

我问道："佛身还在地下？"

王教授道："在不在不知道，反正我就知道一句话，'身埋于心，首隐于壁，身首相合，罗汉向佛'。"

刚才那句怎么说来着，"罗汉向佛，五百凌空"？搞了半天王教授这是用断了章的方式给我们念的，我问道："也是那本……什么书上说的？"

王教授没有回答。

我怎么感觉是他编的呢？

王教授朝着费爷努了努嘴："搬吧。"

费爷似懂非懂，看着王教授。

"得把佛头和佛身子对起来，要不然找出佛头来干啥？"王教授道。

小段和光头他们一听就傻了，光头看看佛像，又瞅了瞅脚底下："你涮我们呢？这么大的佛头，怎么运过来，你要我开辆铲车进来吗？"

王教授道："那我可就不知道了，我只负责指路，走不走，怎么走，你们看着办。"

"费爷，我看他是在耍滑头。"光头愤愤道。

王教授讥讽道："是，我耍了你们一路了，你们倒是别听。"

众人都看着费爷，他们拿不了主意。

费爷盯着地上的坑瞅了一会儿，抬起了头，对小段道："你带人量量这坑，是不是跟佛头底部一样大。"

这是个办法。

王教授冲费爷点头，一脸赞赏："还是你吃的盐多。"

小段领命，带着那几个人又回去了。他们越过坍塌的墙壁堆积成的小土丘，到了其中一个佛头跟前，据我看，那应该是释迦牟尼佛，因为它的面容比另外两座要熟悉一点。

小段他们围着佛头仔细勘察了一番，由于它是镶嵌在内墙之中，进去有点费劲，但下方的宽度是可以估摸出来的，少顷，他们跑了回来，又拉着胳膊比对了一下圆坑，小段对费爷道："差不多。"

"那就搬。"费爷很果断。

可问题是，咋搬？

所有人都在发愣，这么大的佛头，体积快赶上家里的西厢房了，在这几乎与外界没啥联系的地厅里，怎么搬？

我唯一能想到的方法，就是滚。我想，此刻正远远打量着佛头的其他人也一样，没别的招了，这地方几乎无力可借。

"也只有把佛头滚过来了，"费爷看看王教授，"得叫上你们的人帮着一起了，想要分东西，都应该干活。"

"说得在理。"王教授征求我和陈八尺的意见。

我心想，我又没想分，凭啥啊？另外，怎么我们跟费爷他们先前是对立的，聊着聊着就成了一伙儿的了？我下意识地瞥了眼地上那白布蒙着的尸体，心想，我们杀了他们的人，这事就算了？

"行。"陈八尺竟点了头，我本以为这小子还得横一会儿呢，这转变也太快了吧。

"有觉悟，"王教授夸赞道，同时对我说，"小白你还想什么呢？这种事，双赢的，就化干戈为玉帛了，干吧，找着地宫，大家都有份儿。"

"没有永远的敌人。"费爷也道，我看他们两个恨不能弹冠相庆。

所有人都动了起来，我们跟在小段后面，越过土丘，走到方才他们量的佛头跟前。我看得更清楚了，这佛头真是大，威严壮观，它的底部是圆的，直径跟大厅圆心处的坑差不多。整个佛头就像是放在了一个巨大的佛龛里，里面有空隙，能容得下人。

另外，往这边走的时候，我还特意看了看那些铜罗汉，它们是呈辐射状排列分布的，间距也都有五六米，看起来，如果把佛头从它们中间滚动过去，问题不大，只需要小心一点就可以了。

小段先钻进了佛头后面，随后费爷他们也进去了，果然是齐心协力的时候不分高低贵贱。我和王教授等人在最后面，大家依次进去之后，小段和虾仔蹬着佛头和墙壁往上爬了爬，而后各就各位，他喊：“一、二、三”，我们咬牙发力，佛头松动了一下。

有戏。它不是实心的。

“再来！”小段道，“这回跟着我的节拍发力，一、二，一、二……”

佛头晃动了，倾斜欲倒。我和曹欣欣在最外侧，佛头摇得厉害，我叫道：“小心着点，别晃歪了挤着自己！”

曹欣欣对我点点头，继续随着小段的号子发力。

佛头摆动的幅度已经很大了，只听小段一声“再加把劲，用全力”，随后佛头一下就倾斜了，直接倒了出去。我们纷纷住手，傻傻地看着。那佛头的整体是圆的，本身重量不小，惯性也大，滚出去之后并没立即停下，竟直接翻过了土丘，又借着那股劲儿继续向前。

“赶紧，借着劲，推着它，否则一会儿停了可不好发动了！”王教授说着便身先士卒跑了过去，就好像那佛头是辆快没了油的越野车。

我们也赶紧跟上，纷纷涌向佛头，在佛头快要停下之前，一齐发力，让它接着滚了起来。

“别磕着铜罗汉，万一卡住就麻烦了！”王教授道，“欣欣，你上前面隔远点，帮我们引路！”

曹欣欣跑到了前面。

剩下的人则继续推着佛头往前走，我看费爷的样子，仿佛是一个老财主正拼着老命去捞他的老本儿。

势能还是渐渐失去了，越推越费劲，好在佛头型好，一直都能滚，费了九牛二虎之力，我们将它推到了地厅的中心。而后，在曹欣欣的指挥下，前后调整了四五回后，将它稳稳卡在了圆坑之中。

严丝合缝。

喘息不止的费爷和王教授松开了手，看着眼前的场景，全都带着笑。

我们也都纷纷伸腰揉胳膊，观察着动静。

但是没有动静，佛头向外，对着五百铜罗汉，地厅里什么也没改变。

“歇会儿，继续。”王教授道。

费爷没有异议，他正揉着自己的腰。

我觉得气氛有点怪。

因为陈八尺在看地上的那几个背包。

他看得很隐蔽，可还是被费爷注意到了，费爷对光头道："都把包背上。"

光头会意，恶狠狠地瞥了眼陈八尺。

陈八尺没搭理他。说实话，我还真挺担心陈八尺要花样的，我感觉这时候事情正进行得挺顺利，不太适合造反，可谁知道他会不会忽然又起了意。

费爷歇够了，道："走，继续吧。"

我们去了另一座佛头处，费爷说那是燃灯古佛。我们按照先前一样的流程，将这个佛头也推倒，而后一路滚动，将其卡在了圆心。

这回真是精疲力尽了，尤其是费爷那几个背包的手下，佛头一归位，立马就瘫在了地上。

我们歇了好一阵子，在这个过程中，我越来越觉得不靠谱了，怎么还是一点动静都没有啊。我看了看王教授，总觉得他留了一手，一会儿要是不能把佛头都安上，他会在现场念咒作法吗？我只求他的法术能灵验一点，否则，啥事都办完了，就是没出结果，费爷不会让我们好过的。

我坐在地厅中央，看着两个佛头，它们分别向外对着五百铜罗汉，这种佛的造型还挺奇怪的，少见。我想，再加上第三个佛头的话，它们看起来会像三头六臂的哪吒，也不知我这思想是否不敬。

这回歇了足足有一刻钟。

还剩下最后一个佛头。

当费爷在光头的搀扶下慢慢站起身，又说了一声"走"的时候，我的不安感变强了。此一去，要么是光明，要么是末路。

我们走向了最后一尊弥勒佛。我想起来了，它是未来佛。我知道，我们的未来就掌握在它手中，是生是死全看它归位之后能否显灵了，而它却跟没事儿人似的，憨态可掬。

我没有看到任何魔力即将发生的迹象，我们绕到佛头后面，将它推倒，一路小心翼翼地滚到了地厅中央。然后，与之前一样，慢慢地，几乎拼尽了全身的这点力气，将它卡了进去。

我瘫倒了，气都喘不上来。我看向王教授，等着他给出下一步的解释。

但是王教授还在站着，他看了我一眼。

不对，好像有动静。

我是说，地在动！

还没等我反应过来，地震了！比先前塌墙更响的隆隆之声忽起，身下的地面开始转了，我们全都看到，那三座佛头在同时下降，而我们所在的圆心则开始了旋转！

“快起来！”王教授冲我们一声大喝，顺手就拉起了曹欣欣。我和陈八尺火烧屁股一样立即蹿起，而与此同时，在我们身后，这圆心的最中心处，裂开了！

佛声四起。

我也不知道是不是出现了幻觉，为什么我真真切切地听到了满地厅的呢喃？

“跑啊！”

/第十一章/

孤寂的深渊

裂洞越来越大，泥土如流沙般向洞中灌去，这地厅从中心向四周开始塌陷了！

所有人都爬了起来，发足狂奔。王教授边跑边指着前面：“往地厅边上跑！”

光头和小段一左一右搀着费爷，虾仔和其余两个人则在前头开路，王教授带着我们紧随其后，仓促之间我瞥见老驴的尸体跟着地上的泥土滑向了洞里，白布凌乱，露出了他那恐怖的死相，让我更加胆战心惊。我可不愿跟他一起掉进洞里，我得逃！

我们本在佛头后面，就在即将越过去的时候，我没想到，王教授突然停了。他伸出两只胳膊，死死挡住我和陈八尺还有曹欣欣，不让我们逃了。

这是干吗？我们一阵错愕。王教授却回头给了我们一个十分紧急的眼色，他不让我们发声！

费爷他们已经跑进罗汉堆里去了，越跑越远，离开了危险区域。我们则站在佛头之下，身后的裂洞还在扩大，随时都有掉进去的危险。王教授你这是干什么？

但正当我要挣脱开他的时候，另一种声音响起来了。我循声望去，见到了此生我所见过的最恐怖的场景，那就像世界末日——我们眼前十几米处，地面裂开了，如同上天在地厅中央放了一颗炸雷，无数道闪电沿着那成列的罗汉像放射出去。顷刻之间，地上现出了几条巨大的裂缝，紧接着，地动山摇。

“扶着佛头，别晃倒了！”王教授低吼了一声。

我们别无可依，只能就近扶住硕大的佛头，相互拉着手保持平衡。

我们的心在颤抖。我看到了锁链，是像臂膀那般粗的铁索，它们是埋于地下的，此刻全都显露了出来，如巨型蚯蚓般破土而出，每条都有一两百米长。而我也看清了，先前地上的那一尊尊罗汉像底座，竟是附着在这些铁索之上的。

百米铁索开始下坠，罗汉掉落下去。铁索的头连在我们脚下的圆心处，它们的末端却并未连在地厅的边缘，它们就像是被砍断的吊桥，坠落了下去。

地厅已空，除了我们所在的圆心处，其余地方，泥土松落，纷纷下陷。

下陷，陷得越来越空。

我该怎么形容整个地厅的状况呢？我想到了，它犹如一把遮天巨伞，在慢慢闭合。

它让我想起了四大天王之一魔里海的宝伞。

我们四个人站在伞头上，铁索似伞骨、伞架般收拢。

我听到了费爷等人的惨叫。他们已跑出了那么远，他们正在伞骨之上，他们已掉了下去。

下面是无尽的黑暗。

伴随着他们的，还有无数罗汉，罗汉从铁索上的底座里跌落了出来，如飞行员弹舱般向下坠去。

我好像理解了“罗汉凌空”的意思，罗汉不是飞起来了，而是落了下去，下面是悬崖，他们的下落，正是凌空！

这里宏大又深邃，下面好似无底。

我听错了，方才我听到的不是呢喃之声，而是下方传来的土崩之声，那是天王在收伞。

我们瞪着眼睛，宛如站在宇宙的尽头，看着时空远去。

巨大的黑暗笼罩了这里，篝火也消失在了下方的黑暗深处。

费爷他们没了声音。

扬尘飘飘荡荡，飘荡在我们面前，也飘向了黑暗。

原本偌大的地厅，就在这顷刻之间，已完全变了样子。

你去过南方的山吗？我是北方人，我当年第一次去张家界旅游，被那里的山惊艳到了。看惯了丘陵的我，并没想到，世界上竟还有笔直的山，如一根金箍棒扎在了地里，直上直下，那也是山。

我们此刻就在这样一座山的山头。

地厅还在，只不过由一个圆面变成了空心圆，它只剩下周长了。我们所在的地方，就像在这空心圆中间插了一支笔，我们就在笔端。

笔端上有三个佛头。佛头之下，连着几十条铁索，它们沉重地撞在了笔杆上，撞得我们肝胆共颤，许久方停，它们就像是小姑娘给自己心爱的笔做的装饰品。

除此以外，全是黑暗。

我们惊呆了，好像呆了一个世纪那么久。

我们的目光越过眼前的深渊，看不清远处的圆壁了，因为那里已全无亮光。

好在我们所在的圆心处还有一小团篝火，我们借着这点微弱的火光，难以置信地审视着自己的处境。

一片安静。

一切都消停了。

王教授弯腰从篝火中捡起一根木头。我看清了他的脸，他的脸色惊喜各半。

我震惊了很久，才慢慢回过了神。

我想要说话，却似失了声。我调节了一下嗓子里的肌肉，终于问了出来："这是……怎么回事？"

陈八尺把手从佛头上撤了回来，曹欣欣也站稳了。

王教授没回答我，他拿着那带火的木头在眼前晃了晃，想要看清楚什么。而后他又转过了身子，看向了地上。

我们随着他的目光看过去，在我们身后，是个巨大的圆洞，它是最先裂开的，却不知何时停了，像张巨口。

也就是说，我们所在的这根"笔"，也是空心的。我们只是站在它的边缘，是站在一个圆环上，算起来，有十来米宽。而那洞，直径看起来则有三四十米，它与外沿的地厅陷落后留下的深渊一样，黑不见底。

但我们随着王教授手里的火光，看到了这巨大的洞中，似乎有……那是梯子吗？

没错，是梯子，它竟还是金属的。像什么呢？就像是老住宅区里通往楼顶的那些铁把手。我忍不住探过头去，它绵延向下，宛如巨大的蜈蚣。

并且，还不止一条，围在这洞壁上的，就像之前的罗汉像，足足有几十条。

我们四个人的脑子里同时浮现出了两个字：入口。

难道，真像王教授所说的那样，我们找到了地宫的入口？这里向下，不知多深处，竟真有一个地宫？

“你一直都知道会是这种情况。”陈八尺说道，他伸出手掌挥了挥，指着这整个已不再是地厅的“地厅”。

王教授并没否认。

我看着背后的深渊，问道：“他们……”

“是，他们死定了。”王教授答道，语气平淡。

我默然。

“不过不是我们干的。”王教授又说了一句。

是人为财死，我明白。我们当然没有杀他们，他们是中了机关，我这么安慰自己。

“这机关到底是怎么打开的？”我问道。

“如你所见，书中所言，”王教授道，“你要是想让我给你详细解析，不如去问问鲁班或者墨子吧。”

我没再纠缠这事，又问道：“这下面就是那个传说中的地宫吗？”

王教授点头：“应该就是了。”

没人能料到竟是这样的结局。难怪王教授一直都不怎么慌张，他早就知道会是这样，也早就想好了，方才他故意喊着让大家往地厅边上跑，为的就是把费爷他们骗出去。想到这里我心有余悸，这王教授还真算是讲交情、够意思。万一他当时让我们全跑了，一个也不拦，那现在落入深渊的可就不只费爷他们了。曹欣欣我是不知道，反正我和陈八尺很容易也跟着陪葬了，我真是得谢谢王教授了。

另外，如果费爷他们没听他的，或者是跑慢了呢？他难道还能继续装下去？这事还真不能用“如果”去想，否则可能性真是太多了。

“地宫里有什么？”我问道。

“宝藏。”王教授答得特别简单。

我是想让他说出这个地宫的来龙去脉。他之前只说是魏忠贤的，就透露了那么点信息，搞得我和陈八尺到现在都懵懵懂懂的。我只好问曹欣欣：“你能说说吗？”

曹欣欣摇了摇头。

陈八尺压根儿就没打算问。

我看着这个巨大的洞口，心想，老驴的尸体应该是落到里面了吧，我可不想再见到他。说实话，王教授虽然说下面有宝藏，可毕竟没说出是什么宝藏，一点都不具体。在我看来，地宫里所谓的宝藏还不如一尊铜罗汉像有魅力，我并没那么大的兴趣下去，我想回去。

可回去显然是无路可走，那个绳梯飘荡在大圆洞的最中央，前不着村后不着店的，我们够不着。

只有一条路可走了，下去。

“你就不能先给我们讲讲这地宫到底是咋回事吗？”我语气故作不悦，对王教授道。我真是受够了这种混沌无知的状态。毕竟，费爷他们死了，这会儿威胁可全都解除了吧。没有敌人了，那么作为自己人，你还藏着掖着干什么？难不成是想下去以后再想点什么阴招把我们也都弄死，你一个人独得宝藏？可笑。

未想陈八尺却道：“他要是不愿意说就甭说了。走，下去看看，或许能找到出路。”

我说你小子心急什么啊，我眼看都快要问出来了，你怎么这么莽撞？我心里特别埋怨陈八尺。

可他那天不怕地不怕的闯劲儿又上来了，竟率先迈出了脚步，倒退着身子，踩上了铁把手。

王教授对曹欣欣点点头。他们两个也先后下了洞，各自攀上一列把手。

唯独我站在原地不动，陈八尺对我道：“你磨叽什么呢？还有别的路可选吗？”

“走吧，下去看看，一会儿到了我给你们好好讲讲，现在啥都不确定，为时过早，”王教授道，他手里拿着火把，搭着把手有点费劲，“要是有个探照灯戴着就好了。”

我向下面看了看，那里犹如一个巨大的火山口，真要下去吗？我又回头看了看后面的深渊，别无他法，总要选一个，那就下去吧，但愿王教授的判断不会错。

他们已离我有三四米了，我来不及再问任何有关宝藏、地宫，还有那本“书”的问题了，我攀了下去。

我觉得，这是一只怪兽，它大如鲲鹏。我们正在从它的巨口走向它的胃。

我们四个人一人沿着一列铁把手下行，间隔有两三米，只能借助王教授的火把，勉强看得清每个人的方位。

顶端的洞口已经远了，我不再抬头去看它了。

没有任何动静，连我们攀爬时的回音都听不到。

这里太诡异。

我感到阴森森的，后背有些发冷。我在想，下面会不会是一个充斥着各种妖魔鬼怪的异界啊，我们给它解开了封印。一会儿，老驴的冤魂会慢慢飘浮上来，后面跟着数不清的孽物。它们奇形怪状，面目恶心，哀号着顺着这些铁把手爬行上来，将我们四个人剥皮拆骨，撕心吃肉。而后它们越过了我们的尸骸，或者，带着我们的尸骸一起，慢慢堆积，慢慢覆盖，上了绳梯，穿出地底，来到地面，从秦淮河岸默默地爬出来，如瘟疫一样，扩散到夫子庙，扩散到南京城，扩散到全地球……

我又陷入了幻想。我心里害怕，感觉自己像个傻子。

我努力把自己拉回现实，告诫自己，王教授说了，下面是宝藏，是地宫。世界是唯物的，没什么好怕的。

我们就这么一步一步地往下爬，像四只小虫在探索空心梧桐。

我也不知道爬了多久。我想，有百余米了吧。我借着王教授的火光，向下看看，看不见尽头。

我胳膊都酸了，口干舌燥。我有些饿了，心想，我们会在这里爬一辈子吗？为什么一直都没有人说话？你们不寂寞吗？

现在什么时间？是凌晨，还是已经到了早晨？外面是白天吗？我不知道，这里暗无天日，是另一个世界。

没人理会我慌张的内心，我继续爬。

我对世界有了新的看法，我也说不上那是什么看法，仿佛感受到了另一个维度，但又说不上来，我快被这漫长的路给催眠了。有人说，伟大的文学生于小镇。我也不知道为什么会想起这句话，我错乱了。或许，世界的真相，就在漫长的枯燥之中。

它太长了。

“慢一点。”

神给了我暗示。

哦，不是神，那是王教授说的。

我清醒了，转过头看他。

王教授挥了挥火把，就像神摇了摇左手，说：“下面有东西。”

此言平淡无趣，我却被勾得心急火燎了。我向下望去，如见梅林，顿生津液。我急切地想知道，下面到底是什么？

第十二章

黑暗尽处阎王殿

洞的上端已离我们很远，完全看不到了。我们仿佛到了悬崖的底部，火山的深处。

王教授一手抓着铁把手，向下挥了挥火把，火光很弱。

我好像看出了点什么，下面不是有什么东西，而是没了什么东西。

铁把手没了。

它们只能再延伸到下面五六米处，然后，就断了。

我们四个人相互看了看，拿不定主意。陈八尺率先爬了下去。

“没了。”陈八尺确认道。

我们三个也跟了下去，我的脚下空了，铁把手确实消失了。

可下面是什么呢？我看不清楚。我们被晾在了半空中。

王教授挥着火把往下看。火把的亮度十分有限，隐隐约约的，我好像看到了地面，但不真切。

“谁看得清楚下面是什么？”王教授问。

没人回答。

那有没有人敢跳下去试试呢？我这问题还没问出来，心里已经有了答案。可我就怕这个，赶紧对陈八尺道：“八尺，别冲动。”

陈八尺没说话。

曹欣欣道：“下面好像是地面。”

“我看也像，”王教授道，“我把火把扔下去试试。”

我阻止道：“你等等，咱可就剩这么点东西照亮了。”

这是个特别现实的问题，火把要是没了，天可就全黑了，我们将什么也看不见，任何探索之举也再无意义。

“烧衣服。”陈八尺道。

这主意挺不错的，可问题是，我们来的时候都潜了水，衣服全都湿了，纵使在地厅里待了那么长的时间，也还没干。

“曹欣欣，你脱了吧。”陈八尺又道。

我瞪大了眼，你说什么呢？

曹欣欣却没拒绝。我明白了，也只有曹欣欣能脱了，她来的时候穿了两件衣服，一件短袖T恤，一件则是套在外面的那种特别轻薄的外套，跟雨衣似的。

“应该干了吧？”陈八尺又道。

“干了，”曹欣欣没犹豫，一只胳膊搂紧铁把手，三两下就将外套脱了下来，揉成一团，对王教授道，“王教授，你接住了。”

她扔了过去。王教授接到手，说了句“这衣服挺好，啥材料的”？而后就用火把将它点上了，丢了下去。

衣服着了，黑暗之中又多了一丝光亮，它很快就落了下去。我们看清了，下面是平地。

衣服着地，还没烧完。我们借着火光，估量了一下，下面有七八米。果然，刚才并没看错。

可七八米也有两层楼高了，我们怎么下去？我正在琢磨，却发现这点问题在陈八尺那里简直不算个事，他说道：“我先跳下去看看，你们等一会儿。”

他说着就瞄了瞄那已燃烧了一半的衣服，正要跳，我赶紧拦住他：“等等，八尺，别冲动，你跳下去万一摔骨折了，咱可就更费劲了。”

“那你说怎么办？”陈八尺是嫌我胆小。

我说道：“这样，咱们挨个来，你先跳到我这里，我往下退两步，你抓着我的脚再跳下去，这样就剩了三四米了，会保险一点。”

“行，你让一让。”陈八尺挺心急的，但在我看来他这举动还是太毛躁。我微微一让，他已经跳了过来，我抓住了他。

还是有点险啊。

我往下退了两步，陈八尺抓着我，以一种螳螂受精的姿势爬了下去，一直退到我的脚上，我刚感到吃力，他已跳了下去。

稳稳落地，这小子真是个探险的好苗子，胆子那么大。

他捡起了快要烧完的衣服，围着近处走了两步观察情况。

“下面是啥，有入口吗？”王教授问道。

“没，一片平地，应该是木头的。”陈八尺用力踏了踏。

木头的，他方才落地的时候我们也听出来了。我提醒道：“那你赶紧把衣服拿起来，别引燃了。”

“这点火还不至于，”王教授道，“来，你跳过来，还跟刚才那样，让我跳下去。”

把他弄下去可有点够呛啊，陈八尺就挺让我吃力的了。我没同意，道：“我先帮曹欣欣吧，最后你帮我，我们三个在下面接着你。”

王教授不悦，却也知道自己重，没别的办法。可我又犹犹豫豫地不太敢跳，只能让曹欣欣先跳到他的铁把手上，又跳到我这里，我把她顺了下去。

而后，我鼓起勇气跳到了王教授那里，抓着他的腿，让陈八尺接着我，落了地。

这里果然是木头的，我蹲下用手摸了摸地面，有些潮。

“赶紧，该我了。”王教授在上面嚷嚷。

我们三个围着向上看，王教授那臃肿的身躯真是愁人。这要是跳下来我们接住了，胳膊还不得被压脱臼了？再者，要是接不住，他不得摔成盆骨骨折啊？

“跳吧。”陈八尺道。

王教授把火把先丢了下来，曹欣欣接住。而后，我和陈八尺就跟端尿盆似的，搭着手。王教授纵身一跃，如一颗榴弹般落了下来。

我的天哪，真重！我胳膊都快断了，我们三个人一起栽在了地上。

王教授调整了一下，没事人儿似的站起来拍拍屁股，从曹欣欣手中接过了火把。

我和陈八尺则互相帮扶着爬了起来，揉着疼得要命的胳膊，轻轻甩了半天，生怕摔断了。

“庆幸吧，我身上肉多，面积大，压强小，否则真把你们骨头撞断了也未可知。”王教授道。

“早知道我俩松了手让你直接摔地上就好了。”我没好气道。

王教授已拿着火把开始四下探寻，我们跟了上去。

这地方不会有多大，毕竟洞口上边的直径也就三四十米，我们往下爬的过程中，也没感到有什么斜度，不可能是那种上小下大的锥体结构。

果不其然，我们先是沿着边走了没多远，就感受到了它的弧度。从这个信息来看，面积应该跟上面的洞口是差不多的。

又走了两步，出现了一具尸体。

尸体连着白布，我吓得一哆嗦。

那是老驴。

我们都停住了脚，却没人有所表示。也是，这早该料到的，老驴的尸体还能掉到哪里去？

“往里走走。”陈八尺道。

王教授点头，举着火把带我们向圆心走去。

有些不太好的预感浮上了我的心头。

其实，我一直都在嘀咕一件事，我们从上面下来，一路平淡得什么事都没有发生，我们就只有顺着那几十列铁把手、安静无声的洞壁很顺畅自然地下来了。中途啥都没出现，也没有尸怪，也没有鬼魂，连只苍蝇蚊子都没有。这种情况，不太正常。我说不出是哪儿不正常，但总觉得，要是这条路真是通向地宫的，那也太简单了啊，不科学啊，这地方肯定不是天然的，是人造的。他们费这么大劲造这么大的工程，难道就是为了让人顺顺利利地走完它吗？

我时刻警惕着四周随时可能会冒出的奇怪东西，或是能直接置人于死地的机关，或是让人迷惑不解的歧路，至少，来两条毒蛇、老鼠也行啊，但都没有。

我猜不透设计者的心思。我觉得，它或许是在以简单引发我们的胡思乱想，然后让我们暴露出弱点，自投罗网。

没有罗网，我们已到圆心处了，火把的照亮度十分有限，我们已看不清边缘了。

王教授一直都没说话，他所有的精力都放在探究上了，他坚信这里有玄机。

“这不会就是地宫吧，空空如也。”我多了句嘴。

没人放声，我的猜想是令人沮丧的，不会得到声援。

王教授站住了。

我们也随之停下了脚步，他把火把探了出去。

有变化。

我们看到了一个凸起，就在前方地上，它平庸得简直像块路边石，要是急着赶路的话，我估计我们都会被它绊倒。

但它却不小。我们上前仔细看看，它像个小树墩子，十几厘米高，二三十厘米宽，整体是个圆柱。

我们停下了，盯着它，就像盯着掉在地上的一粒豆子。它的简单乏味，令我们不知所措。

王教授晃了晃火把："这肯定是圆心了。"

这还能是哪？用得着说吗？

王教授又走了起来，加快了脚步，他挥动着火把，看着地面，用极快的速度踅了一圈，而后回来了，道："这里除了这个东西，什么也没有。"

我们已经料到了，但经过他求证之后，这个凸起，仿佛成了宇宙的原点，一切希望都寄托在了它的身上。

"这不会是无缘无故就存在的。"王教授几乎要讲出点哲学道理了。

曹欣欣蹲下了，她伸手摸了摸那个凸起，过了好一阵子，抬头道："有缝隙。"

王教授把火把探过去，我们看得很清楚了，她所说的缝隙，是指这个凸起跟这地面不是一体的，它像个按钮。

"往下踩踩试试。"陈八尺道。

王教授点头，曹欣欣起身退了一步，陈八尺伸出了脚。

"等等，"我拉住了他，"咱们这么做，是不是有点草率？"

"草率啥？"陈八尺问。

你问我草率啥？这需要问吗？你们是小孩子吗？看到个东西不加思考就上去摆弄，这是啥地方？这是你家吗？！我终于憋不住了："你们不觉得这东西很诡异吗？这么空旷的地方，什么也没有，就这么一个凸起，前不着村后不着店的，这不是典型的陷阱吗？如果它不是好东西，这窟窿里可不比平地，咱逃都没地儿逃啊，不应该多思考思考，多琢磨琢磨吗？哪有上去就踩的？"

我这一席话说得他们三个一时无言。

王教授停了一会儿，拍了拍我的肩膀，道："小白啊，说实在的，我是想拿着皮尺量量，再拿放大镜查查，然后架上显微镜或者别的靠谱的仪器给好好测测。可我们有那条件吗？探险不是绣花，也不是写文章，有的时候，遇到这样的情况，你会发现，犹豫半天和当机立断，最后所做出来的举动是一样的，多加思考，并无多少意义。”

“那至少，咱们也应该商量一下吧？”我还是不同意。

“商量啥？对着它三跪九叩行几个大礼？”王教授问道，“你胆子也忒小了，咱们现在除了踩上一脚，还有别的路可选吗？退回去？回洞口？你说咋办？”

我还真是没什么办法，或许王教授说得对，犹豫半天跟不犹豫的结果是一样的，我这是多此一举吗？我不知道，我没有经验，我就是觉得不该这么草率。

“别废话了，踩了再说，也没人说踩了肯定有效果。”陈八尺不由分说，直接踩了上去。

他错了。

凸起动了。

我们看到，凸起动了，而且还听到了声音，陈八尺硬生生地就给踩了下去。

谁都没想到这东西竟这么轻。

看陈八尺的动作，他本是想以金鸡独立的姿态站上去，然后用全身的重量压一压它，可他还没来得及抬起另一只脚，那凸起已经被全踩下去了，它与地面齐平了。

并且，它还在动，它不是与地面齐平，它成了自动的了。陈八尺收回了脚，那个凸起——现在应该叫凹陷了，它正有条不紊地缓缓陷入地面，陷出了一个洞！

陈八尺，你一定是闯祸了！

我们刚要往回逃，王教授却止住了我们：“有声音。”

我们同时听到了，那是什么声音？有木板厚重的摩擦声，还有……我们听不明白。

我们脚下似乎在震动。

“是地宫！”曹欣欣道。

王教授和陈八尺明显都兴奋了一下，连我都精神了。

“咱们小心着点，相互拉着，别出意外！”王教授道。

声音越来越大了，它是立体的，头上、脚下、四面八方。我们所处的这个环境的问题也显现出来了，它还是有回声的，令我们对声音发出来的方位十分模糊。

四周全是轰隆声。

我怎么感觉头顶有些古怪？我抬起了头，借着王教授那点火光，我好像发现，头上飘来了乌云！

“看上面！”我叫道。

他们三个抬头望去，我一瞬间看清了，那肯定不是乌云啊，那是盖子！我仓促间这么形容。我看到，在头顶四五米处，从圆洞的四壁中隐隐约约地伸出了好多木板，它们在渐渐向中间闭合！

“水！”曹欣欣叫道，她吓得跳了一下。

我也感受到了，我的鞋瞬间又湿了，地上不知道从哪里冒出了好多水，它们像是从四面八方聚拢而来的。我的感觉相当不好，我心里慌乱，在心里骂道，这是谁家水龙头忘关了！

/第十三章/

溺亡见妖人

上方的盖子在短短十几秒内完全闭合了，我们像掉进了一个科幻空间。我也不知道它是不是应该叫盖子，我没工夫理会这些，因为我们脚下的水在上涨。

“王教授，这是怎么回事啊？”我惊恐地叫道。

王教授挥着火把上下探看，末了终于说了句话：“好像是中计了。”

“我就说这里不对劲，让你们不要踩，你们偏不听。什么地宫宝藏的，都昏头了吧！”我骂道。

没人再反驳我了，也没人说话。我真是颓废了，你们不是很有主意吗？不是很能吗？这会儿怎么都闭嘴了？

“压根儿就没地宫！”我又叫了一句，“这纯粹就是个骗局！”

我想起了费爷他们。这帮恶人，归根结底还是他们害的。他们先中的计，进来了，然后把我们也勾引进来了。我本以为他们死了，地宫和宝藏什么的，都归我们了，却没想到，我们只不过比他们晚死一会儿罢了。他们是摔死的，我们则是被溺死的，我们跟他们一样蠢，而且比他们更惨！

水在上涨，已经漫过了脚脖子，我慌得原地抬脚。也不知道自己是怕水还是怕水里会有东西咬我，我拼命想挣扎，却又没什么可挣扎的。

“往边上走！”王教授说着便带我们离开圆心，他打着火把，“这水是从边上进来的，边上肯定有洞！”

往边上走有个什么用啊！人家既然设计了这个东西，就肯定不是想让你逃出去的。你是耗子吗？那洞会有人大吗？我们唯一的出路就是往上走，可上面的口已经被封了，就是架成人梯也没用了！

水涨得很快，已经到了小腿。

我们跟着王教授涉水而行，没多久就靠到了边上，可这仅仅是在绝望之中的无效努力罢了。我们到了边上，立即就发现，我们对下一步应该干什么一无所知。

王教授举着火把，满头是汗。陈八尺和曹欣欣也闭口不言，四下乱看。

该准备最后的遗言了吧，我蹬蹬腿，感受了一下，我觉得现在开始想，应该还有不少时间。逃生是无望了，好好死倒是可以的，我特别难过。

“大家都会游泳吧？”王教授问了句废话，不会游泳之前那段水路是怎么下来的，你这算迟来的临终关怀吗？我看你应该问问有没有人会变成鱼才对！

“都会。”陈八尺提醒他道。

“那好，一会儿水就会漫上来，咱们借着水势游起来，浮上去，看看上面那盖子能不能顶开。”

可这也就是多活几秒，然后死个心服口服的事。我心里骂道，装什么镇定啊？不见棺材不落泪，你是想看看咱们这棺材是什么材料的？够不够大？严实不严实吗？现在是该保持镇定的时候吗？现在大家该发泄情绪，该将生命中最后的一点能量释放出来，该抱头痛哭，举杯痛饮，撕心裂肺，放声大哭才对。惨死就该有个惨死的样子，我们不是该收敛，而是该放纵！

我这么想着，余光瞥见有东西漂了过来，那是老驴的尸体。白布已经被冲开了，我看到了老驴煞白的脸。我之前从未见过真的死人，吓得几乎忘却了此时的处境，我慌忙要往边上闪。

陈八尺看了我一眼：“你干吗？”

“有尸体啊！”我叫道，老驴离我越来越近了，我拉着陈八尺挡在前面。

陈八尺一点也不害怕：“这时候了还有工夫管这个？”

他一脚将老驴的尸体蹬开了，让它向别处漂去。

水已经漫上了大腿。我看着老驴的尸体，心想，时候不早了，大家都该上路了。

我沉下心来，回顾起了我的一生。我这一生过得不怎么样：山东长大，一路被压榨，从童年到青少年过得都不够快乐。山东的老师、校长每天就知道让我们学习，不让我们睡觉，我们困得要命，体育课还老被数学老师霸占。我们仅在高考那一瞬间有过辉煌，比别的省的考生分数高，但对我们来说没什么用，只是老师们光彩一下罢了。而我们进了大学以后，又迅速泯然众人，我们之后的发展根本对不起我们的考分。我是在南京读的大学，我和陈八尺就是那时候认识的。后来毕了业，我去了北京，工作了几年，不太顺心，我辞了工作，到处玩了一段时间。然后，两年没见的陈八尺忽然就邀请了我，我又回到了南京，最后，死在了这儿。

我这一生真是短促，我在想什么呢？我想的故事，毫无意义。我思虑良久，只能怪山东教育系统，如果我知道自己死得这么早，一定不会屈服于那样的青春枷锁。我很绝望，特别后悔。

水已上腰。

水又过胸。

水到了脖子。

这下我们可真的要死了。

“游起来啊，会踩水吗？”王教授道。

其实我们已经游了起来，不用他说，这已经成了自然反应。可有意义吗？我游一会儿又能怎样呢？

我的脚完全够不到下面的底了，水已快将这个空间填满。我们慢慢地要接触到顶上那个盖子了，我抬头胡乱看了看，还有两三米。

陈八尺悲凉无语，曹欣欣潸然泪下，谁都没想到吧，我们会死在这里。

老驴的尸体再次漂了回来，我已懒得蹬开他了，我甚至想抱住他，黄泉路上多个朋友。对不起，老驴，我们杀死了你，你在前面等我们吗？

我看看王教授，他高举着火把，像引路的胖头鬼。我已经不埋怨他了，我觉得，这是我们的宿命，我们只能共同经历。我不知道自己这是要死在什么地方，我脑中闪过地宫，闪过宝藏，闪过魏忠贤，可我已经都无兴趣了。死在哪里还不是一样？死在哪里我们都是在宇宙中啊。王教授你现在即便是想给我们讲讲故事的来龙去脉，我也没有一点想听的欲望了，无所谓了。

水在涨。

对于人间来说，我们即将失踪，我想起了离我们头顶不知道是百米还是几百米之上的南京城。南京城已天亮了吧，它开始喧嚣了吧。我人生的天空却已历尽了黄昏，走向无尽的黑暗，没人知道我们去了哪里。或许，在公安局的档案里，我们成了未解之谜。

水涨得越来越快，我感受到了水波的冲击力。它快到顶了，王教授的火把触到了那个盖子，那个顶。

王教授举着火把捅了捅上面，发出了木头相撞的声音。我们听出来了，顶大概很厚，它没有任何缝隙，没有生路。

我不由得拉住了陈八尺的手，同学一场，未曾想今日死在一起，你我缘分不浅。我也不由自主地拽住了曹欣欣的手，你那么漂亮，虽然一点都不熟，可也姑且算作我死前的安慰。只是我怕我不够帅，辜负了你，但没关系，至少陈八尺很帅。咱们上路吧。

我还想拽住老驴的手，与他一诉衷肠，告诉他我们不是故意要杀死他的。算了，算了，没啥意义。

我的头贴到顶了，我听到了大家呼哧呼哧的喘气喷水声。

我们完了吧？

进水口的效率真高啊，这水涨得太猛了，我们还来不及思索，无暇道别，它就将我们完全吞噬了。

王教授的火把熄了，一片黑暗。

我浸到了水里。

我憋着气，跟死神撒娇，想再要三五十秒的赖。水已灌到我的耳朵里，我不知道我是不是在睁着眼，我什么也看不见，然后，水进入了我的鼻腔。

我窒息了。

我难受得脑涨肺肿，意识模糊。

我想不起往事，也没有未来。

我觉得我在被某个维度撕裂，支离破碎，不再是一个整体。

可我不想这样，不堪忍受这些。

我在将死的这一刻才知道，我是多么希望活着，那是我的动物本能。

我甚至出现了幻觉，我听到，有人炸了这个水宫，我看到四处都有了口子，就像是装金鱼的塑料袋被扎了好几个洞，水流了出来，它们美得像瀑布，向四面八方流去，那是我死前看到的最美的景象。

……

我又听到了上帝的震怒，上帝对死神说，齐小白怎么能死呢？上帝声若霹雳，却温润如水。哦，我受够了水，我要死了。

等等。

为什么我又尝到了空气的味道？

我不知道这是不是天堂的味道，我大口地呼吸着它，它甜得就像一万个大白兔奶糖，它像红烧肉，它像女人的乳房。

我大口大口地尝着它的味道，我就知道我会上天堂。

我睁开了眼。

我听到有人在咳嗽。

我看到了光。

有人挤压我的胸口，我躺在白云上，任其揉搓。

太舒服了。

“下边还有一个。”

我听到了天使谈话。

“是那个教授！”

天堂也讲究学历。

“你拉着我，我下去！”

我要睁眼看看天使的样子，我才想起我早已睁开了眼，我的瞳孔在收缩。

有两个天使，正在黑夜里探看人间，他们一个拉着另一个，身体已探进了云洞里。

有一股奇怪的味道。

我恢复了神志，我闻出来了，这是火药味。

那两个天使……我看清了，那好像是两个人，灯在他们头上，那是探照灯。

小段！

如果我没看错的话，那个人是小段！就是方才落入深渊的小段！

我挺起了身子。

他们从洞里撤了回来，他们拉出了一条肥大的胖头鱼。哦，我看错了，那是……王教授！

小段在按着王教授的胸，来回地按，而我也看清了跟小段一起的那个人，他不是那个叫虾仔的吗？

他们不是掉进悬崖了吗？他们到底是人还是鬼？

我已完全清醒了。借着他们头上的探照灯灯光，我看到了陈八尺和曹欣欣，他俩就在我旁边，也微微挺起了身子。

王教授咳嗽了一声，而后小段站起了身，和虾仔费劲地要背起王教授。小段看了我一眼：“没事了就过来帮忙！”

我机械地爬了起来，一时间还有点晃悠。陈八尺也爬了起来，他扶了我一把。我们过去帮虾仔推起了王教授，搭在了小段的肩上。王教授痉挛着吐了一阵子，小段撑不住了，一把将他摔了下来。

小段坐在地上喘气。

王教授慢慢复苏了。

一切都很安静。

在这片安静中，我想明白了，我们是得救了。

老天，我忽然就兴奋了，我没死！我跟个傻子一样看着全身上下，像看着世间最美妙的胴体。

小段和虾仔看着我们，都不说话。

我看到了那个口子，稀烂的口子，像是被炸开的，口子里面是水，水停了就没再上涨。我们就像是在一片冰冻了的河面，刚从冰窟窿里被人捞上来。

王教授的状态也回转了，他坐了起来，左右寻觅，看到了小段。

我忍不住问道：“你们是怎么弄出的口子？”

小段瞧了我一眼，没说话，指了指虾仔。

他指的是虾仔背上的背包，我们立即就懂了，是手雷。

他们用手雷炸开了木板，把我们救了出来。太聪明了，小段他们就是天神下凡！要不是敌我关系不明，我都想上去拥抱他们了。

“你们不是……”陈八尺话说了一半。

“我们不是掉了下去，死了吗，是吧？”小段说了话，他的语气特别不好，他看向了王教授。

王教授没脸回应，装着微微咳嗽。

小段站了起来，他摸出了枪，一把顶在了王教授头上。

气氛陡然变了，刚才还是一团和谐，忽地又剑拔弩张！

“老东西，你是算准了我们会快着点跑，故意给我们设了个套，对不对？！”小段说着，狠狠地抽了王教授一个耳光。

王教授被抽出了一副孙子相，没说话。

虾仔也掏出了枪，指着我们，让我们谁都别动。

小段恶狠狠地咬着牙，恨不能直接崩了王教授。我看到他后脖子上文着的那只大花蝴蝶张开了翅膀，怒气逼人。

良久，王教授揉了揉脸，道：“我要害死你，你却救了我，真是以德报怨。”

小段轻笑了一声。

王教授像是一点都不在乎那一巴掌，又问道：“费爷死了吗？”

“死了。”

王教授点了点头，没事儿人似的，他和小段对视了一眼，道：“那么，宝藏只能咱们分了。”

情势似乎有变。

小段瞪着眼睛，几乎要刺穿王教授，可是几秒钟过后，他脸上浮现出了阴笑。

王教授也笑了一声，难辨色彩：“其实，我们都中计了。”

中了魏忠贤的计，这个我们都知道。

那地宫多半是假的吧，我想。

王教授又道：“你要是想知道真正的地宫在哪，就别老拿枪吓唬我。”

小段脸上的阴笑没了。他再度犀利地瞪起了眼，手枪顶着王教授，头探了过去：“我可不是费爷，爱听你磨叽。”

第十四章

史载存疑

小段他们究竟经历了什么？怎么会突然出现在这里？我们四个人都在疑惑这件事，却谁都不问，一来是不敢，二来是料定小段他们也不会跟我们说。

我偷偷看着他们两个，瞧不出什么蹊跷，身上没啥太大变化。怎么就单单是他们两个呢？费爷他们死了，那他俩是怎么活下来的？这也没多大会儿工夫啊。

气氛沉闷而紧张。

小段是个狠角色，他是个亡命之徒。我知道，他跟费爷不一样，费爷做事有所顾忌，是那种投鼠忌器的人。小段却是那种能耍光棍儿的，他跟陈八尺有那么一点像，逼急了什么都豁得出去。

我希望王教授能看明白这一点，别仗着自己知道宝藏在哪就肆无忌惮。

王教授果然是个走江湖的，与小段对视半晌后，他没再顶着上，道了句："此地不宜久留，不如咱们爬上去再说。"

小段盯着他，眼里仿佛能伸出钩子来掏了他的心。

王教授道："这下面是个机关，说不上还能出什么事，咱们先爬上去，我要是还不说，你直接一枪打死我。"

小段转过头瞧了瞧虾仔，两个人交换了下主意。他把枪扯了回来："虾仔，你在前面爬，我在最后。"

"这三个人还要一起？"虾仔问道。

我们一开始还没听懂他们是什么意思。

小段沉默了片刻。

我不得不懂了，顿时胆战心惊。他们的意思是，不用我们跟着去了？我和陈八尺还有曹欣欣相互看看，我心里狂骂小段丧尽天良。原来他们最开始就没打算救我们，他们的目标只是王教授。幸亏他们运气不好，先把我们三个从水里捞了上来，如果他们第一个捞起来的就是王教授，那么我们三个岂不是直接就被遗弃了？

大难不死之后，倍觉生命的可贵，可又意识到自己竟被如此贱待，我的心里恐惧而且愤然。我说呢，你们这种唯利是图的浑蛋哪有那么好的心肠，还干起救苦救难的事来了。你们所做的一切全是为了让王教授给你们找到地宫发横财，哪会想着我们这些无关紧要的人是死是活？

我对小段怒目而视。

小段就跟瞅一条泥鳅似的瞅了我一眼，他知道我在想什么："你说说，你们已经弄死了我们那么多人，我为什么要救你们？"

我竟无言以对。

虾仔也补了一句："你们三个对我们来说有啥价值吗？"

他们问得特别理直气壮，咄咄逼人。我看着他们，不得不承认，我们是废物。我们跟他们是对立的，不管是从道德角度还是从利益角度，他们都没有理由救我们。他们的想法没错，是我错了。

"别争了，都得带上，"王教授发了话，"你们救人就救到底，咱们在地下行走的，多积点阴德没坏处。"

王教授本是我一个很平常的朋友，此刻我却觉得他亲如二舅。我感激地看着王教授，我就知道，咱们共同经历了生死轮回，感情已极为真挚，你不可能嫌我们累赘的。再说了，咱们人多终究是好事，否则一会儿万一要是打起来，你怎么对抗这俩冷血动物？你做得对。

我看着王教授，赶紧和陈八尺他们爬了起来，准备出发。

"论阴德，你是最缺的，你最好多积点，"小段扬了扬手里的枪威胁我们道，"谁要是再敢耍花招，可千万别怪我。"

他还特意盯了眼陈八尺，陈八尺权当没看见。

我们走到木板的边缘，虾仔背着包，把枪别进裤子里。小段拿枪指着我和陈八尺，让我们把虾仔举到了上方的铁把手上，其余人依次手脚相连，逐个爬了上去。

小段很谨慎，没让我们分开，只命令我们顺着一列铁把手往上爬，虾仔在头他在尾，便于控制。

历经了溺水的折腾，我们四个本就耗费了不少精力和体力，劲儿有点不够用，爬了没多久我胳膊就酸了。但没办法，小段催得紧，我不敢放松。我不知道小段说的是不是实话，万一他们活下来的不止两个人呢？万一还有埋伏呢？况且，即便真的只有他们两个人，他们有枪又有雷的，我们也得乖乖当三孙子了，让干啥就干啥。

我们就顺着原路往上爬，前面已全无期待，越爬越悲观。我一直在思考两件事，第一，上去以后咋办，眼看王教授肚子里是没别的路了，我们能回去吗？怎样够着悬在巨洞上方的绳梯还是个问题。第二，小段他们到底经历了什么？他们还是人吗？万一这是俩厉鬼怎么办？我看他们奇奇怪怪的，有点不对劲，万一这是幻象呢？随着上行之路越来越枯燥，我又开始胡思乱想了，我们还活着吗？我觉得我们像死后恰好碰见了小段，他们人狠话不多，一进地狱就升了官，当了黑白无常手底下的小厮，专程来带我们去见阎王爷。另外，见阎王的路咋是我们经历过的呢？难不成生死只不过是宇宙的一种隐秘变幻？我错乱了。

如果这条路有一万里，我会借此登上人类的哲学之巅。

可它没那么长，我们爬了许久之后，到了头。我就像在去哲学之路的半路上停下来了，像个半吊子。

再回洞口，宛如逃离了死窟。我爬到平台上，看着那三个硕大的佛头，恍如隔世。为什么你们面朝悬崖？为什么你们无视身后的黑洞，任我们堕入陷阱？我差点冲着它们吟一首讥讽之诗。我又瞧了瞧下面望不到头的黑暗，心里惴惴不安。

该摊牌了。

所有人都坐在地上歇息，小段和虾仔仍然不忘用枪指着我们。

小段一直都盯着王教授，王教授喘够了气，也看了看他，竟先发制人地望向了平台外侧的悬崖，问道：“你们是怎么上来的？”

小段像只沉默的狼，他明显是在说，你是不是搞反了。

没人回答。

王教授觉悟很高，他赶紧主动说道：“看来，是时候给你们讲讲地宫的来龙去脉了。”

我精神了起来，我看看陈八尺，他也抬起了头。曹欣欣倒没什么太特别的反应，她肯定知道原委。

小段和虾仔眼睛放亮，更像两头饿狼了。

“你们俩都不知道？”王教授有些奇怪，“费爷没跟你们说过？”

“我们和他的关系，仅仅是相互利用罢了。”小段道。

我们都没料到他竟能这么说。

王教授笑了笑，说道：“我要是没看错的话，只有那个光头跟他是贴心的。”

小段没言语，算是默认。

我心道，原来这帮人内部还挺复杂，要是这么说的话，我又瞧了瞧小段的脸色，忽然生出了个想法。

可我不敢说，但没想到王教授竟还那么大胆，他直接问了出来，他问道：“对了，你们俩活着上来了，为什么能确定费爷死了？”

这话其实有点逻辑问题，可这不重要，重要的是，所有人都听懂了王教授话里的意思。

小段就像是受到了冒犯，厉声道：“这个不用你操心，讲你该讲的。”

王教授迫于他的威胁，不再问了。他顿了顿，单刀直入地先问了我们一个问题：“你们觉得，像魏忠贤这种人，会有多少家产？”

这是个……历史问题吗？我觉得不像。王教授既然会问我们，就说明，他是让我们按自己所知去回答，我不假思索道：“很多吧。”

王教授没作声，我知道自己答了句废话。

陈八尺道：“魏忠贤权势熏天，且谄媚之徒趋之若鹜，这样的人，就相当于皇帝了。他的家产，已经不是我们常人能想象的了。”

王教授点头道：“你小子说话还有点条理性。”

陈八尺没再接话。

王教授讲了下去：“魏忠贤，字完吾，明朝最后一个大权奸。明熹宗在位时期，出任司礼秉笔太监，极受宠信，号称‘九千九百岁’。由于明熹宗朱由校专心木工，不理朝政，国家大权皆由魏忠贤把持。他主政期间，排除异己，专断国政，以致一时百姓‘只知有九千岁，不知有皇上’，其党羽众多，无不作威作福，祸害天下。总体来说，魏忠贤就是那个时代里加速了大明王朝灭亡的罪魁祸首。”

这么一讲，几百年前那个阉竖就跃然眼前了。

“这是正史上对他的评价，”王教授一转折，“至于魏忠贤到底是个怎样的人？他的专政利弊如何？是不是加速了大明王朝的灭亡？还有待研讨。毕竟，一个衰落中的王朝是十分复杂的，人的忠奸容易辨别，可是非功过却远没那么好下定论。这不是我们今天要讨论的问题，我们要说的，是魏忠贤的家产。”

这话又引人深思。

王教授继续讲了下去：“公元1627年，明思宗朱由检登基，也就是崇祯帝。他上台之后，全力打击阉党，经过激烈的政治斗争，最终扳倒了魏忠贤，治其十条大罪，命逮捕法办，发往凤阳。途中，魏忠贤自知难逃一死，设宴饮酒至四更，悬梁自尽。其后，党羽被全部肃清，斩草除根。”

这一段，我们这些才疏学浅的人倒是没怎么关注过。我还是第一次知道魏忠贤是悬梁自尽死的，之前一直以为他是被砍了头或凌迟了之类的。

王教授说到这里，停了停，看着我们道：“但是，有一件事，十分奇怪，那就是魏忠贤死后，至今已有将近四百年了，在这么长的时间里，几乎所有研究明史的人，都关注过这件事——翻遍史料，没见到任何有关魏忠贤的家被查抄的记录。”

“没记录？”我问道，又一想，“这事……按理说是必须记载吗？”

“必须记载，”王教授点头道，“所以，这很不正常。”

“不正常吗？”我并不觉得这是一件非提不可的事啊。

王教授讲道：“魏忠贤不是明朝第一个权奸。在他之前，明朝有过好几个权倾一时的大奸臣，个个都贪得要命，家产极多，我可以给你们列举一下。譬如正德年间的江彬，死后被抄出黄金七十柜，白银两千三百柜。与江彬前后争宠的钱宁，抄出黄金十余万两，白银三千箱，玉带两千五百束。这两个还算少的，所以不是特别有名，你们再听下面的，著名的刘公公，刘瑾，他被扳倒后，抄出黄金一千二百零五万七千八百两，白银两万五千九百五十八万三千八百两，也就是两亿多两。还有正统朝王振，也赫赫有名，被抄出金银六十余库，玉盘上百，珊瑚高六七尺者二十余株。还有众所周知的严嵩，更是令人震惊，严嵩家里被抄之时，史书记载，十艘大船都没装完，当时还有人特意出了本书，叫《天水冰山录》，实际上就是列了个严嵩的家产清单，书里记载，金器有三万多两，白银二百零一万两，银器首饰等物一万多件，玉器八百七十五件，古画三千余册，锦缎绢绫四万多匹。其余珍宝，如象牙、犀角、珍珠、玛瑙等物，不可计数。”

我们都震惊在当场了，且不说这些数据本身的含义，单就是王教授能一口气罗列出这么多，就足以让我佩服得五体投地，我越来越确认他是个历史学教授了。

“这些信息从哪来的？”我问道。

“史书上都有详细记载，如今网上也到处都是了。”王教授道。

我深思道：“按理说，魏忠贤比上面那几个的权力都大吧？”

我历史功底一般，试探着问的。

“大得多。其余几个宦官，权力再大也没大过皇帝。可魏忠贤当时的地位，已跟皇帝没什么两样了。所以，就连崇祯后来要整治他的时候，都下了不少功夫，还差点搞砸了，”王教授顿了顿，又道，“但是，你们知不知道，崇祯把魏忠贤弄倒以后，正值国家战乱用钱，崇祯却连百八十万两银子的军饷都拿不出来，眼睁睁地看着大明朝走向了灭亡。他是真没钱了。”

国之将亡，这事都不用琢磨也知道，总不能是皇帝舍不得花钱吧？我问道：“就没一点有关魏忠贤家产的记载？”

“生前有点，死后就没了，”王教授道，“所以，这是十分奇怪的一件事，甚至，在整个中国历史上，它都极为特殊。”

因为不曾有过。没错，自古道“和珅跌倒，嘉庆吃饱”，魏忠贤有没有和珅那么贪，我不知道，可历来权臣的倒台，皇帝或大或小都要发一笔财的。甚至就连负责抄家的官员私自藏匿的那点，也是不小的数目。这事太多见了。

我疑惑道：“难不成，魏忠贤是清廉的？”

王教授笑了笑：“权力大到这个级别，也就不必谈什么清廉不清廉了。清廉你也有钱，不清廉你也有钱，清不清廉，你都得坐在金山银山上。”

此言有理，众皆沉思。

王教授又道：“你们用脚后跟想想，且不论钻国家空子，单看他那么多的孝子贤孙，什么五虎、五彪、十孩儿，一百单八将的，八十万大军的，光是上贡的钱，得有多少。史书里诸如‘内外大权一归忠贤’‘自内阁、六部至四方总督、巡抚，遍置死党’‘总兵梁柱朝、杨国栋等岁时赂名马、珍玩绝’这样的记载多了去了。另外，他还广派‘税监’，收取矿税，那可是笔天文数字，这些钱从来没入过国库，都去哪了？”

第十五章

大明遗物

大家沉默了好一阵子，王教授终于自问自答般说了出来："答案只有一个，藏起来了。"

"就藏在南京城地下？"我问出了看似点睛的一笔。

王教授没有说话。

我知识浅薄，对很多事不是很清楚，所以有个问题，很值得我思考。我问王教授道："魏忠贤来过南京？"

王教授摇摇头："不知道。"

关键时候，你倒是不知道了呢？

小段打断了我们："我们从费爷嘴里听的，可不是这样。"

我们转头看他。

王教授道："那家伙怎么说的？"

小段环视我们，道："魏忠贤被崇祯发配到凤阳的时候，带了一千多名私人卫队，还有四十大车金银财宝。他在半路上自尽之后，四十车金银财宝下落不明，有说是被私人卫队抢掠一空了，也有说是被魏氏爪牙带来了南京，埋在了地下。"

小段说完，看着王教授，有点对峙的意思。

我们则又开了眼界，四十车金银？

王教授一直就没提这四十车金银的事，这里面有什么私心吗？谁也不知道。但小段显然是不容王教授有半点隐瞒，不论是什么理由。这地下太危险了，容不得对手不坦白。

王教授也瞧了他一会儿，道：“有这事。不过，我之所以不说，是怕误导你们。因为，按照你的说法，也就是费爷给你们讲的，你们更愿意相信第二种可能，也就是那四十车财宝被魏氏爪牙带来了南京，埋在了地下，是吧？”

小段默认。

王教授又道：“也就是说，有关宝藏的事，是偶然事件，是魏忠贤倒台前后临时想的？”

小段道：“偶然倒未必。我认为，魏忠贤当年至少是做了一点点安排的。”

王教授道：“一点点安排？那你说说，咱们目前所见到的这一切是怎么回事。”

王教授的意思我们懂，这地下的大阵仗，绝对不会是“一点点安排”。

王教授又道：“而且，怎么偏偏运到了南京？”

小段没话了，他在思考王教授的话。我也是，我觉得信息有点乱。

良久，虾仔开了口：“段哥，我记得费爷曾经说，魏忠贤的这四十车财宝，目的地其实是他的老家肃宁县。”

小段想起来了，点了点头，对王教授道：“对，费爷说过，魏忠贤的老家肃宁，打造得极为用心，城楼、大炮一应俱全，清兵入关的时候都很难打下来。”

王教授忽然玩味地看了眼小段，道：“小段，你不诚实啊。”

小段看着他。

王教授继续道：“我刚才问你，费爷有没有跟你们说过什么，你却说你们只是在相互利用，他并没透露太多信息。”

小段此时回了个冷漠的眼神：“我说过我不知道吗？”

他要赖。

我们都看得懂。我一开始还以为我们是在同一起跑线上呢，想想也是，不太可能啊，他果然比我们知道得多。不过，估计王教授也看出来了，小段知道得并不详细，甚至，从王教授的段位去看，错乱百出。

王教授没再计较这事，他说道：“我告诉你们，不管是四十车财宝，还是肃宁，都是幌子。魏忠贤不会把宝藏运到肃宁。他不管是不是听皇帝的话去凤阳老老实实待着，有一点是可以确定的，就是他不会去肃宁。”

“为什么？”我问。

“因为，去肃宁就是造反。”王教授道。

“造反，对魏忠贤来说，没有可能吗？”我反问。

王教授道：“有可能，而且，确切地说，他就是想造反。”

我脑子乱了，什么乱七八糟的。魏忠贤想造反，这可是历史课本没讲过的啊。

王教授接着讲道：“魏忠贤生前能达到那种人生高度，能位极人臣，能操控皇帝，能一手遮天，有一个很重要的原因就是，他有水平。他的水平很高，并且，他也有野心，野心加水平，就注定了他看得很明白。他这种人，只有一条出路，就是造反。无数次历史经验已经告诉了他，一朝天子一朝臣，他迟早是要大祸临头的。他需早做准备，才能躲过劫难，永享荣华。这也正是他比前面那些权奸要高明的地方，所以他必须造反。”

我被这一个信息冲击到了，我看看陈八尺，他也有些诧异。我又看看曹欣欣，她并无多少变化。

王教授又道：“而他的水平则在于，他很清楚，造反之地绝非是被他打造得固若金汤的肃宁。一个人无法对抗天下，没有名义，也不成体统，他需借力。在明朝，朱棣迁都以后，对于魏忠贤这种党羽众多、有过相当长的一段时期辅佐皇帝的，有地位、有优势的人来说，造反的最佳地区，只有一个，就是南京。”

我又忽然明白了，我说道：“在肃宁造反，他就是个太监，他没有名义。而在南京造反，他可借用的政治势力和名义太多了。我不知道我说得对不对，苛刻一些来说，从朱棣夺权以后，恐怕朱家的皇帝，都是可以用名不正言不顺的名义推翻的。因此，魏忠贤是看准了南京，他要么是想以太祖朱元璋之名，要么就是伪造个朱允炆后人之名，辅佐个新皇帝吧。”

“没错，就是这么回事，你好高的政治觉悟呢，”王教授赞道，“君子生非异也，善假于物也，当然，魏忠贤算不上君子了。”

“伪君子，也可以学习君子的，”我甚为得意，“所以，肃宁确实是个幌子，就像你说的，魏忠贤其实是想去南京造反，他想走的是曹操的路线，挟‘新’天子以令诸侯。”

王教授点头：“你们想想，一个人被贬成那样，本该狼狈出京。他却那么声势浩大，为了什么？就是为了迷惑崇祯，为了告诉崇祯，他舍不得这些财宝，他想带着它们一起走，他的贪心，他眼界就这么点。所以，他希望崇祯看到的，是一个想老老实实回去安享晚年的魏忠贤，而不是一个有野心、想造反的魏忠贤。”

“也真难为了他那么大岁数，还得考虑东山再起。”我说道。

王教授又看看小段，道：“所以，我再告诉你两件事，第一，那四十车宝藏根本不重要，而且，它们并没有被运来南京，它们确实是在魏忠贤刚死的时候，就被抢掠一空了。而第二件事就是，埋在南京地下的，远不是四十车宝藏那么简单，魏忠贤的家产，如果只有四十车宝藏，那真是太可笑了。你以为我刚才说的那些大贪官的抄家数据都是白说的吗？”

小段瞪着沉静的双眼，若有所思。

王教授挥手，他手里没有火把，但借着小段和虾仔的探照灯光，我们都看得清，他是指向了这偌大的地下空间：“这是蓄谋已久的，魏忠贤做的这些事，至少做了三年以上，甚至五年。这些工程，绝非临时起意，绝非是眼看自己要被扳倒，或者扳倒之后仓促而为的。实际上，不谈这地下的偌大工程需要调动多少人力、物力以及时间，单就从他能搞到姚广孝的这五百尊铜罗汉，就完全看得出，他生前当权之时，这件事已经在进行之中了。他建了地宫，早就将大部分的家产，甚至是国家的财产，转移到了南京城的地下，以待准备充足之后，伺机而动。他将它们藏得很深，机关重重，也正因如此，魏忠贤死后，家产并无官方记录。”

原来如此，历史真相已赫然在目。

“但他没料到，自己竟那么快就完了。”陈八尺也接了话。

“只能说，崇祯的确还是有两下子的，”王教授道，“崇祯骗了他，给他制造了一个假象，‘崇祯我很弱小，发展起来很缓慢，魏公公您还有大把时间去准备’，可他没料到，他是个老狐狸，崇祯却是个更老的猎手。崇祯趁他不备，突然就下了毒手。”

“崇祯是怎么干的？”我问道。

王教授道：“扯远了，这不是我们要说的事，你该去图书馆查去。”

我回过神来，是问得有点多了，但还是有件事令我好奇：“可魏忠贤怎么又半路自杀了呢？他直接找机会逃到南京去不就得了。”

王教授看着我，有些神秘地说道：“要么，是看明白了，大势已去，可能崇祯已抄了他的后路。要么，自杀是假的。”

“假的？”

“他或许是跑了。”王教授道。

“跑了？”这出乎我的意料。

王教授摇头，道：“悬案了，说不清。”

我陷入对自己无能的惆怅。

王教授道：“对了，你们听过一个说法吗，就是诸葛亮的真实身份是谁吗？”

我懵懂，其他人也懵懂。

王教授道：“有人推论，诸葛亮就是汉献帝。你们哪天要是有兴趣，可以沿着这个大脑洞，把魏忠贤的事胡思乱想一下，说不定能瞎猫撞上个死耗子。”

我心想你开玩笑呢，诸葛亮是汉献帝？这是哪个傻帽想出来的，啥脑洞啊，脑子烂了吧。

没人再说话了。

原本其乐融融的气氛，正在消失。

我们已全都明白了这件事的来龙去脉，简单点说，我们要找的，就是魏忠贤为了造反而埋在地下的宝藏。

王教授已经说得很清楚了。

可问题是，王教授的这些消息，是从哪来的？

我想到了他提的那本书。

不光是我想，看小段的眼神，他也在想，因为目前也只有这一件事可想了。

我很想问问王教授地宫啥样，或者为啥我们被骗了，可我不敢打破沉默。

当我再次偷看到小段的眼神的时候，我们已经又回到了陌生的状态，那点聊天聊出来的情分已去，敌我分明。

“你是从哪知道的？”小段问道。

我真担心王教授说一句“正史”，拿人当猴耍。

“五十年前，在川渝一带的知识青年圈子里，有一本书，很多人都看过的。”王教授道。

说到关键点了，我洗耳恭听。

“那里面，记载了这件事。但是，那书是手抄本，”王教授道，“有几个人抄了下来，大家只当传奇小说去看的，并没谁往心里去。”

到底是什么书啊，王教授还没说出个所以然。

我们等着，他却不说了。

“然后呢？”小段问道。

“不好意思，只能透露这么多，余下的就不便明言了。”王教授道。

小段动了动手里的枪，我们担心要有恶事发生。

王教授却不为所动地道：“我不说，对你还有价值，我要是说了，你才会打死我。”

狡猾。

王教授真是见过大世面的，这时候还敢跟人博弈。我们提心吊胆地看着他，生怕小段一言不合把我们都崩了。

良久，小段道：“但是，你们刚才可差点死了。”

他不是想说他对我们有什么恩情，我们知道，他的意思是，王教授所谓的那本书，给他指了条错路，靠不住。

“因为我理解错了，大难不死以后，我方才想明白了，”王教授道，“地宫，是有的，魏忠贤的确建了地宫藏那些宝藏，只是，不在这里。”

能在哪里？

我们都看着他。

王教授指着洞下道：“下面的水宫，是个阴险的机关，我们也领教过了，它为的就是让我们这些找宝藏的人把它误以为是地宫入口，死在里面。写那本书的人，也上了当，我不知道这个消息是从哪开始错的，反正，大家都是中了魏忠贤的计。”

魏忠贤这老东西，死了这么多年，还害人不浅，我心里咒骂道。

王教授看着我们，道：“地宫入口，其实是在看似不可能的地方。”

“哪？”小段阴沉着脸问道。

王教授转过了身，向佛头处走了两步，他看向了那茫茫黑暗，看向了外侧的悬崖，他拍了拍佛头，朝下指道：“我猜，就是下面，你们上来的地方。”

下面？你胡诌的吧，下面跟死亡谷地有什么区别？

王教授并无怯色。

我们不由得同时向那黑暗处看去，只觉眼中茫茫，脚底生寒。

小段看了会儿，扭头对王教授道：“你是又想要花招吧。”

虾仔也道："你猜的？你那些书上的文字，什么'身首相合，罗汉向佛'的，是怎么回事，没指示了吗？"

"那都是我编的，书上根本不是那么写的，但也差不多，我是想尽量能让费爷听我的，"王教授笑了笑，玩世不恭道，"毕竟文言文唬人嘛。"

我们差点栽倒。你倒是真敢乱来啊，我就说嘛，从头到尾就感觉奇奇怪怪的，原来那些鬼话还真是你编的，早知道不跟你下去了，差点死了！

我对王教授有了怨念，可现在小段他们给的压迫感更强，我不敢乱说话。

王教授又对小段道："咱们也没别的路了，难道你想上去？"

小段犹豫不决。

王教授也不催他，自己走到最外沿，蹲了下来，扶着佛头观察下面的情况。

下面很黑，我估计他什么也看不见。

小段转过了身，把探照灯打了过去，道："你说说怎么下去。"

"你们咋上来的，就咋下去呗，咱们可都死了一回了，有啥好怕的。"王教授道。

我也探了头往下瞧瞧，借着灯光，我看到了那些铁索以及佛像底座。

我现在明白了，小段和虾仔多半是在掉下去的时候，侥幸抓住了铁索，而后等一切都停了，沿着铁索一寸一寸爬上来的。

我偷偷看他们的表情，那种严肃的样子，似乎证实了我刚才的猜想。确定他们必知此中艰难。

下去，是个大问题。

/第十六章/

铁索坠崖

“走，怕的可以留在这等死。”小段说道。

没人回应。

我们都在逼着自己适应他的武断，即便是始作俑者王教授都不表态了。下面，那可是万丈深渊。

大家静默良久，所思越发明了，这事用俩字就能概括——荒唐。

毫无证据，也并无确切的理论指导，全靠猜想。而且方才地动山摇，费爷他们死在了下面。这种信息中，唯独一条——小段他们确实是死里逃生爬上来的，给这事添了点渺茫的希望。其余的一切，都不足以支撑我们下去。我知道，再财迷心窍的人，也不会连这点理智都没有，我已做好了无论是言语还是动作随时迎来一场挣扎的准备。

可半天都没人说话，小段很给面子地等了我们一会儿，而后，调整了一下，走向铁索。

他下去不下去不重要，他是个亡命之徒，代表不了所有人的想法。可问题是，没人阻止他，大家就这么眼睁睁地看着小段转过身子，倒退下去。

我有种不好的预感。

小段说怕的可以留在这里等死，那么我选择等死。他那没有一丝犹豫的眼神，那种江湖中人的邪恶气，令我怯弱。我不想跟着他们干了，我想离开他们，这样的情境不属于我，我想回去。

可我不用再回头，也知道那绳梯离我多远，我根本无路可回。但我也不想下去了，我太累了，一夜没睡，来回折腾，我哪怕在这里睡一觉都好。

小段已经退到了铁索上，他看都不看我们，直接攀着铁索往下爬。

我看到，他的脚能踩进那些索孔中，索孔大得很，你只要有足够的臂力体力，还真能顺着爬下去。

可下面是什么啊，你们就往下爬？我抻着脖子，光是看看就觉得腿肚子发软。

很快，虾仔也跟了上去，他不声不响，我却感觉理性在动摇。

小段说话算话，并不逼迫谁。我知道，他恨不得我们全都别跟着添乱，方才在下面没开枪把我们打死已算是开恩了。此刻，我们这些人，对于他们来说，自生自灭去才最好。

他们都会这么想吧，除了王教授。

我越来越明白了，王教授再度让我感到陌生起来。我看清楚了，王教授是很有用的，并且，就算是没人逼着，他也一定会下去的，小段对这个很放心。而王教授也不负期望，他跟在了虾仔后面，小心翼翼地攀上了铁索。

这摧毁了我的幻想，就像一员满腔热忱的革命小将窥见了组织的崩溃。我竟有些伤感，憋着一股悲痛。

这是一件小事吗？这是一件大事。大事之前难道不应该商量、辩论、争吵一段时间吗？至少也要各自发表一下内心感慨，然后再行动。这不正常。

可更不正常的，是陈八尺，陈八尺竟拽了我一下："走啊，愣着干什么？"

我愣着干什么？你是机器人，被程序员操控了吗？他们下去你就跟着下去？难不成是我的世界观反了？我想的跟你们完全不一样？我在这一刻对自己产生了巨大的怀疑，我怀疑我们究竟是不是同一种生物。同类之间的思维该是大致相同的，可我怎么觉得，我连你们种群中的一个孬种都算不上呢？我是异类。

曹欣欣也动了，王教授留出位置之后，她攀了下去。

"我不走了。"我对陈八尺道，我坚信我代表的是正常人类。

所有人一齐抬头看了看我。

小段和虾仔戴着探照灯，我看不清他们的面容，可王教授和曹欣欣的表情很分明。

我懒得解释，反正我是不走了。你们这帮疯子让我想起了一句话：人类从历史中吸取的最大教训，就是人类从不会从历史中吸取教训。

王教授停了会儿，说道："那你待在这吧，留个人也好，免得下面又是什么机关陷阱的，咱们被一网打尽。"

我听不出他这话里的真实意思，他言之有理，却语气玩味。

我对陈八尺道："八尺，你也别下去。"

陈八尺向下望了望，道："我想下去看看。"

你小子不仗义，我看着他，用眼神逼问，你真要这么做?

小段和虾仔已不管我了，灯光移了下去，陈八尺看不清我的面容了。

曹欣欣让出了一个身位，陈八尺开始躬身下退，他抓上了铁索。

我孤零零地站在平台上，与三座大佛头互做衬托，有些凄凉。

没人叫你也没人撵你的时光，真是生命中不能承受之轻。我一时间竟不知该怎么活下去了。

我回头看看那股飘荡在半空中的绳梯，心知自己根本够不着它，又朝下望望那无涯的黑暗，也并不想与之融为一体。我前后无路，却也并无左右为难之感，这种时刻，人生真是味同嚼蜡。

灯光已离我越来越远，我是怎么与他们抽离开来的？怎么陈八尺也那么不仗义，竟会舍我而去？这太不真实了。

"王教授，这好像是……"

"佛身。"

陈八尺和王教授的对话从下面传了上来，我大概能听得清楚。

佛身?

他们不说话了，我站在原地思索。

我不是在思索佛身，我在想另一个问题，其实，我一直都在暗自琢磨，王教授这个人很奇怪。这整件事也很奇怪，怎么就这么巧，我和陈八尺发现了费爷他们，然后我就能直接找到王教授，王教授恰好就是干这个的，跟这事息息相关？这不正常啊，我只是因为他有历史功底才找的他，可绝不是知道他还有这么多名堂。此事蹊跷，像是老天故意把我们拼凑在了一起，我觉得我落入了宿命的圈套。

我决定下去。

我做出决定的那一刻，才更清楚地意识到，下去，是人的本性。

他们不是一直都是疯子，我也不是突然成了勇者，没来由的探索欲，就是人的本性。不管你怎么啰唆，你最终都会屈服于自己的那点欲望，尤其是在大家都那么做的时候。

我攀上了铁索，仰头看了看硕大的佛头，向佛祖告别。

然而当我踩着索孔渐渐下移时才明白，原来，我只是在攀向佛的裆部。

我看到了佛的脖子。

我离下面的人甚远，我需加紧动作赶上他们。

没人在意我，他们早就知道我会下来。

我也不觉得羞耻，人性无须羞耻。

我踩着索孔，就像秋蝉飘荡在柳枝上。夜幕将世界笼罩，但我对世界并无概念。我与此境，好比地球与宇宙。有人说，宇宙的最不可理解之处，就是它竟是可以被理解的。我觉得不是，地球之微，远不足以去理解宇宙，正如我之渺小，只能看得见黑暗，但对黑暗一无所知。

我也不知往下攀爬了多少米，鉴于方才差点被淹死的经验，我断定，下面不会有什么好事等着我。可我是傻了吗？就这么跟着他们下来了，且越走越深，不问前路。

我向下看去，铁索是有弯曲的，小段他们已不在我的正下方了，他们跟我的平行距离有十几米。我依稀看得清，自己是在佛的胸膛上，我想，他们应该是到了佛的肚子上了。

佛的形象越来越清晰，我看不到它的全貌，却也琢磨透了。我先前说，我们是在“笔杆”上，现在我明白，这根笔杆，就是三座大佛的身子构成的。它们背对着呈三角形靠在一起，面向外侧，坐于这片巨大的黑暗空间中。它们孤独地面对着时空，深隐于南京城下，肃穆了几百年，缄默地守护着一个巨大的秘密。

我小心地踩着索扣，两臂越发吃力，这一天我爬了太多的地方，能撑到现在真该算是奇迹。好在这里每爬一段，就有一个罗汉底座，我可以半扶半搂着它们歇歇气。我歇息的时候，脑子里就会想那些罗汉去向了何处，下面不会是无底的，总要有个尽头。几百尊罗汉定然是掉落到了某个奇异的深处秘境，如果运气好，我们或许还会再见到它们。

爬了许久，并无危险出现，我渐渐地由悲观转向乐观了。我发现自己对下方越来越期待，不再去想什么死、地狱之类的词，取而代之的是地宫、是魏忠贤、是秘密。人就是这么善于遗忘。

我们大概已爬过了比之前的圆洞更深的距离。我已到了佛的腹部，再仰头看去，上方已一片茫然，什么也看不到了。

最下端的探照灯停了。

我仔细朝下瞧了瞧，小段他们没动了，王教授和陈八尺等人尚在向小段靠近。

怎么，是到底了吗？

我就像看到了希望，抖擞精神，加紧了动作。

“怎么回事？”

是王教授说话的声音。

这明显是问小段的，可小段没有回答。

王教授他们还在往下爬。

“到头了。”紧临小段的虾仔说道，他的灯光也停止了向下。

王教授很快就挨上了虾仔，他们隔得本来就不远。

陈八尺和曹欣欣也陆续停下了。在我看来，他们就像是一串蚂蚱。

所有人都冲着下方看，借着小段和虾仔的那点探照灯光，就像是一艘潜水艇想看透整片海——那是不可能的。

我靠近了他们，然后我也停了。顺着那灯光，我根本什么也看不到。

我们面对的是虚空。

铁索到了尽头，佛身也没了。我们贴在壁上，也不知是什么壁。

“你们方才是看到费爷他们自己掉下去的，还是你们把他们给推下去的？”王教授问了一个很突兀的问题。

这个问题无疑冒犯到了小段，我们几个同时一凛。

我以为小段会让他少废话，可停了会儿，小段却道：“他们自己没抓住铁索，掉下去的。”

“有听到声儿吗？”王教授又问，显然，这才是他想问的。

“没有，”小段道，“当时太乱了。”

王教授在思考。

“我听光头他们叫了一阵子，后来就没动静了。”虾仔道。

王教授道："那你们怎么能确定他们死了？"

"掉下去还能不死？"虾仔反问道。

王教授不说话了，但我分明听到了他心里骂了句"没脑子"。

我提议道："咱们是不是应该丢点东西下去？"

这个场景似曾相识。

"我们可没火把了，有人带了打火机之类的东西吗？"王教授接了话。

没人回应。

"那只能丢探照灯了。"王教授道。

在黑暗世界里，灯光是十分宝贵的资源，王教授说这话也不知是不是在开玩笑。

小段和虾仔都没同意。

我们僵在铁索上，眼看束手无策。

"我兜里还有个硬币。"曹欣欣说了一句。

我们都没接话。

曹欣欣接着道："先把它丢下去，听听声音，判断判断。"

恐怕效果不会太大，可也并无别的良策，只能将就了。

小段抬头把灯光照过来，曹欣欣已摸出了硬币，她嘱咐我们道："都先屏住呼吸，不要出声。"

我们连头都不敢点了，生怕晃动到铁索。

小段和虾仔低下了头，尽可能地照向下方的黑暗中。

曹欣欣平伸出手，松开，硬币下落。

如一道流星，它闪过小段他们的探照灯前，滑向底下深邃的黑暗中。

久久无声。

仿佛仍在下落，也仿佛不曾下落。

我们等了许久，竖着的耳朵却一无所获。

我们就这么从上到下排列在铁索上，像猴子群望着水中之月，没人愿意打破寂静，生怕错过了哪个真相传来的瞬间。

瞬间却敌不过永恒。

王教授的头偏了偏，像是要竭力去探求什么，铁索被他带动得晃了一晃，就像把我们从凝固了的时空中拉了回来。

“听到什么了吗？”王教授问。

没人说话，就是回答了他。

“硬币太小，不可能听得到。”虾仔道。

这道理太显而易见了，我们本就不该抱有希望。

不过，我觉得至少有一点可以证明——这下面仍然很深，毕竟我们最初对硬币抱有的那点希望，就是基于下面距离我们这里可能不算太远这个假设的。

我们琢磨着要不要再扔点什么下去。

“还有别的东西吗，大点的？”王教授问。

我想起来，兜里还有陈八尺的车钥匙，我在犹豫要不要说。

可小段发话了：“虾仔，扔个手雷下去。”

就跟开玩笑似的。

他语气阴鸷，不是胡说的。

没谁敢回话。

虾仔开始摸索背包。

“你们有多少个手雷？”王教授问道。

“够用了，”小段道，他当然不会说出具体数字，他问虾仔道，“好了吗？”

“好了。”我们看到虾仔伸出了胳膊，手里拿着手雷。

这俩人真够野的，我还是第一次见到整包装手雷的。我这才想起，原来我们一直都是跟一包炸弹在一块儿待着，先前真是忘了这茬，还挺危险的。说不好虾仔哪个踉跄走了火，我们也就跟着灰飞烟灭了。

“拉火，扔下去。”小段道。

“等等，”我叫道，我知道拉火是啥意思，“炸了咋办？”

小段没回答我，他那意思，就是要炸。

“小段，慎思啊。”连王教授都觉得他冒失了。

小段继续盯着下面看，头也不回地说：“那你们说说，该怎么办？”

我们能咋办？我们全都明白，我们只会啰里啰唆地阻止这阻止那，却拿不出主意。

我说道：“不一定非得炸了吧？不炸扔下去也行，根据落地声，判断判断下面有没有底之类的。”

我觉得我的提议还算中立，可没人呼应我，我立即又察觉到了自己的保守。

“我没那么多手雷可以浪费，”小段道，“下面应该挺深，空间估计也不小，炸不坏。”

虾仔道：“我也觉得没事，这东西一炸还能有亮，咱们能借机看得清楚一点。”

王教授思索着道：“那这样，你别让它自由下落，你把它甩出去，离咱们越远越好。”

可我还是觉得不行，阻止道：“万一要是扔在咱们面前呢？万一不小心扔哪个离咱很近的平台上了呢？炸了咱可就全完了，躲都没地儿躲。”

“那你就往上爬爬，别在这聒噪，”小段没好气地说，并下令，“虾仔，扔。”

虾仔伸手，“啪嗒”一声，应该是打开了什么东西，我也不知道咋称呼那玩意儿，紧接着，手雷被甩了出去。

/第十七章/

绝命潭

我的心到了嗓子眼儿。我闭眼仰头，对着上面的佛祖狂念着“阿弥陀佛”。我虽然知道这地儿空旷且深，但人一紧张，幻想就不由自主地冒出来了，真怕有哪个平台就在脚下，我们没发现，手雷却掉上去炸了。我是攀在铁索上行动不便，如果有可能，我真想像窜天猴一样飞上去。

手雷哑火了。

我并不知道手雷应该多久才爆炸，我忘了当初炸墙壁用了多久，我期待它哑火。

这是不是该叫哑火，我也不晓得。我想它是哑火了，因为过了好久了它也没爆炸。

我低头看去，就像过了漫长的岁月。

我已看不到它了，所有人都在木讷中。

一声轰鸣。

好似有架战斗机从下面呼啸而起，气流直冲了上来，冲得我们浑身发软，毛发竖立。

它炸了。炸得稀里哗啦。我瞳孔发紧，它震得我耳膜疼痛，我觉得铁索都在摇晃。

在那一瞬间，我们并没看到多少光亮。或者说，我们看到的光亮不足以拿来判断什么。我们只顾着躲避，少有人还敢睁大眼睛去盯着那里看，因为它的冲击波特别猛。

很快便没了声音，但是，我们听到了一阵奇怪的声音。

是水声。

哗哗啦啦，有水被崩起并下落的声音，是我听错了吗？

我不会听错的，所有人都听得很清楚。

一股硝烟味断断续续地飘上来了，小段道：“是水。”

没错。

“有多远？”王教授问道。

没人答得上来，陈八尺分析道：“至少在三十米往上。”

三十米，是将近十层楼高。

我们懂了，难怪扔硬币听不到，如果下面是水的话，恐怕扔一把硬币也够呛能听到。

而紧接着的一个问题是，水有多深？这不是我主动想的，是我根据眼前这帮白痴的一贯思路猜的。我知道，以小段的脾气，他肯定是想跳下去了。

“听起来水很深。”小段道。

果不其然。

这个莽夫，真拿危险不当回事，你爱跳就跳吧，你牛惯了，我们也知道管不了你。

可小段却没接着说，看来他在想事。

其实，我还在琢磨一件事，却不敢说出来。即便王教授说了，世界是唯物的，可世界真是唯物的吗？这下面就不能有点什么妖魔鬼怪之类的东西吗？或者古尸丧尸啥的？你们就这么一下给炸了，把它们给激活了怎么办？就没想过这个？

可没人有我这么丰富的想象力，他们都很现实，虾仔道：“要不要把探照灯扔下去一个？”

小段想了想：“没必要了。”

随后，他抬起了头，探照灯照了上来：“你，跳下去看看。”

他的探照灯灯光很晃眼，我们纷纷用手遮挡了一下。

“我说的是最上面的那个。”小段又道。

这家伙脑子有问题吧？现在情势这么难辨，还那么高，谁会跳下去啊……他是在说我吗？

不是吧？我睁开眼，努力朝下看了看，他们好像全都在仰着头往上看，而我上面没人了。

没错，就是我。

真的是我吗？小段，咱俩交情……不对，咱俩好像也没交情。可我出了那么多力，等等，我好像也真没出啥力。我重要吗？不重要。我死了呢？白死。

我一闪万念，却真想不出任何跳下去探路的人不该是我的理由，我慌了。

小段确实是在盯着我，虾仔也是，跑不了了。我恨不得抓着绳子大哭，怎么就没人帮我说话呢？王教授呢？陈八尺呢？都傻看着干啥呢？

“这个……”王教授开了口，但他不知道该说什么。

小段打断了他：“谁舍不得他，谁帮他跳。”

我就真不该跟着你们这帮王八蛋下来！我后悔死了，我咬牙切齿地看着小段，既要装强硬又想跪地祈求。

直到小段拿出了枪。

“就给你五秒钟的准备时间，如果还不跳，我送你下去。”小段道。

你浑蛋！我不敢骂他，我弱得像砧板上的肉。就没人帮我说话吗？

“五、四、三、二、一。”

枪响了。

我跳了下去。

我也不知道自己是怎么了，我毫无想法，就像是专门为了躲枪，只求别被打中。小段是个手腕毒辣的歹徒，我不敢跟他争，因为他什么都干得出来。在他这一字一顿的口号里，我就像是被精神控制了一样，吓得不敢违抗，只想远离他。我一度脑筋错乱，忘了逃离小段的逼迫和生命哪个更重要，正是在这一瞬间我跳下来的。

我在下落。你知道下落是什么感觉吗？下落是无望的，是凉风从你胯下穿过，你全身失控，即将尿一大片，你甚至一度以为你失重了。

我跌入了水中。

伴着不亚于手雷炸起的水花声，我就像是摔死了一样。

我浑身疼痛，我被水波造成的冲击力反作用了回来，疼得就像有一万个巴掌同时抽了我，噼里啪啦，没入水中。

小段，你真该死。

这是我在临死前心中最后的呐喊。倘若这水不够深，我必会摔在水底，直接残废。

可我竟一直在下落，我被水流冲得刺痛，就跟抹了一身辣椒一样，我快被撕裂了。

我渐渐停了下来。

没有底。

我没有接触到底，我没有摔死，感谢水神。

我无暇思考，赶紧行动，用上了这辈子在水里学到的最大的能耐，手足并用，大开大合，孤单又疯狂地踩着水向上游。

我怕自己继续这么坠落下去，也怕水里有水蛇，或者有不干净的东西咬了我，钻进我的身体里掏空了我。

我憋着气，像一艘被重创了的潜水艇，体内的船员急需氧气，我拼尽全力，出了水面。

这种感觉太熟悉了，我就这么微不足道地经历好几回生死了。我都出了几回水了？

可我依然如先前一样，不顾这是第几次重复，贪婪地呼吸着空气，一点不觉得这事多了就乏味。我就像是一个刚接触到性的少年，每次经历它，都宛如初恋。

“死了吗？”

小段的喊声传了下来。

你才死了呢。我心里骂道。我故意不出声，想尽可能地展开报复。

“小白！”

我听到了陈八尺的声音，说实话，我心情挺复杂的，可我复杂什么呢？我能怪陈八尺吗？也没有理由啊，兄弟归兄弟，他也总不能兄弟到能替我死的程度吧？我心里明白，这是命，可以怪仇人，但实在没办法怪自己人。

“没死！”我喘足了气，回答了他们。

我猜上面恨不能一阵欢呼。

可他们不是一条心，有情绪也无从表达，共同喜悦的基础不牢。

“你往边上靠靠，我们跳下去。”小段道。

我往哪靠？这里什么也看不见，这片水是哪来的？水下有什么玄机？万一蹿出条大鳄鱼来把我咬死咋办？还是别乱动好。

“小白，你往边上游游，别被我们撞到，容易伤着。”王教授道。

王教授这话并没什么可挑剔的，但我忽觉人性的自私，我为你们探了路，却没有人关心我。所有人都只顾着前行，没有工夫考虑我这是做了多大贡献，表彰我或者安慰我，哪怕摸摸我的头都没有。好像只要我活着，大家就心安了一样。

我别无他法，心寒得像个被欺负了的孩子，往边上游了游。

我不知道这里有多大，什么也看不清。我心想这里总不能是太平洋吧？这多半是个地下湖泊，它总得有个岸。方才慌乱中我没有估测自己究竟沉了多深，可从感觉来看，这里离岸边大概尚有段距离。我心有余悸地意识到，幸亏老子不是跌落在岸上，否则就直接摔成肉酱了。

“好了没有？”小段道。

他不是在关心我，他是怕自己掉下来的时候撞上我。如果有可能，我真想搬块石头等着他，一下来果断地砸死他。

“砰！”

一声枪响，所有人都没有预料到！我听到了子弹入水的声音。

“小段你干吗？”王教授道。

“他老不说话，我只能自己判断判断下面有没有人了。”小段故意大声道。

“你浑蛋！”我终于忍不住骂出来了，“你把我打死了怎么办！”

小段的声音传来：“行，你躲开了就好，我们可跳了。”

这个狼心狗肺的驴崽子！我充分感受到了自己在他眼里究竟有多贱，贱若野草。他根本没拿我当人！

“大家尽量一起跳，免得先后有别，最后撞在一起。”王教授道。

上面的灯光动了，我仔细地看过去，两个探照灯像流星般落了下来，随着它们离我越来越近，我也看清了他们的身形。我不禁想，这几个人，包括曹欣欣在内，个个都是好汉，竟没一个人在下落的过程中叫出来。他们默默下落，在接连的“扑通”声中入了水。

我希望小段被闷死。

可一小会儿之后，他是第一个游上来的。

紧接着，陈八尺和王教授等人也纷纷游了上来。王教授刚喘够了，就道：“没想到还真高。”

你还知道高？我跳下来的时候你怎么不说高！我窝了一肚子火，无处发泄。

陈八尺很平静，他转头搜寻到了我，一脸歉意。我没工夫搭理他这茬，我知道，他也没办法，我懒得跟他说什么。

等所有人都调整完毕后，借着探照灯的那点微亮，我们看清了周围的环境。

这不是个地下湖泊。那探照灯亮度虽有限，但我们扫了一眼就明白了，它让我想起了秦淮河。

没错，就是我们头顶不知已有多远了的秦淮河，它有岸，岸就在我们右侧十几米的地方，它不是圆的，那岸是直的。

不过，直的就不能是湖了吗？万一这湖很大呢？我显然是想得不够多，我且不去轻易判断了。

我只在心里感慨，好险，刚才要是跳歪了，说不定就摔到岸上去了。另外，小段你怎么也没跳歪？我到现在都恨不得杀了他。

游了一会儿，我稍微冷静了点后才意识到，其实跳到岸上挺困难的。我们只是如自由落体般下落，并不会有那么大的偏差，除非有地儿发力蹬一脚。

岸是泥滩。

我摸得很清楚，我觉得这里有人工的痕迹。因为，从方才小段他们入水又游上来的时间判断，他们至少下去了十几米。如果这片水域是天然的，从十几米水深处到岸边的距离应该不止十几米，但现在我们到岸边的距离也就只有十几米，所以，这比例不太正常。

当然，即便是天然的水域，由于地势原因，也可能会存在这种情况，我们现在无暇分辨，这不是重要的。

我们纷纷游上了岸，我躺在泥滩上，感受到了一种久违的舒服，我的身体这才记起了它的精疲力尽。

其余人也都坐着或躺在岸边，各自喘息，各自观察，也各想其事。

我顺着小段头上的灯光，观察着周边的环境。

这岸像是直的，我们看不了太远，也看不到水的那边是什么样子，我就是凭经验认为，这是条河。

“这是条暗河吗？”曹欣欣道。

没人应声，王教授站了起来，又靠近了水，把手伸了进去。

他像个石雕一样蹲在那里不动，良久，转头对我们道：“这水像是动的。”

水是流动的。

我们都懂得他的话。

“这真有可能是条暗河，地下暗河。”王教授道。

所有人都不作声了，这个概念立即就被我带入了更大的背景中——南京城下，有条暗河？！

我不太敢相信。可事实似乎又的确如此。

我们所有人都学着王教授的样子，把手伸到河水中。

大家静得屏息凝神。

我感受到了水的微涌，若有若无。我想，即便它是在流动，也流得很慢。

对于暗河这种事物，我是毫无概念的，我不知道有暗河的地方是怎么回事，它是怎么形成的，有什么深层次的意义，我一概不知。

我问王教授：“王教授，这是咋回事？”

我本以为他知识渊博，必能说出点有价值的信息来，可王教授摇头道：“不清楚。”

“书上没写？”

“没写。”

我们又明白了，当然没写，如果书上写了暗河，我们也不至于走错路差点死在方才的机关里了。我越来越认定，王教授所谓的那本书，就是个骗局。

小段站起了身。

“咋办？”虾仔问道。

“沿着河岸走走。”小段道。

没人响应，也没人反对。

小段问王教授：“你觉得水是往哪流的？”

王教授指了指身后：“那边。”

小段也不多问。

王教授又道："咱们朝反方向走吧。"

"为什么？"我问道。

王教授道："通常来说，源头的东西，比下游要多。"

这话说得颇有种老猎手的味道。

小段点了点头，这家伙的功利心极强，办事一点也不拖沓，做出了决定立马就得执行起来。所以，即便我对他恨得要死，即便我们站在对立面，我也仍然觉得他是最适合带队的。王教授却没急着走，他说道："现在有个问题，不知道你们想没想起来？"

"什么？"虾仔道。

小段却没出声。

王教授道："费爷肯定没死。"

第十八章

暗河阴路

王教授就像念了一道咒语，念得人人自危。

费爷本就像个魔头，况且我们还欠了他的，讨债的魔头更令人生惧。

我不禁四下探看，生怕费爷像老虎般蹿出来，在这鬼冢一样的地方袭击我们。

“没死就没死。”小段冷冷道。

哦，我们不全是怕费爷的，最起码，小段和虾仔是没必要怕的。

我问道：“难道他们都没死？”

费爷这种人，之所以令人恐惧，并不是他本身有多厉害，一个糟老头子有啥好怕的？可怕的是他的势力，是那些围绕着他的人，令他的形象有张力。

陈八尺道：“这里可一具尸体都没有。”

“会不会是沉下去了，或者，被河水冲走了？”王教授道。我听出来了，他也有那么点胆虚。

我在心里安慰自己，没事的，这里人生地不熟，环境又黑又复杂的，我们人数也不少，不一定就是弱者，就算他们没死也不用怕。

“小段，我跟你商量个事。”王教授道。

“说。”

“按理说，咱们在上面已经达成一致了，我给你讲的东西比费爷多，能给你带来的好处也多，所以，你们跟费爷的那点合作关系，是不是可以终止了？”王教授道。

这家伙果然是在教育系统混了一辈子的老油条，我瞧着他那厚颜无耻的样子，就像是看着智慧老人。

小段转过头，眼神里也是带着调侃意味，道："我信得过你吗？"

"信得过。"王教授道，他本要再说点理由予以佐证，却也立即意识到自己还真没什么让人信得过的事迹，全是黑历史。

小段冷笑了一声。

"费爷就一定信得过吗？"王教授问。

小段道："费爷虽懂的没你多，但至少不会给我们下套子。"

王教授不吭声了。

小段停了停，道："不过，如果真碰上了费爷，费爷恐怕也舍不得杀你。"

王教授又抬了抬眼，道："我早就看着费爷是个心慈仁善之辈。"

"走吧。"小段道。

王教授算是以才保命了。可我们呢？我们对费爷可没有任何价值，他对王教授的怨念不得全撒到我们几个身上吗？我心里不安地跟着走，只希望万一费爷他们真冒了出来，王教授这厮到时候能继续保持仗义作风，保全我们。

小段走得很快，大家也都没什么多余的话，只顾跟在他和虾仔的后面，借着灯光赶路。

河水流速很慢，并无声音，我们像是走在溶洞里。

可走了一会儿，感觉又变了，上面并没有顶，这里很空旷，连回声都没有，也不知道它究竟有多大，我们越走越觉得是走在夜空之下。这夜空让我想起了北京，北京的夜空没有星星。我在北京工作了好多年，其间有起有落，但也都是小起小落，没什么太值得说的。我现在之所以脑子里在想北京，是因为它最起码代表的是一个真实的世界。是的，与之相比，我此时此刻所行走的地下，太虚幻了。如果有人告诉我在某某大山沟里，广西的哪座山里，或者甘肃的哪座山里，有这么个地方，充满着原生态意味，充满着神秘与未知，我倒是可以相信的。但问题是，这可是在城市的地下，上面可就是高楼大厦，世世代代生活着一辈一辈的都市人，这里怎么可能还有个地下世界？这不可思议。

我们越走，暗河就越明显，没错，它就是河，我已经确认了。它的岸细看很直，但总体来讲，还是弯弯曲曲的。我们下来的时候，是在夫子庙，此时却已全然无法分辨身在哪里了，这里没有任何能帮助我们辨别东西南北的东西，我们失去了方位感，只能沿着河岸痴痴地走。

我看着小段的背影，恨意未消，而且越来越浓。我虽然一直都是个小人物，可这辈子都没被如此折腾过，而且还是当众被折腾，简直就是极尽羞辱。他的所作所为导致我现在觉得自己的身份在这帮人里是最低贱的，只有我被“玩弄”过。我是他们的小白鼠，是个奴才。而这一切，都怪小段，或许我把这份情绪有点刻意扩大化了，事实没那么严重，可我就是忍不住，如果老天能给我机会，我一定会报复他。

所有人都走得有些累了，可谁也没停下。现在是什么时间了？我心想小段他们既然是有目的才下来的，那总不至于连手表都不戴吧。可我看得到他们的手腕，确实没戴，这帮穷鬼，肯定是买不起防水手表。

我意识到自己有些狭隘了。再这么走下去，我恐怕会被幻觉击溃，我知道自己有这个弱点，我要转移自己的注意力，我把目光移到了曹欣欣身上。

曹欣欣走在前面，她的背影很好看，尤其是在衣服泡过水之后，贴在了身上，很显身材。她是挺好看的，可她一直都没说什么话，在我眼里，她也渐渐地沦为了一个边缘人物，无趣无味。我心想，学生往往如此，除了好看和清纯，一无所有。也不知道王教授非带她来干啥？是啊，王教授明知道是要下来探险，可为啥非带个女的来呢？不怕累赘？谁知道他们怎么想的，说不定，他们的关系没那么简单。我瞥了眼王教授，而后又瞧着曹欣欣那挺翘的屁股，引导着自己想入非非。可过了一会儿，我不得不承认，这没啥用，这种地方，所有的风花雪月，所有的荒淫无耻，全都让人提不起劲儿来。这黑暗就是要把我拉向幻想的深渊，让我癫狂。我们这么傻走有意义吗？我们要去向何方？

小段停下了。

我差点撞在曹欣欣身上。

咋了？

“休息一下。”小段说道。

大伙儿都反应了过来，是有些累了。

王教授直接就坐下了，道：“走了有一个钟头吧？”

虾仔道：“差不多。”

其余人纷纷跟着王教授坐在了地上，我也没例外。

我揉着自己的小腿，说真的，我早就累过劲儿了。要不是小段让停下，估计我还能这么麻木地再走一个小时，可他这一停，我都怀疑一会儿自己还能不能站起来。

沉默令人不安。

我没话找话地问陈八尺：“这是在哪了？”

陈八尺摇摇头，他怎么可能知道。

依旧没人说话，我虽只问了一句，却显得有些废话连篇。

我装作不经意地瞥着小段，感觉很奇怪，我对他有恨，可这恨又像是昨日的恨，记忆多于感受。

这时候肯定不适合复仇。我怕自己冲动，特意过转头，看着王教授，问道：“有谁能分析分析这条河是咋回事啊？”

其余人也都看向了王教授，大家就像刚想起来这是个早就该问的问题一样。

王教授脱了鞋，他勾了勾湿漉漉的袜子里的臭脚趾头，头也不抬：“书中从无记载。”

想来也是。

我就没抱什么希望，可我还是多问了一句：“这看着是天然的，还是人工的？”

王教授摇头道：“魏忠贤是权势熏天，上面那地厅那么大的工程，我信他能办到。但这条河……没法说。”

我分析道：“这条河如果是人工的，那么工程量比不上长城，也赶得上北京密云水库了。”

小时候我听我姥爷说过，早些年各地市开水库，几乎是倾全城之力，把市里男女老少集结在一起，连炸带凿地干了好多年。这条河如果是人工的，它可是在地下，那开凿起来可费了牛劲了。

“不过不排除它本身就存在，被魏忠贤给借用了的可能。”王教授道。

这话有理。

“你就没有研究过有关中国的地下河之类的知识吗？”我问。

王教授摇头不答。

我们静静地待在原地，或躺或坐，半呆半思，若有其事却又实在是漫无目的地审视这片空间，迷茫得都快失去知觉了。这让我想起了我生平唯一一次跟人玩密室逃脱时的感受，每到一个新的地方，毫无线索和提示，场景就立即显得没了意义，我们在乏味之中坐立不安。

现在哪怕是费爷那伙人突然蹿出来，也算有点意思。人悲哀就悲哀在有思想、有意识，所以受不了乏味。我转头四顾，在期盼着什么，可心里又想，费爷他们或许是往下游去了，我们越离越远，永不会再见了。那么下游又通向哪呢？这条河会不会渐渐地就流向了地面，最后汇入上海的长江入海口？

小段站了起来，道："走。"

没有多余的字，他就是个阴险的人。

我们接连站起了身，跟在后面，继续前行。

我们会这么一直走到青藏高原，走到各拉丹冬峰的沱沱河吗？我确信不可能，因为三天以内我们就会饿死。

前行之路，真是道不阻，但很长。

我们就像是要走到地老天荒。

河水无声，充斥此间的只有脚步声，那均匀的脚步声几乎要让我睡着了。

过了许久，我又饿了，这是饿过了劲之后的第二轮饿，它有些痛苦了。我现在对王教授的选择有了质疑，因为从大的层面上看，假如我们沿着这条河一直走，一直没动静，那向下游肯定比向上游要好一点。我这么说是因为中国地势西高东低，河多半是向东流的，向东走，我们最多走到海边也就停了，它总不能流向海底，流向大洋深处。

这个想法越来越清晰，我犹豫着要不要把它说出来。我一边盯着微亮的路，一边又看着漆黑的河，拿不定主意。

那河很沉默，我想听听它的心声，它却摆出一副懒得搭理我的样子，让我不知如何开口。

我只好收回目光，继续赶路。

可是，我看到了一丝异样。

我又把头转过去，没有灯，只能借着小段和虾仔探照灯的余光看着河。我怎么感觉，那里高了？

河中央，离我十几米远的地方，好像有凸起。

难道有东西？

那有东西，我立即反应了过来，赶紧对他们道："等会儿！"

小段先停下了，他转头看着我："又有什么事？"

又？我很多事吗？我不觉得他用词恰当。可我顾不得说这些了，就在他转头的那个瞬间，灯光朝河里照了一下，就那一下，足以把我定住！

"有东西！"我指着河里，下意识地往后退了一步。

众人随我的话一齐向河里看过去，当小段和虾仔的灯光直照进河中的时候，情况已特别明了。

河中有浮物。

小段往前连走了三步，他单膝跪下，探照灯光已最大限度地接近河面，我们看清楚了。

死人。

我当时就感觉毛孔炸开了，忍不住又退了一步，憋着劲不让自己叫出来，躲到了队伍的最后。

其余人也各有反应，虾仔快步走到了小段身后，王教授他们却没动。

看起来数我胆小，我突然感觉后面也不安全，幽幽的，很吓人。我恨不能让他们都围着我，我躲在中间。

"段哥，那是……"虾仔多余地问了句。

小段点点头，盯了几秒钟，道："漂子。"

"是尸体？"王教授道。

我近乎是扒开人缝往那边看，那尸体好像还在微微移动。

"应该是从上游漂下来的。"小段朝外看看。

没人说话。

我才发现自己已经靠在了曹欣欣的后面，我意识到了自己的怂。可我也认了，只要曹欣欣不赶我，我就还这么躲着。

"段哥，我怎么瞅着……"虾仔道，"说不好。"

"捞过来看看啊。"王教授道。

小段起了身，他同意王教授的观点，这时候他跟虾仔之间的身份关系再次显现出来，虾仔看他要游进去，抢先道："我来。"

小段却伸手拦住了他，而后回过头，晃了晃灯光，伸手明明白白地指着曹欣欣所在的方向：“你来。”

他指的是我。

就算是曹欣欣没闪开，我都知道，他是在指我。

我顿时怒了，怎么又是我？！我是你们的玩偶吗？我现在真是有种说不清的感觉，又怯弱又狂躁，我真想现在就把小段给撕了！

“我下去吧。”陈八尺道。

没等我回过神来，他已经动了，我心里立马被一种感动之情给占领了，一股从头到脚的放松感笼罩了我。八尺啊，想不到还是患难见真情，我没看错，你果然是我的好兄弟。方才跳崖的时候我就知道，你是恨不得帮我跳的。怎么样？现在你终于憋不住仗义了吧？你二话不说就替我去捞那死人，这份真情感天动地！

我仿佛在寒冬中被阳光笼罩，脑子里胡乱地蹦着对陈八尺的感激之词。如果可能，我恨不得上去亲他一口，哪怕被人取笑也值了。

陈八尺看了我一眼，眼神中满是兄弟的关怀，他走向了河中。

小段和虾仔一齐看了看我，笑了笑，笑得一脸阴险，尖嘴猴腮。

我真想让他们的头顶上现在掉下块巨石，把他们给砸死！

陈八尺展开双臂，游向了河里。

他很快就到了那具尸体旁边，只见他探了探尸体周围的水波，而后，伸出一条胳膊，勾住了它的腋窝，转身向回游。

随着尸体越发接近，我们渐渐看清楚了他的脸。他的脸尚未泡发，有些熟悉，虾仔已然认了出来，他压着惊异道：“段哥，那不是老辛吗？”

而他话音刚落，我们看到，那具被他称作“老辛”的尸体的脸上，忽然有“血液”从鼻孔中流出。刹那之后，我们又发现，流出来的似乎不是血！

/第十九章/

食尸虫

那是虫子。

虫子在蠕动！它们从那尸体的鼻孔里进进出出，拿不定主意似的，几秒之内已在尸体人中处走了两个来回！

所有人都不喘气了，我起了鸡皮疙瘩，慌忙地叫了声："八尺！"

陈八尺边游着边抬起了头，他离岸边只有七八米了。

"把尸体扔了！"我叫道，也不知哪来的勇气让我喊了出来。

陈八尺停顿了一下，回头看了眼尸体的脸。

我们都能感觉他明显愣了一下，可他并没如我所料的那样触电般松开手，他只是让身子离远了一点，手仍没放松，加快了游泳的动作，迅速靠了岸。

小段和虾仔接住了他，陈八尺把尸体往他们两个手上一送，从水里爬了出来。可就在那一送之间，我们惊恐地看到，就在露出水面的尸体下半身上，竟然一片密密麻麻，全是虫子！

所有人都头皮发紧，我喊道："八尺，小心点！"

可陈八尺没防备时已碰了尸体的腰，有几十只小虫像狗皮膏药般附在了他身上，让人看了全身发麻！王教授快步上前，边拉着陈八尺边拍打他，那一片小虫像落灰般跌了下去。

尸体已经被拖到了岸上，小段和虾仔放开了手，把他晾在泥滩上。

所有人的目光都盯着那具尸体看，可我不敢细看。

我有一点轻微的密集恐惧症。

尸体上下分明，方才露在水面的部分，并无异状，它是横着的，但浸泡在水里的那部分，可以说十分恐怖。

这张脸我认得出来，这是一直跟在费爷旁边的几个人之一。

无数只微小的虫子遍布在他身下，尖头小脑，细微而又快速地蠕动着，上上下下，密密麻麻。从陈八尺身上被打落的那几十只也在向那具尸体聚拢，它们黏稠地、蜿蜒地动着，比蛇鼠都瘆人。

更可恨的是，小段在看了片刻之后，竟弯下腰，一把将尸体翻了过来。

黑压压的，如盖了一张老毛毯！

我们震得全都退了半步，我听到小段自己都低呼了一声！

全是虫子，连一点空隙都没留，它们从头到脚肆无忌惮地布满在这点有限的身子上，若不看正面，还以为这人是刚从石油井里捞出来的，通体包了一层黑油。那些虫子勾动、颤动，时不时地还抽搐般抖动，我被瘆得都得了神经官能症。我的脸都跟着疼了起来，仿佛每多看一秒，就有无数只虫子爬上了我的脸，撕咬我。

“老辛这是……”虾仔惊讶得说不出话来。

虫子在吃人。

虫子已将他的衣服咬破了，应该是钻进了他的身体里，可我看不清楚，因为我不知道这虫子到底有多厚，是一层呢，还是说，这人的身子已经空了，全都被虫子叠满了？

我不敢再看了。

小段盯着看了一会儿，大概是平息了自己内心的颤抖，又转头朝着远处望望。

王教授也顺着他的目光望过去，虽看不到什么，可王教授还是判断：“上游肯定有事。”

不用他说我们也知道了。

“王教授，水里会不会也不正常？”曹欣欣问。

她问完之后，特意看了眼陈八尺。

“八尺，把衣服脱了，看看有没有问题！”我立即说道，并神经质地开始检查并扑打自己的全身。

老辛的这副惨象让陈八尺不敢大意，他赶紧把上衣解开脱了下来，我上前帮着他查看。

还好，他身上并没虫子，我指了指裤子，让他最好也一并脱下来看看，陈八尺摇了摇头，他道："应该没什么事，我没感觉。"

小段和王教授他们还在看老辛的尸体。

小段果然人狠胆子大，他掏出枪，弯下腰来，用枪头拨开老辛背上已破烂了的衣服，并朝下插了插。

他从老辛的背上插了进去，老辛的背已经烂了。果然跟我猜想的一样，他的背上已经没有肉了，此刻组成其身体厚度的，其实全是虫子！

太吓人了，我现在也不知道是不是该庆幸方才下去捞尸体的不是我，我看着陈八尺，由衷地感激他。

小段把枪抽了回来，枪头粘了几只虫子，他盯着看了看，问道："这些虫子是什么品种，有人认识吗？"

我们没应声，王教授摇了摇头："没见过。"

"会不会是专门吃尸体……尸鳖什么的？"虾仔道。

小段显然不相信盗墓的那一套，他还在盯着琢磨。

王教授也看了会儿，他忽然道："我感觉，这不一定是虫子。"

什么？我们全看着他。

王教授伸手要把小段手里的枪拿过来，可小段警惕性很高，没放手，往后撤了撤。

王教授反应过来了，脸上稍带歉意，也不动手了，说道："你们看看，它们这体态是不是有点像鱼？"

他这一说，引得我们又仔细瞧了瞧，这些虫子两端尖身子圆的，还真有那么点像小鱼，可要是放在鱼的层面看，这个头也太小了。

王教授在思考着什么，他盯着枪头，眼神发直，冷不丁地，他又伸出了手，小段又往回缩了一下。

"你别紧张，我想闻闻这是啥味的。"王教授道。

"你只用鼻子闻就行了。"小段很冷静。

王教授没办法，只得再次收回手，探头去闻。

他微微闭了闭眼，鼻尖几乎要触到那虫子了，闻得特别认真，仿佛面前的不是虫子，是花。他竟不由得伸出了舌头。

“别舔！”我赶忙提醒道。

我这一喊，他立即睁开了眼，往后缩了缩头，就跟打盹被叫醒了似的，道：“这味道有点不对劲，咋那么招人喜欢呢？”

“招人喜欢？”我问道，“啥味？”

王教授回味着，道：“又腥又甜，凑得越近，还越能闻见有点异香。”

这形容得真够乱的，我想不出那是啥味，可又不敢去闻，我分析道：“难不成这是这河里的某种怪鱼，食人的？”

这是个新鲜点的思路，可我被吓到了。

我们自然而然地一齐望向河中，它在我们眼里已不那么平淡了，恶从水中起。

我更加不安道：“这哪像是我们这里该有的物种，这河到底是哪来的啊？”

谁也不知道，我们除了并无多大效果的冥思苦想，啥能耐都没有。

少顷，虾仔对小段道：“段哥，我觉得现在不是琢磨这个的时候。我们最该考虑的问题是老辛这是怎么回事？咋让虫子给掏了？”

王教授也道：“没错，还有费爷他们怎么样了？是不是也被掏了？”

这话一说出来，倒没人有工夫去想王教授对费爷的阴毒寄予，大家全都自动地看向了河的深处。我们都在焦虑地寻找，那里面是不是还漂着别人？

小段和虾仔往前走了两步，脚都快沾着河水了，可在探照灯光能照到的范围内，河面平静得像是在打盹儿，我们一无所获。

“再往前走走。”小段果断下令道。

“那老辛……”虾仔想说什么，又反应了过来，“丢在这吧，已经废了。”

废话，不丢在这里，难道你想让我给你背着吗？我被迫害的次数多了，自动就被带入了角色。但我还有另一个问题，我问道：“你们确定要继续往上游走吗？”

王教授看了我一下。

我的意思很明白，这个老辛，可就是在上游死的。

小段不想啰唆，带头沿着河岸走了出去。

其余人停了会儿，也跟了上去。

又是这副不见棺材不落泪的德行，我别无他法，只能跟着走，但特意走在最后，以备发生危险时好先跑。

我们一边走，一边仔细地观察着河里的情况，就跟地毯式搜索一样，不肯放松每一寸河面。我估计大伙儿心里想的也不太一样，小段和虾仔在想什么不好说，但我和王教授绝对是一样的，我们既有些害怕又十分期待着从河面上看到漂浮而来的费爷。

走了半晌，我眼睛都瞪得干涩了，仍旧没什么新发现。我琢磨着，这东西不会有毒吧？方才王教授闻着闻着差点舔上的动作，虽然微小，但细思极恐。想到这，我问陈八尺道："八尺，你刚才沾了虫子的地方没啥感觉吗？"

陈八尺道："又没沾着皮肤，没感觉。"

可我总觉得还是得小心一下，万一这东西有剧毒，水都被它们给传染了呢？我刚要再问陈八尺别的地儿有感觉没，王教授忽然道了句："我琢磨出了一点东西来。"

我们全都停下了脚步，转头看他。

王教授又走到了河水边上，蹲在了那里，跟个地质学家似的看着河，沉默了。

我被他耗得着急，心想你是蹲坑忘脱裤子了吗？这群人可都等着你说话呢。

他抬起了头，但没有转过来，仍然盯着河面，道："长久以来，包括刚才过去的这段时间里，我其实一直都在思考一件事，那就是魏忠贤是怎样把宝藏运到南京来的。"

他说完这句话就停了。

我们却不像他一样跟着陷入沉思，我想，魏忠贤把宝藏运到南京，需要深研究吗？他掌权时本事那么大，往南京运点东西算什么。

沉静了片刻，王教授又接着道："起先，我也没太当回事，以为不过是命人一路护送着押过来就是了，这对他来说没什么难的。但是，我现在意识到了，即便运宝藏本身对他来讲很容易，可他也多少得注意一点。他毕竟不是皇帝，所以，首先要尽量保持低调。"

这没毛病，他总不能大张旗鼓地说本公公要为日后造反做准备，往南京运点宝藏，沿途官员请做好接待工作。

王教授又道："而第二点，不用说是魏忠贤，就算皇帝自己要运东西，也会注意到一个问题，那就是——便捷。在既定条件下，用相对来讲最省时省力的方式，尽最大可能地节省运输成本，是所有人都会选择的做法。即便那个人再有钱有势，都不会违背这个原则。因此，综合这两条考虑，我忽然明白了这条暗河是怎么回事。”

“怎么回事？”我问，“是长江下的暗河吗？”

“它既不是长江下的暗河，也不是秦淮河的分叉，更不是淮河的支流，而是另一条名气度同样十分高，却总是很容易被人忽略的河的支线，”王教授站起了身，看看我们，道出了五个字，“京杭大运河。”

我们全都瞪开了眼，随即又如醍醐灌顶，这名字根本不必多说，太熟悉了，它确实常常被遗忘。此刻也无须多问，我立马都能背上来三两句它的简介：京杭大运河是全世界里程最长、工程最大的古代运河。南起余杭，北到北京，对中国南北地区之间的经济文化发展起到了巨大作用，是人类的瑰宝。这在当年的中学历史课本上可都是得背得滚瓜烂熟的东西，但由于它是人工修建的，所以大家在谈论河流的时候，确实常常会将它忽略了。

陈八尺却很冷静地道：“我印象中，京杭大运河不经过南京。”

王教授点点头，道：“没错，京杭大运河的主线不经过南京，是从扬州那边过，但并不排除可以引出条支线到达南京的可能。”

我说道：“你是说，魏忠贤借着古人提供的便利，命人在地下向南京城开了条分支，专门运宝藏？”

王教授没回答。

我知道他在想什么。我们都明白，即便是按照我这个思路来看，这工程量也依然不小。魏忠贤怎么可能偷偷摸摸地在几年内就干完了这项工程？难以置信。

不过转念又想想，京杭大运河的开凿，本身也要连通地面上的各大河流，多连一条天然就有的暗河，稍加修建，也未必不能。

当然，这事还有待推敲，可另外一件事却差不多明白了，这暗河的上游可能还真不是长江，我们多半也不是在自东向西地走，它现在是什么走向还不好说。

小段道：“照你的意思，沿着这河走下去，只有两种结果了。”

一是到京杭大运河主干道，二是到藏宝地。我们都明白这两种结果。

可王教授道：“我只是猜测，具体的，还有待验证。”

但是，这一猜测对于我们来说非同小可，它像在这偌大的地下世界中点亮了一盏灯，让人对环境有了一个概念。且先不管这暗河究竟是怎么来的，是魏忠贤派人借地势而建，还是用了什么鬼斧神工的方法命人加紧开凿出来的，这都不重要，重要的是，它在我们眼中终于有了存在的意义。那个意义引向的结果令所有人都感到精神抖擞——它就是为运送宝藏而建的，这里的确有宝藏。

有了意义的景象，就像物品被老和尚开了光，瞬间，这里连黑暗都清晰了很多。

那么秦淮河呢？我又想，秦淮河怎么就通向这里了？这又有什么具体意义？我想不通。

我们一齐看着这道暗河，驻足了许久。

小段说道："接着走，上去看看。"

但我们刚迈开脚步，曹欣欣却说："你们有没有听见什么？"

曹欣欣没动，我们又都停下了。

"什么？"我问。

我看看别人，大家都没听到。

难不成这男女之间还有听力上的差异？你能听到超声波？可别吓我啊。

"都先别走了，"曹欣欣从没这么强势过，她指了指前方无尽的黑暗处，"你们好好听听。"

连小段都停下了脚步，曹欣欣的语气很急迫。

我听到了。

声音似有似无。

我不敢确定，又竖耳听了一会儿。确定有断断续续的声音从前面传过来。

这是什么声？

在我琢磨的当口儿，声音已连起来了。当我已十分确切地认为它存在的时候，忽地意识到，它好像是在往这边来的，它离我们越来越近了！

我们全都听到了，所有人转头互望，我都能感受到大家的心跳加速。

那声音在持续增大。

我们慌得眼神发空，难不成前面有什么怪物？

肯定是费爷他们发现的，他们搅了那怪物的清静，那怪物沉睡千年，此时已醒了。我想起了二十世纪著名的《克苏鲁神话》，我希望那不是真的，那就是个神话，怎么能是真的呢……

我的天哪，我的天哪……水面！

我愣住了，继而感觉自己瞎了，我看到了什么？

水面本是无色的，我只借着小段他们头上那点微弱的余光就看得到，从远处，这无色的水面，好像厚了一层，本来通透的河水忽地变得很厚。我自然地就想到了方才那个老辛背上的“毛毯”，此时此刻，有张大到能将整个河面覆盖的毛毯，如海油泄漏，由远及近地铺了过来！

小段他们也发现了这种情况，探照灯立马打到了河面上，我们看得很清楚了，那是黑得密不透风的一大片。没错，就是方才我们看到的那种虫子，它们如浪般在河面奔涌，带着一种不可阻挡的气势，宛如恶灵的咆哮！

我们呆住了。我们分辨得出来，耳中听到的声音并不是来自眼前的河里，它们还在后面。那么，后面是什么？！

“跑啊！”也不知道是谁叫了一声，我们这才像被电击了一般纷纷回身，向着来时的路拔足狂奔！

河里的虫子来得极快，我们跑了没几步，它们竟超越了我们。河上这突如其来的黑暗甚至让灯光显得更亮了。更令人心惊的是，这片“黑毯”竟是又宽又长，不仅覆盖了整个河面，我们都看不到它的尾！它们正如一个规模极其庞大的虫子军团，山呼海啸地向我们宣示着它们对这个地下世界的统治权！

“离河远点！”是王教授在叫。不用他说我们也知道，我们肯定是离得越远越好啊，我早已跑在了众人前面。我早就说不让你们往上游走的！

“段哥，虫子堆里还有人！”虾仔叫道。

我边跑边随着众人回了头，没错，那黑压压的虫子堆中是有个人，可那是人吗？根本就看不清楚，只能看出是个人形，漂着的。他的全身已被虫子覆盖，而且漂流的速度也很快，几乎就是被虫子簇拥着前进的，看那样子，比先前的老辛惨得多！

“就那一个？那是费爷吗？”王教授上气不接下气地问。

没人能回答他，现在管那是谁呢，不重要了，重要的是我们可能也会变成那样！

有香气。

河里有香气，我没闻错，就是从那里传来的，是虫子发出来的吗？

我忽地听明白了，那越来越大的声音是嗡嗡声！所有人都听明白了。王教授的问话已被淹没，虾仔边跑着边回过了头。

我顺着虾仔的探照灯望过去，那声音的来源处，半空之中，黑密如网！

第二十章

弥天记

不是半空，是全空！我大惊之下描述功能已发生了错乱。我看到从上到下，从我们的高度，一直到往上看不见的空中，有无数只虫子上下翻飞，整个地下空间被它们占得密不透风，如高墙般压抑着向我们推进！

那不是高墙，那是飞虫的长城。我看得越发清楚了，它们的厚度，或者说是长度，似乎有头无尾，像河里的虫群一样。它们就像空气填满地球，它们无处不在，狰狞可怖！

嗡嗡声转瞬之间已如雷鸣，我们逃不出去了。它们压了过来，无数只虫子撞在我的身上，我打战，我痉挛，我捂住口鼻紧闭双眼，几乎要被吓疯！

虫群覆盖了我们。它们在撕咬我，它们在钻进我，在掏空我。我感受到了老辛死前的感受，我想到了万蚁噬骨……也不知是幻觉还是真实感觉，我痛不欲生，每一寸皮肤都在扭曲，我这是在虫子堆里！

“是蝗虫！”

也不知道谁喊的，我已无暇关注。慌乱之中，我脑子里只跟着闪了一下，蝗虫？这地儿怎么会有蝗虫？！

片刻之后，我竟微微镇定了。我一边像只受惊的鸽子般扑打着身子，一边睁开了眼，外面灯光已乱。

我闻到了异香，它越来越浓。

我分不清谁是谁，小段和虾仔也在狂甩着身子，他们灯光所及之处，虫子密度极大，那探照灯就跟吸尘器似的，光打到哪，就立即吸引过去无数只虫子，看起来就像两个彗星。

是蝗虫，我隐约看得清楚，那就是蝗虫的样子！

异香愈浓。

我觉得自己有些晕。

我怎么会晕？我是被这些蝗虫击晕了吗？我想，这异香必有问题。

我头脑昏沉了，动作慢了一些。我想我会倒下，我必是中了剧毒！

可也就到此为止了，我晃动了许久，出现了幻觉，我能清楚地感觉到这股香气冲进了我的鼻孔，进了我的脑子，透过了我的血管，要与我的血液融合。可它们仿佛又停了，它们在我的血管中徘徊。有那么一刻，我跳出躯壳认真反观，它们是已经进入了我的身体吗？我不清楚。

但我看到了别人，纷繁的虫阵之中，那些面目恶心的虫子在狂舞。它们跳跃，它们飞动，它们一只跳在另一只的背上，越跳越高，像小时候玩的某种电子游戏，它们由地面而起，渐渐地占据了高空……

哦，我是在看人，我不是看虫子，我看到了小段，小段蜷缩在地上乱滚，他把身上的紧身衣扯到了头上，他很聪明，却越滚越软。我知道，这异香刺激了他，他撑不住了。

“老子炸死你们！”

像是在很远的地方，我听到了虾仔的喊叫，紧接着我就看到他掏出了手雷！

我吓得赶忙朝着他的反方向奔跑，仅仅是数秒过后，震耳欲聋的声音传了过来，紧接着我被冲倒了，我像是被炸了！

此刻就像发生了山崩，手雷全都爆了。我数不清有几个手雷，可它们接二连三地，也或许是同时地，炸得这整个地下空间血肉横飞，炸开了一个巨大的缺口。虾仔消失了，他的皮肉炸进了虫群中，这偌大的虫群也跟着震动了。可很快，那巨大的缺口瞬间又黑了，前赴后继的虫子填满了它。

我看到的是真的吗？！

虾仔死了，我闻到了血肉的腥气。

八尺！我看到陈八尺在奔向岸边，他像个鬼影一样，一跃进了河中！

“陈八尺！”我疯狂地呼喊着他，他根本听不到。他已失去了理智，我看到那些虫子将他覆盖住了。而后，他的身影消失了，陈八尺你是被虫子给咀嚼了吗？你是沉了底了吗？

幻象，我想一切都只是幻象。

王教授和曹欣欣不见了踪影，我谁也看不到了。蝗虫遮天，异香塞鼻，我号叫也无用，所有人都疯了。

我像在暴雨中狂乱地奔跑，不知此为何处。那飞蝗纷纷撞在我的脸上，撞出了血和汁液。我不敢再开口，我觉得特别恶心，我怕它们飞进我的嘴里，卡住我的嗓子。我如小段一样，让自己趴在了地上，弓起了身子，把衣服拉紧，紧紧地罩住我的头，像鸵鸟一样把自己埋进衣服里。除了耳边乱哄哄的嗡响，我与世界毫无关系。

外面就是地狱，我害怕到想要死去。

我想死。我想死在这种防御状态中。我的头不那么晕了，那香气仍在，我却像闻不到一样。

我想死。我已忘了我们为什么要来到此地，为了宝藏和地宫吗？荒唐，清平世界，哪有宝藏？传说都是假的。我想回到地面，回到南京！

我想死。我想像虾仔那样自己把自己炸死，王教授和曹欣欣是被他一起炸死了吗？他们真幸福，不必再忍受这些麻点般的飞虫。我也想像陈八尺那样跳进河里把自己溺死，我宁肯让虫子们赶紧把我吃了，我也不希望继续这么活着被它们包围、搅扰、啃噬。八尺，我的好兄弟，你是疯了吗？你真的是疯了，我的好兄弟！我再也见不到你了，你已葬身于虫腹之中，你化为了世界上最细碎的碎片，你消散了。

我不知道我到底想干什么，我一定是想死。

这里生不如死。我清楚地听到嗡嗡声越来越响，似是有几千架农用拖拉机塞进了我的耳朵，也好似把我丢到了一片正打得激烈无比的战场上。我的头要被震爆了。我觉得这不是一堆普通的蝗虫，这是一堆疯了的蝗虫。它们不正常，它们虽在向前推进，可飞得没有秩序。它们也着了魔，它们在用自己的方式嘶吼。它们红着眼睛振翅，不是飞，是在冲杀。它们狼奔豕突，它们心灵扭曲，它们是一群大变态。

这是我的末日，末日已至。

我忽地愤怒不堪，那股怒火伴着对生命的绝望在我心里烧了起来。我恨这所有的一切，恨我的经历，我恨小段。我觉得自己会死，死得凄惨，死前也并不快乐。因为我曾是“玩物”，我曾备受凌辱。

我把头抬了起来。我看到了趴着的小段，他弓着腰，缩着脖子，在捶地。

他捶得极为用力，手都快捶断了，我听到了他的号叫。我迎着冰雹般的蝗虫冲了上去……

我死前要复仇！蝗虫已扰不了我了，我对它们视而不见，仇恨让我无所畏惧。我抓着小段的头发，就势将他摁在地上狂砸，就像砸烂西瓜似的，我要毁了这东西！我宣泄着内心的狂躁，砸了许久，小段不躲也不挣扎。他仍然在捶地，就像是能捶出宝藏或者捶出一条生路似的。我揍他简直就像是阻碍了他办正事，我发现了他的不理会之后，兴奋度骤然降低。

你这狗崽子，你伤了我的心，知道吗？你伤了我的自尊心，我也要伤你的！你纵然变成了个傻子，我也要让你难过得哭！缭乱的飞蝗为我助兴，我拎着小段的脖子，抓着他的屁股，用着古典摔跤里最引人发笑的粗暴动作，将他搬了起来，摔了出去！

小段滚了一下，压死了若干蝗虫，他脸上有血，还有蝗虫的绿液。我看到他口角流涎，脖子抽搐，我很痛快。我看到了河，又看到了那群吃人的河虫。我要把他丢进去，让他尝尝跳水的滋味，让他与虫子相融，让他万虫钻心，让他跟随陈八尺而去，为陈八尺作祭，也为我忏悔！

飞蝗扑打着我的眼睛，我却毫不在意，我拖着小段，像个拖着死鹿的老猎人。我踩着地上那些无处躲闪的蝗虫嘎吱作响，我听不见那声音，却很痛快。小段依然在捶地，却已是强弩之末。我猜他的手骨都裂了，他却依旧不停，真是疯得可以。我还以颇为畸形的心思看了一眼，他脑子是在冒烟吗？我把他按进了河里。

虫子马上就扑了上来，就跟一块旧海绵浸了水一样，他的头瞬间黑了，黑得我腮帮子都跟着抽搐了。可小段反应了过来，那是人的本能，他强硬地抬起头，趁着我还没把他的整个身子浸到水里之前，两手猛撑在泥滩上，把头仰了出来。我看到虫子在他耳朵和鼻孔里进进出出。他龇牙咧嘴地拍打着它们，他抠着自己的七窍，打着寒战，癫狂不已。

活该！

我获得了巅峰体验，这是比我从书上、从电影上，或者从床上获得的更深刻的体验。他的扭曲让我四体通泰，那些来回撞击着我的蝗虫也成了我的快乐，它们的撞击让我悟出了痛与乐的本质。

小段扑向了我。他像条狼狗一样从地上跃了起来，带着脸上剩下的星星点点的虫子，掐住了我的脖子！

我没料到他会恢复力气。虫子不是应该立即从他的耳洞穿进去，将他的脑子给啃了吗？他还没死，半死都不算，他力气大得很，掐得我无法招架，喉咙如被钝刀割了。我看到，他脖子处有几只虫子已爬到了他的胳膊上，正以胳膊为桥梁，向我奔来！

小段，我一定弄死你！我双拳乱挥，冲着他劈头盖脸地打了下去，并让身子前倾，就势压了上去，我们滚在了地上。

无数只飞蝗在躲我们，片刻之后又重新聚拢，它们是热情的围观者，不停地撞在我们身上，帮着添乱。我们连滚带砸，飞蝗在我们身下咯吱作响。小段猖狂的眼中已完全没了人性，他连战术都没有，抓着哪儿打哪儿，一通乱巴掌扇得我睁不开眼。我只能奋力制住他的双臂，将他压在身下，骑在他肚子上，挥拳如砸夯机，震得大地都在作响。十几拳下去之后，小段脸上已经血肉模糊了。我想起了武松，想起了鲁智深。于是，我觉得自己不是个让人随便欺负的孬种，我是条好汉，一点儿都不怕你。我冲他怒吼：“让你整我！”

我在绝对优势中狂得没边儿了，却不料小段趁着我号叫的空当，忽地翻了过来。他的力道大得又让我想起了他本来的面目，想起了我对他的恐惧，就在我这一恍惚间，我一只脚踩进了水里！

虫子哗地就上来了。小段并未停手，他嘶哑地叫着，用力一撞，跟我一齐跌进了河中，我浸在了虫群之中！

痒、疼、恶心……我无法形容我的感觉。我吓得骨髓战栗，拼命想要挣脱出去，小段却死死地搂着我。他要跟我同归于尽！他仿佛很享受这种“虫浴”，他搂着我在水里打滚，我被拉得越来越深……我在水里摸爬，小虫附着在我身上，在某个瞬间，我感觉水下并没虫子，它们好像只是集中在靠近水面的区域，可我无暇去确认。虫子和水一齐涌入我的嘴和鼻孔，我被呛得不断咳嗽，两手向下撑，却找不到支撑点，我在无助中下沉。

我看到了光。

平静的水面，远处有光。

那是我的错觉。

可我还是看到了光，我从虫子的缝隙中，看到了光。

那不是缝隙，虫子密得并无缝隙，那是光透过了虫子。

我在水里，那光伴着比蝗虫的嗡嗡声更激烈的响声传了过来。

光在毕剥作响。

我蹬开了小段，调整身子，由仰变趴，踩住了水，浮了起来。

我穿过被虫群占据的水面，探出了头。我的眼睛随光而去，见到了此生最美的景象——上帝在此间放了一道烟花，金色的焰火从远处烧起，地下世界全亮了。

飞蝗是流星，鱼虫是火点，它们璀璨、绚烂，令邪恶的黑夜破颜一笑。

它们携带着耀眼的光芒，发出爆裂的响声，由远及近，燃着哀号。

第二十一章

大涅槃

一阵大火冲天而来。

我脑中辞藻起伏，它们交相涌现。我看到了火树银花，看到了漫天华彩，看到了东风夜放花千树，看到了星河欲转千帆舞。飞蝗肥大的肚子在硕然绽放，鱼虫纤细的身子佝偻如丝，它们由明至灭，如桃李艳空，又若柳絮飞残！

这整个空间已成了一个巨大的火球。它是太阳，它有黑子也有耀斑，它刺眼，也昏暗。它照得我眼中所见如圣堂、如金殿，也如颓败的大军，如银河初起，也如光阴的尽头。它的焚烧融合了仁慈与凄厉，不断地变换着面目，这里乍看似生，细看尽死。

直到火墙从河面纵掠而来，我钻入了水里。

我像个躲进被窝里的孩子，看着诸天神魔在鏖战。我像个平面中的小人儿，看着立体世界的混乱。我希望不被发现，却又难免受其影响，河水都热了。

虫子在我的头顶燃烧。

火神的心十分冰冷，它看见了一切，又无视一切，它所过之处片甲不留。我瞪大了眼睛看着它邪魅的脚步，碾压着那些弱小的生灵，从容走过。

我爱上了河水，河水是全世界最安全的地方，柔波给我安慰，就像母亲的溺爱。

可久了它会溺死我，我再次探出了头。

火已向远方奔去，它亮堂的背影仍震慑着它走过的地方，水面全是一股焦煳味。

我看着河面，才意识到方才它是多么生机勃勃。它此时已是一片烂死之相，到处漂着黑脆的尸体，它比以前更厚了。

虫子的尸体远没有虫子本身恶心，我并不怕它们了。我突然就想起了人类是站在食物链顶端的物种。我闻到了香气，不是异香，是种熟悉的香味。我又看到了蝗虫，我想起了小时候。

小时候，我暑假回到老家看奶奶，时常会跟着我哥去抓蝗虫，我们抓一袋子回来烧着吃，肉香味美。

我蹬起双腿，划过虫群，游上了岸。

当我站起来的时候，看着那满地如落叶般的虫尸，竟想起了曹雪芹的诗，它们回首相看已成灰。

也不知道是什么令我如此有文采，因为我本是不怎么浪漫的人。我敢保证，我生平所见，皆不及方才一瞬，激得我灵魂荡漾。

光在渐渐变弱，火已追赶上了虫群的领军者，我好像明白了点什么，这些虫子，从一开始就是在逃命！

我看到了小段的探照灯。

它不是戴在小段的头上，而是落在岸边不远处，早在我们扭打之前，它就在那里了。

探照灯在刺啦作响，发出弱得不能再弱的光。我像是发现了救命稻草，抢着过去，将它捡起。等我将它抱在怀里，才醒悟，根本没人跟我抢。

小段呢？王教授和曹欣欣呢？

他们都不知去向，这里除我之外，空无一人。我仿佛是火神的选民，大灾过后，只留我独活。

火光已完全消失了，探照灯光也弱得可怜。

我有种末日过后幸存者般的孤独感。

我该无限惆怅，感念古今，感叹生命。可周围太香了，我即便对这些香气的来源了解得并不到位，可也顾不得了。我太饿了，它引发了我第三轮的饥饿，这回真是天时地利人和。我像个性瘾少年扑进了少妇的大腿根里，匍匐在地，胡乱地往嘴里填着蝗虫。我知道这道菜的名字，它叫烤蚂蚱。

满嘴喷香，美味入五脏。

我一点都没意识到它们是烤焦了，也不觉得腻，不用放盐也不用放孜然，我已胃口大开，饕餮无度。

现在是什么点儿了？这算早饭还是午饭？我还特意腾出了点空想了想，可也都是胡思乱想。重要吗？有人在乎世界末日那天的早中晚吗？我已经连时间的长度都不在意了，吃了多久我也不知道，直撑得肚子里再也塞不下，方才停了手。我翻了个身，躺在了地上。

这就像躺在稻草上，除了没有阳光，一切和小时候一样，夏末秋初，我能跟我哥在稻草堆里睡一下午。我不想起来，也无所谓那些蝗虫是不是有毒，死了又怎样？有谁还活着吗？

我闻着煳味儿，压着已煳了的小蝗虫们，想着自己的幸福童年，睡了过去。

无梦。

从毕业以后，很久没这么睡了。

人生真是操劳啊，活着时真是心乱，乱得都睡不了一场好觉。

睡眠是片段的死亡，我也忘了是谁说的。死亡的滋味太过美好，它像战后的安宁，令人善恶皆忘。

睡眠让人类回归本性，睡眠是造物者赐予每个生灵最宝贵的能力，睡眠让世界变得清白。

我不知道自己睡了多久才醒来，久到忘了过去。当我醒来的时候，我感到了精神上的暖意。

我翻了翻身，以为自己真的是压在稻草上，我明白自己睡懵了，但却不想清醒。

我就这么躺着，若有若无地用意志去控制着大脑，保持这种懵懂状态，我的大脑很矛盾。

我想一辈子就这样过下去。我知道我是躺在哪里，这里有水，有好吃的蚂蚱，没有人间纷扰，并且离人间也不算太远……这在地底，却似在云端。

小段。

我没傻，我感受到了小段，我感觉到了他的存在。

探照灯只剩下萤火虫般微弱的光亮，它在我手边，我拿了起来，照了出去。

那是小段的鼾声。我清醒了许多。他的鼾声也透着他本人的凶狠，他就在河边，半个身子还在河水里，仰天躺着，鼾声如雷。

他还活着！

我完全清醒了，四下张望，旁边一个人都看不见，这里只有我们俩。

就像有一种隐藏在基因里的惯性，让我想杀了他。

可我又下不了手，我的心不够硬，刚才这一觉净化了我的心灵，让我不那么仇恨谁了。

我站起身走了过去，怔怔地看着小段。他跟我一样是死里逃生，我们俩还有点涸辙之鱼的意思了。

现在甭说是弄死他了，我连对他吐口唾沫都舍不得。这可是我在这里唯一能找到的同类，甚至有可能是除我之外唯一的生物。我都想叫醒他，同他说说话，闻闻人味儿了。

我还是控制住了，因为我不晓得小段现在的思想状况。他若醒来还像之前那么疯呢？那我岂不是成了农夫与蛇的故事里那个善良的农夫了吗？我不确定他有没有恢复神志，不过，无论是那个凶狠的小段还是痴傻的小段，我都不喜欢，我不想去验证。

最仁慈的做法，是赶紧离开这里。

我没再多看他一眼，连那点微弱的灯光都被我捂住了。我向远处看了看，顺着河边，踩着满地蝗虫向上游走。

希望小段长眠不起，我不愿动他了，也不愿再见他。并且，鉴于方才那场睡眠的经验，长眠不起应该算是祝福吧？我真是好心肠。

为什么要去上游，我没仔细想。可火既然是从那里烧过来的，那里就自然地代表了美好，没有那里的火，我早就死了。我未必是想去看看，只是觉得那里有希望。

路很长，我是说，虫子铺得路很长，我走了许久都没走出这片“虫子地”。探照灯已经没法戴在头上了，它的亮度太小，我只能尽力伸着胳膊让它照着地。地上的虫尸看起来不那么香喷喷的了，反而让我有一点点反胃。我这辈子再也不愿吃烤蚂蚱了，炸的也不愿吃了。

河面上也一样，仍是厚厚的一层，也不下沉，就那么堆积在水上，也不知水里的虫子们到底死绝了没有。我看了一会儿，又有些发麻，遂不再去想，专心照着前面赶路。

可有那么几个问题，即便不想，也都一一浮现出来了。

首先，这火是从哪来的？难道是哪个天神看我可怜，放了一道火，救了我？我想起来了，先前我是琢磨过一点这火和虫子的主次关系的，好像并不是虫子在先，而是火把它们赶过来的。它们的蜂拥而至，不是奔着我们来的，更像是赶路，是奔逃。

火从最开始就烧了。我越发确定事实就是如此。

那么，前面到底发生了什么事？那里有人吗？好人还是坏人？是费爷吗？

谜团渐多，我理不出头绪，唯有行走让我心安。

虾仔死了，陈八尺跳入了河里，王教授和曹欣欣不知所终。

这些本该在醒来后第一时间就想起来的事，现在才一一浮现在我眼前，我脑子太乱了。

陈八尺一定是疯了，王教授和曹欣欣是跑出去了吗？

我停下了脚步，转身向后面的河中张望。陈八尺是跳进了河里的，可他死了吗？我要回去捞他，他肯定没死。

我欲拔脚奔回去，可那黑暗却又让我停住了。我什么也不知道，能捞到陈八尺吗？想到这我特别难过，我想起了我们在大学时的点点滴滴，这种感觉说不出来，只有难过。

王教授和曹欣欣会不会在前面？或者，他们被虾仔的那包手雷一起炸没了？

我想着这些，情感就回来了，它离开我的身体很久了。我心里五味杂陈，而一想起陈八尺，我又悲痛欲绝。

我机械地转过身子，独自行走，漫漫长路，我走着走着，就流出了眼泪。

虫尸咯吱作响，响声满是寂寥。我像走在荒山之中的夜行者，是千里奔袭的使命者。

对了，他们刚才是都疯了吧？那种状态绝对是疯了。

那么我也疯了吗？不知道，没有对比，我不知道自己疯没疯。在记忆中，我没疯，我在虫灾中的每一个举动，自己都能记得。我认为那都没有脱离理智的范围，我随时能用理智控制住自己。

可真的吗？你做梦的时候不也觉得自己能控制自己吗？可是真的能吗？

我头疼，我边走边拍打着头，想不清楚。

可我也不曾自残，我记得，小段在捶地自残，虾仔也自残而死，陈八尺跳河也是自残。所以，如果我疯了的话，那我为什么没有自残？难道是每个人疯得表现都不一样吗？王教授和曹欣欣呢？他们是不是也疯了？

我觉得十分可怕，我到底疯还是没疯？！

疯了的人是不可能知道自己疯了的，这是个悖论。我想起了《脑髓地狱》，想起了绫辻行人，想起了一堆日本小说，我的状态跟书里的某些情节有些像。

异香，一定是虫子的异香有问题。我记得我最初是昏沉过的，可是很快就止住了。我昏沉是因为闻到了异香，也正是异香漫天的时候，他们疯了。我原以为他们是被虫子吓疯的，现在有点明白了，他们不是被吓疯的，是异香让他们变疯的。

我找到了一条思路，可是，有件事阻止了我继续想下去。

空间变窄了。

河道不知在什么时候，已窄得都能看到对岸了，即便灯光微弱，我也能看得到对岸的洞壁。

我回头望望，方才发现，自己就像走进了一个山坳，空间随着我的前进，在渐渐收缩。

我像是要进入某个洞。

脚下仍然是虫尸，它们没有要断绝的迹象。我想，全世界的蝗虫都在这里了吧，我无法想象它们的数量。

我继续前行，路变得崎岖不已，河在继续变窄。

直到我发现自己确实进入了一个洞中。河水停了，它成了溪流，我伸手挖了挖，它似乎还通向下面，但已被土地挡住。

洞里和外面一样黑，我的探照灯几乎不亮了。我小心翼翼地扶着洞壁，一步一步地前行。

它就像个秘密洞穴。

它缄默无言，令我浮想联翩。

我穿梭了许久，已快忘了拐了多少道弯，滑了几回。越往里走，我内心的嘀咕声就越大，这一定是个隐藏在地下的虫巢。

第二十二章

虫巢地宫

我摸空了。

这不是第一次摸空，我有经验，这也就是自然空间的不规则现象，就像某个肿大了的淋巴结，只需走过去，洞便会恢复先前的大小。

我小心地往前走着，却发现这个“淋巴结”比想象中的要大，摸了有一会儿了，仍没摸到恢复如常的洞壁。

反之，就在顺着它一转身的刹那，我的瞳孔在收缩。

它收缩得很慢，我甚至听得到神经咯吱作响的声音。

而它之所以收缩，是因为前方几十米处，有股亮光。

我的心提了起来，我辨别不清那具体是多远，或许有上百米，长久的黑暗已将我的距离辨别力吞噬了。

要过去吗?

当然要。

我踩着虫尸前行，虫尸在变厚，脚下越来越软，像是踩在沙滩上。

随着我离那亮光越来越近，我看清楚了，那是个洞，光就是从洞里射出来的，而我像是行走在一个隧道里，那洞就在隧道的壁上。

虫尸越来越多，此时我一脚踩下去，它竟没过了我的脚脖子。我终于明白为什么那光看着不怎么亮了，因为洞口堆满了虫尸，光想透过来很费劲。

我是进入了虫尸之河，越走越深，当我离那洞口只有五六米的时候，虫已漫腰。

这是死了多少虫子啊！

虫子一定是从洞里出来的。

我借着亮光，抓了一把，全是蝗虫。

那么鱼虫呢？我轻轻地翻拣着这些蝗虫尸体，对着光看，不见鱼虫。

洞里有声音。

我惊了一下，才意识到，这是个早就该警惕的问题。我是独自走了这么久的路，脑子已麻木了吗？

那像是有人在走路。

在我静止着要分辨它的时候，又传来了说话声！

“这边看看。”

就这一句，然后就没了。

只有窸窸窣窣的脚步声。

但是那声音，它听起来十分耳熟。

我想，如果没猜错的话，是费爷？！

想想就浑身一颤，连我自己都纳闷儿，费爷又不是怪物，我的身体是不是有点反应过激了。

我慢慢地扶着石壁，划开过腰的虫尸，把头探了过去。

当我出现在洞口边缘的那一刻，眼睛被晃了一下。

我眼前的景象，就像是一个——超时空实验室！

我脑子里怎么蹦出了这么个词？我都不知道怎么搞的，我想起了许多从科幻电影里看到的场景。它太不真实了，它不应该是出现在地球上的场景。如果地球上有这样的地方，那只能是极夜中的北欧了，我不曾见过极光，却莫名地将其与之联系了起来。

洞里是个大厅。

十几道光柱，微微发蓝，从地下直射出来，冲到了上方。

那光柱像是从井里出来的，细细看去，没错，地上就是有十几口像井一样的圆洞。

此外，夹杂在这些光柱之间的，在这个大厅的平地上的，是一具一具的……

棺材？！

我倒吸一口凉气，脑子里马上显现出两个字：地宫。

没错，这不是大厅，确切地说，这就应该叫作地宫。

这是魏忠贤的地宫吗？我像个窥见了人间机密的傻子一样看着我所能看到的一切，这里的光芒令人眩晕。可那十几个发光的井是怎么回事？这不是超时空实验室是什么？这不就应该是出现在科幻电影里的吗？

有道光柱闪了一下，特别细微，紧接着，人的说话声再次响起："费爷，下面实在太深了，看不明白啊。"

光头。

我听得清清楚楚，这声音就是光头的。我顺着声音望去，找到了那道闪烁的光柱，依稀看到，就在光柱射出来的井沿上，趴着两个人！

光太刺眼，没法细看，可我已经确认无疑了，他们就是费爷和光头！

而我这才意识到，我所在的位置，是在这地宫的上方，但不是太中央，而是有点偏，正巧有半道光柱射向这里，我斜对着一个井口，有三四米高。如果用咱们熟悉的东西来比喻，我感觉，这个地宫好像是一个扣在桌上的玻璃碗，而我就在那半球体的边缘地带往下看，费爷和光头则在桌面上，几乎靠近这个地宫的最中央了。

看明白了，这里大得很，而且有绝对不止十几口能射出光柱的井。我想尽力把头探下去看个究竟，却又担心被那两个人发现，只好缩着脖子，小心地观察目光所能及处的景象。

所有的地方都覆盖着虫尸，无论是地面、棺材，还是那些射出蓝光的井口，满满的，哪儿都是，井口尤其多。

我歪着头，朝着最近的井中往下看，由于角度不对，什么也看不清。

我只好去看棺材，我下方就有一具棺材，棺材盖上覆盖着虫尸，但两侧没有，我正是通过这些棺材的侧面才认出了它们是什么的。

这是怎么回事？棺材里面难道是装着什么外星人冷冻遗体之类的？这里本质上难道是一艘奇形怪状的宇宙飞船？

我陷入了幻想，我担心它突然升腾起来。因为它可能是偶然降落在这里的，已沉睡几万年，一直都在积蓄能量。如今能量够了，那些光柱就是发动机传出来的，它可能正在启动，立马就一飞冲天。或许能将整个南京城猛然掀起，然后天崩地裂地把覆盖在外面的石头、大楼、马路纷纷抖动，告别地球，飞向太空……

有人拍了我一下。

我的脑浆都快哆嗦出来了，悚然回头！

一只手上来就捂住了我的嘴，另一只手则从后面扶住了我的脖子。

我看到了一张中年油腻的大胖脸，王教授！

我瞪着眼珠子，不敢相信，这简直是他乡遇故知啊。他还活着！我恨不得热泪盈眶。

可有点不太对劲，他脸色为啥发绿？

我定睛再看了看，就是绿，这绝对不是里面那光给照的。

王教授已捂得我憋得慌了，他生怕我叫出来。直到我轻轻打了打他的胳膊，他才会意，松了手。

你怎么跑这来了？你的脸怎么回事？

我眼中全是疑惑，却不敢说话，只盼他能看得懂我的意思。

另外，曹欣欣呢？

现在我真希望自己懂点手语什么的，好跟他进行无声交流，哪怕有张纸有个笔也行啊。

王教授冲我点了点头，我也看不懂是啥意思。他撸起了袖子，我看到，他胳膊上全是泡，而且也是绿色的！

我下意识地往后一退，几乎就是用唇语在跟他说话："你这是咋了？"

王教授却吓得赶紧伸出手指做嘘声状，示意我一点声响都别发出来，他又指了指我们所在的虫尸堆。

我瞬间明白了，是被这些蝗虫咬的？你这是中毒了？

那我岂不是也中毒了？！我赶紧伸手看看自己的皮肤，也胡噜了一把脸，我的脸也绿了吗？

王教授冲我摇了摇头，他终于用一种极低的声音道："你没变。"

我确实没变，我的手和胳膊都还是普通人的颜色，我放了心。可我又疑惑了，为啥我没变？

我和王教授对视着，两个人都在思考这个问题。我什么也不知道，看他的眼神，也不是明白什么事儿的。

我侥幸地回想，难道是因为我没被虫子咬过，或者王教授在后来不见了的这段时间里又碰上了什么新的品种？不知道。

“费爷，咱们开具棺材看看吧。”

地宫里面又传来了声音，是光头说的。

我和王教授同时转了头，往洞里探看。

光头和费爷已从那井口撤了回来，他们站在了离井有几米的地方，看着身前的几具棺材。

费爷还在考虑，他们没动弹。

我和王教授又对视了一眼，当即达成了默契，且先不去琢磨虫子的事了，盯着费爷和光头要紧。可他中毒多久了，身体没别的异样了吗？我真怕他会突然变成僵尸。

王教授伸手招了招，而后指向了地宫里，手指头往右边挑了挑。

他指的是光头，我看得懂。

光头咋了？我好好观察了一下，这才发现，光头的脸色也不太对劲。

我们离他们毕竟有些距离，看得没有那么清楚，但通过和费爷的比照来看，费爷的脸色映在蓝光中依然有些白，而光头的脸确实是发蓝发绿的。

我们完全不明白什么情况了，这到底发生了什么？

“不知道能不能打开？”费爷说道，他已盯着眼前的一具棺材看了很久。

我的注意力被吸引了过去。

这俩人之间的默契度相当高，一点多余的话和动作都没有。费爷同意之后，光头马上就到了棺材的另一头，二话不说就朝着棺材踹了一脚。

“砰”的一声，令我和王教授为之一惊。

这个愣货，不怕踹诈尸了吗？！我脑中想着即将出现的画面：无数个僵尸从棺材里爬出来，一颤一颤地围住费爷和光头，将他们生撕活剥、啖其血肉……

“这盖子是虚扣上的，能抬得动。”光头的话打断了我的臆想。

听这口气，这家伙还盗过墓？他对待棺材的方式像是有那么点常识在里面，可专业性上又差了挺多。我就不信盗墓的敢踹棺材。

“抬吧，”费爷说着已经把手搭上了棺材的一头，“小心点。”

光头的手也扶上了棺材盖，道："费爷，我喊数，咱们一起发力，一、二、三……"

我和王教授离他们还有段距离，不太能听到棺材盖移动的声音，但我们能看得到棺材盖上那些虫尸在随着他们的搬动成片地往下落。

"停。"费爷道。

听他口气，棺材还挺沉，他那端已经露出了一个小口。

"咋了？"光头问道。

费爷盯着那开了的小口，一言不发。

光头走了过去，我和王教授看得清楚，当他的目光刚触及那个小口之时，他叫了出来："费爷，这是——"

光头边说边把头快速探了过去，在我们看来，他恨不能伸进去，他的声音忽然变得极为喜悦："咱这是找着了！"

他说着就伸手掏了进去，一个明晃晃的东西被他拿了出来："金器！"

光头咧开了嘴，欢天喜地，他把那东西拿在手里掂了掂，看着不轻。

我跟王教授看懵了，棺材里不是尸体，是金器！

魏忠贤的地宫。我脑子里再次跃出这六个字，心怦怦跳，我远远地盯着光头手里的东西，看起来像个杯子，又像朵花。

"走，看看别的。"费爷的语气虽然不似光头那么兴奋，可也掩饰不住高兴，他连走路的速度都快了不少，地上的虫尸被他踩得咯吱响。

光头没把那件金器放回棺材里，而是小心翼翼地摆在了棺材盖上，快步跟着费爷去了另一具棺材跟前。

两个人这回连口号都不喊了，直接发力，将棺材盖移动了一点就停了。

这回费爷弯腰从棺材中拿出了一样东西。

"费爷，这是……"

"自鸣钟。"

"没错，洋玩意儿！"光头兴奋地从费爷手里接过来，反复翻看。

我和王教授看得清楚，那是座钟，像是银色的。

光头干脆把半个身子都探进了棺材里，搜罗了半天，缩了回来，大笑道："费爷，咱找着地宫了，这就是魏忠贤的藏宝地，没错！"

“走远一点，去那头找找，别是棺材里还有什么脏东西。”费爷道。

我转头看着王教授，一脸恍悟，这真是魏忠贤的地宫？这太监还真聪明，用棺材装宝藏……对了，那里面就没有死尸吗？我又扭过头去，我觉得，从费爷和光头的反应来看，那里面应该没有。那这所有的棺材里都是宝贝？

费爷和光头已踩着虫尸走向了离我们更远的另一头，我迫切地想知道这地宫里究竟有多少具棺材，好估算估算这里到底藏了多少宝藏，便对王教授点了点头，小声道：“你扶着我点。”

而后没等他同意，我就把身子探进了洞中。

王教授没办法，只好抱住了我的腰。我也没工夫担心他身上那些水泡是不是会传染了，只盼看清楚这地宫的全貌。

果然跟我想象的差不多大，即便我探进身子来，都看不清楚那边是什么。

但棺材的数量却超出了我的预料，我放眼看去，这里至少有上百口棺材，而且码得跟仪仗队似的，排列有序。

费爷和光头正在朝边缘走，我目光追寻着他们，同时也在扫视那些射出蓝光的井，那是些什么井啊？这地儿就算是魏忠贤的地宫，可这井里的光是咋回事？底下还有东西吗？真是怪了，我从没见过这样的地宫，我依然觉得这像个超时空实验室，它的幻象感太强了。

费爷和光头已经到了最边上的那片区域，他们选了一口棺材，而后一头一个人，搭上了手。

我在心里替他们喊着，一、二、三，起……

可我的腰松了一下。

是王教授松了手！

我猛地回头，想用双臂勾住洞口，却猝然看到，就在王教授旁边，出现了一张比他的更绿的脸，龇牙咧嘴的，几乎要朝我咬过来！

小段！

我如见鬼面，吓得快要把心脏都吐出来了，手抓了个空，直接掉了下去！

第二十三章

锁龙井纪要

我已进入了地宫，从它的上方。

在那些蓝色光束之中，我觉得自己像个从天而降的外星战士，只不过是没调节好重心，差点脸着了地。

还好，我摔在了满地的虫尸之上，以狗吃屎的姿态。

骨头应该没断，可我呻吟了一声。

“谁？！”

光头叫道。

我恨不能赶紧把自己埋进虫尸堆里装死人。

其实，我呻吟不呻吟都不是主要的了，因为我跌落在地的声音已然不小。

就在几秒钟之后，另外一名外星战士也下来了——王教授像一扇猪一样朝我盖了下来，重重地跌在了我身上。

我被撞得浑身爆疼，这下真感觉骨头都碎了。

费爷和光头朝着我们这边冲了过来。

我向上看去，上面的洞口空空如也，小段呢？

刚才绝对是小段，错不了，他的脸比王教授的还要绿，更吓人。或许，是他中的毒更深的缘故，可他去哪了？

但老天没给我工夫去细想，光头已经率先跑到了我们跟前。我看向他的那一刻，惊了。你们见过二百瓦的绿色大灯泡吗？光头现在就是这个样子。

王教授还压在我身上，我都忘了把他掀开，说真的，连续看到了三个绿人，我有点崩溃。

“费爷，仇家！”光头一眼就认出了王教授，转头朝费爷喊道。

我听到了枪响。

光头和费爷全都掏出了枪。王教授从我身上爬起来的工夫，费爷已跟了上来。

“这两个人一直躲在上面。”光头对费爷说着，枪口已经对准了王教授。

费爷停下脚步，看着我们，目光老辣之中透着狠毒。我看到了，他的脸不是绿的，跟我一样。

奇了怪了，他为啥也没变绿，他没被虫子咬吗？

但现在不是计较这个的时候，现在是他乡遇宿敌。我还好点，王教授跟他们可是有血海深仇啊。

费爷和光头一言不发，但看他们的样子，随时能把我们给杀了。

王教授边调整着边观察他们：“你们果然还活着。”

这话出现在这里，真是尴尬，我听不出这是什么意思，估计连王教授都不知道自己究竟是想表达歉意还是敬意。

光头一脚踹在了王教授的脖子上，而后朝着他的肚子一通猛踹。

费爷则像个冷漠的指挥官，站在原地看人间惨剧。

我心想，下来这么久了，你怎么还这么有劲，你也吃蝗虫了吗？王教授毕竟跟我是一伙儿的，你这么踹不得把他踹死吗？我扑了上去，抱住了光头的腿。

光头顺手用枪托砸了我的头，脚依然不停，嘴里骂道：“敢骗老子，幸亏老子命大。老天爷还把你们给送过来了，这回不让你死得连亲妈都认不出来算我是孬种！”

我的头被他砸得受不了，只能放开了他的腿，任他去踢王教授。

王教授则缩在地上，跟个变异的大蚕蛹一样，边躲着边叫道：“差不多得了，咱还有大事要办！”

“办你个头！”

他不说话还好点，一说话光头直接怒火冲天了，把枪顶到了他的头上，当即就要勾扳机！

“我那书上写了，这宝藏只是一小部分！还有更多的！”王教授的头几乎钻进了虫尸堆里。

“闭嘴！”光头叫道。

“等会儿。”费爷道。

光头不听：“费爷，别再中了他的计，咱的人可都死光了！”

王教授趁着这空当，又道：“这些是锁龙井！”

锁龙井？

一如当初在罗汉地厅里听他说出“魏忠贤的东西”那样，这个新词立刻占据了我的好奇心。

光头根本就不想再听任何蛊惑，可他竟也停顿了一下。

反倒是费爷没表示了。

光头这才像听懂了费爷方才的话，暂时停了脚，弯腰一把拽起了王教授的衣领，甩到费爷跟前。

王教授就跟个狗奴才似的跪在地上，祈求主子开恩，他的能屈能伸，令人惊叹。他主动指了指那些射着蓝色光柱的井，道：“这些井是锁龙井。”

我真的很想问问，锁龙井是什么。可没我说话的份儿，我只能对王教授这种德行表示同情加佩服。

光头看了眼费爷。

我想，他既然不问，一定知道锁龙井是什么。

费爷开了口：“我从没听说过这样的锁龙井。”

王教授见费爷搭理他了，赶紧趁着热乎劲儿解释道：“你们去看看那井里是不是有八条锁链。”

费爷和光头都没转头，他们显然早就观察过了。

我们现在就在一口井边，因为刚才一直处在被压迫的境况中，我没敢去看。但此刻情势缓和了一点，我才捂着被枪托砸得疼痛不已的后头去看那井。果不其然，光柱之中，我看得很清楚，有好多铁索链围着井沿延伸了下去，粗粗一数，正是八条，每条都有人的胳膊粗。

王教授也看到了，他又强调了一遍：“有八条铁索，就一定是锁龙井。”

“锁龙井全都是单独分布的。”光头道。

“也有扎堆儿的。”王教授道。

这话听得如在讨价还价。

我趁着他们说话的空当，特地朝着井下看了看，井很深，根本望不到底，只能看到荧荧蓝光。我又暗暗举目观察远处那十几口井，它们的外表跟这座一样，看不出什么来。只是离得近了，更加像天外之物，有着很强的外星科技感，我难以相信这是在南京城下。

“你好像对这里很了解。”费爷道。

王教授赶紧点头，一点也没有迟疑。

“那你说说，这些光是怎么回事。”费爷的语气判断不出好坏。

“这蓝光，是……下面的机关发出的光。”王教授道。

没人说话，我觉出了怪诞。

王教授忽然垂头丧气道：“我也不知道，书上没写！”

他编不下去了。

我有点绝望，他编不下去了，就意味着我们得死了。其实一开始我就知道他在编，他连那水宫都指错了，差点把我们害死，又怎么能知道这里的事？

光头并没嘲笑他，只是上来又给了他一脚，捎带着也给了我半腿。

“费爷，我就知道他全是编的，杀了吧。”光头道。

费爷没异议了。我想，他恨王教授应该比谁都恨得牙根痒。

“但我说这是锁龙井和下面还有宝藏这事是真的！”王教授眼看情况十分不妙，把能说的全说了，“我那本书，是把我们指向了错的地方，你们走的才是对的路，但也不全是。那书说罗汉凌空之后，地厅中心开启的洞下就有魏忠贤的地宫，但实际上它里面描绘的地宫跟这里一模一样，根本不是在水宫下面。”

费爷就像看小学生狡辩似的看着王教授，他和光头想必都猜得到我们经历了什么。

王教授是真急了，他又道：“‘锁龙井十九，停棺一百廿三，地宫之下，白玉作墙，金银铺地’，这是书上的真实内容，我一个字也没编。我刚才说的那一大部分宝藏，就在下面。”

他说完这话，算是全都招了，等着费爷宣判。

片刻之后，费爷看了光头一眼。

光头会意，他弯下了腰，开始在王教授身上摸。

王教授穿得很简单，没两下就摸了个差不多。

王教授道："书我没带，在家里，但我全都记在脑子里了。"

光头也料到了会是这样，他抽了王教授一巴掌，道："把你那本书上写的内容到底是怎么回事，从头讲讲，一个字也不许瞒着。"

王教授被抽得挺疼，我能体会得了他现在的心境，屈辱、窝火加无奈。

费爷道："先说说，书叫什么。"

这话说得没那么狠了，起了不少缓和作用。

王教授调整了会儿情绪，缓缓道："是个手抄本，没有正式的名字，那时候，我们统称它为《锁龙井纪要》。"

我抬头看了看费爷，费爷面无表情。

他难道不是第一次听到这名字？

在我看来，第一次听到这名字，不该如此淡漠。王教授这书已经吊了我们的很久胃口了，哪怕是为表尊重，我都想调整一下坐姿，何况我是真的很感兴趣。书名竟然叫《锁龙井纪要》，它是讲锁龙井的？那书难道不是应该讲宝藏或者盗墓之类的事的吗？

我一点都不适应这个信息，它听起来跟什么魏忠贤、地宫、宝藏，全都没关系。我感觉王教授又要翻转什么，这所有的故事难不成都是假的吗？那锁龙井是干什么的？字面上理解是锁龙的，世界上有龙？

不可能，太荒诞了，世界是唯物的，龙只是传说，它不存在。

没人理会我，我也不敢表达出来，只能听着王教授继续讲。

王教授下了很大的决心，才又如泄密般开了口："五十年前，在川渝一带的知识青年圈子里，这书很盛行。那时候，很多人都被派到了穷乡僻壤去干活垦荒。生活很枯燥，大家平时闲得没事，就会想出各种办法找乐子，唱歌、跳舞、偷鸡摸狗，无所不做。其中，有的人喜欢编故事讲给大家听，说高明一点，叫文学创作，毕竟人都是爱听故事的，尤其是那些鬼鬼神神的东西。把历史典故跟山乡怪事结合在一起，对于城市里来的年轻人来说，很有吸引力。所以，在没多长的时间里，就自然而然地形成了一个听故事的大氛围。"

王教授喘了口气，见费爷没表示，接着道："当时在重庆有个人，说是明朝文臣张佳胤之后，家里有本古书，详细记载了他家先祖当年任兵部侍郎时查探到的几处锁龙井秘闻，一代一代地传了下来，其间有补有增，不曾断绝。到了清末，民间传闻，张家人已将中国东部的锁龙井全都记录到了那本书里，且书中内容事关重大，一直没有被外人见过。但是，到了民国那会儿，时局混乱，尤其是从1938年起，日本人对重庆开始了长达多年的战略轰炸，那些国民党政府要员都过得难以自保，像张家这种没落了的家族更不要提了，全家颠沛流离，跟普通百姓一样，整天东躲西藏、苟且偷生。就在这个过程中，那书就不幸遗失了。到后来1949年中华人民共和国成立了，天下太平，张家人的族长，也就是那重庆人的父亲，开始凭着记忆重新复原全书。可那个年代，唯物主义思潮盛行，跟牛鬼蛇神沾边的东西全都受到打压。他既不能实地去查访，也不敢随便问人，写得也就虚实参半，只是将就着把那些事件讲个大概，具体细节则是半写半编的，谁也不知道哪对哪错。后来他父亲得病死了，传到了他这一代，他秉承父训，继续补录。并且，这个人想了个办法，既然自己不具备足够的能力去查，那就暗合国家的办事宗旨，靠广大人民群众去完成这事——他把这书给放了出来，不再作为家族秘密保守，而是把它呈现给了人民群众，把它'社会主义化'了。"

王教授停了停，又观察了一下费爷的脸色，继续道："他想依靠人民群众的力量，让这书传播。在这个过程中，那些对锁龙井的事有所耳闻或者有深入了解的人自然就会浮出来一些。他们会往书里加内容，真理越辩越明嘛，传多了就加得多了，总能提炼出点有价值的信息。当然，他这种做法，很容易造成以讹传讹的负面效果，让信息更混乱，但他自己保留了底本。我想，他的计划无非是要等这事经过时间的发酵，网撒得差不多了，他再去收网捕鱼。当然，讽刺点说，他那个底本也是他爹连记带蒙写出来的，不够准确。这种在不牢靠的根基上盖起来的高楼大厦，也十分堪忧。但是，先撇开真伪性不说，这书的故事性还是很强的，跟当时在广大知识青年中流行的题材一样，很有市场，隐蔽性也好，自然而然地就被人们所接受，当传说故事看了。起先只是小范围的人在传播，可它那些故事毕竟是以真实事件为基础的，带入感特别强，渐渐地就走红了，大家争相传阅，很快就火遍了知青圈。尤其是他还特意根据当时中国人文盲占大半的实际国情，将原本晦涩难懂的古文加以改造，改得半文半白，就越来越好传播了。人们全都被里面写的事所吸引，在那个枯燥无趣的年代，争相抄录，且还真有不少好事者往里添油加醋的。知青们肚子里都有些墨水，编起来可就没影儿了，传着传着就传出了好多个版本，说什么的都有，玄而又玄，有的干脆扯得都偏离了世界运行的基本规律，上天入地，花样百出。也不知道那个重庆人预料到了这点没有，真是托了时代的福，也遭了殃，他要是真的在收网捕鱼，估计大部分都不能用。但是，这些后来衍生出来的故事虽然五花八门，主题却基本都没变，全是围绕着锁龙井写的，且地理大框架也都遵循了古本。那重庆人的父亲所点出的几处重要锁龙井位置都没被换掉，而其中一处，就是在南京。”

王教授讲到这里停了，摆出了副差不多就这些了的样子。

他这车刹得有点突然，我可刚被吸引住。

费爷和光头也露出了些好奇之色，光头瞅了眼费爷，我都看得懂他是什么意思，他是在询问费爷是否听过这些事。

费爷问道：“那书上记的，锁龙井里都有些什么？”

王教授道：“大部分都说是有龙，包括北京城里的北新桥、山东济南的舜井、江苏淮阴的龟山支祁井，还有重庆当地最有名的巫山锁龙井，全都跟历史人物有关。要么是大禹治水，要么是刘伯温擒龙，还有说是道教真君许逊斗蛟孽的，反正来来去去，都围着这个主题讲，毕竟嘛，锁龙井本来就说是锁龙用的，肯定要围绕它来展开。”

我大概清楚锁龙井是怎么回事了。其实方才从字面意思就理解了差不多，王教授这么一讲，基本明了了。这锁龙井应该就是古人锁龙用的，那八条锁链，锁的多半就是龙的八个爪子。我又望了望身边的锁龙井，越来越相信下面真有龙了。南京城是明朝的龙兴之地，说不定，这龙兴二字还真不是乱来的，是意有所指。

另外，北京的北新桥也有一口锁龙井，这事我还是第一次听说，那地儿不是靠着东直门小龙虾一条街吗？我没少去。

“但是，有关这龙的作用倒是说什么的都有。按我所看到的手抄本里写的，万一找到了锁龙井，惊动了井下的龙，或者干脆把龙给放了出来，那可就是闯大祸了。要么国运立即大衰，要么黄河泛滥，要么整座城市塌陷，或者至少也是闯祸之人离奇而死，反正说来说去没好事。”王教授道。

光头想起来了什么，对费爷道：“费爷，我也听说过一件事，说是清朝嘉庆年间，有帮人在夜间去拉过北新桥锁龙井里的铁索，拉了一夜都没找到头。到了凌晨，井下的水开始泛黄，微微喷涌，然后黄水变黑，井里传来了怪声，地面也开始震动。那些人一见不妙，立即停了，将铁索顺回井里，一切才恢复正常。”

光头说完了话，我心里安稳了不少，他跟王教授这就算是聊上了，聊上总是好的。

费爷仍然阴沉着脸，问王教授：“那么，你说说，你这《锁龙井纪要》，是怎么又写到魏忠贤的宝藏的？”

第二十四章

神局藏宝

王教授看了看他。我猜他一定想问问费爷是怎么知道魏忠贤的宝藏这件事的。可现在我们的势力不对等，并无提问权，只有老实回答的份儿。王教授道：“这是其中一种说法，也不知道是底本就这么写的，还是后来人给增改的。那书上只是在章节引言里介绍了一下，说南京城下的锁龙井自元末就被发现了，明朝开国之后，一直处于秘密状态，朝廷严加守护，不许人动。到了天启皇帝在位的时候，魏忠贤飞黄腾达，并蓄谋造反，就暗中请堪舆家汪象爻带人进入南京城下的锁龙井，并将锁龙井‘一分十九’，也就是把一个大的改成了十九个小的，说是这么做能避邪压龙。这汪象爻来历不一般，浙江严州人，在风水堪舆方面继承了汪家的正统，在民间名噪一时。他们家后来有个叫汪乔年的旁系血亲，还奉崇祯皇帝之命去陕西掘了李自成祖坟，这在史书上都是有记载的。据说，当时汪象爻给魏忠贤建议，将姚广孝留下的五百镇国罗汉拿来镇宫，并将大部分宝藏藏于锁龙井之下，他设的这个‘一分十九局’，恰能不惊动孽龙，又可以十分保险地将宝藏藏起，不会破局者擅入必死。魏忠贤最后正是听从了他的建议，才有了这从头到尾的整件事。”

原来如此，总算知道了这事的来龙去脉，弄了半天，魏忠贤的宝藏是这么来的，这里面还有玄学。

也不知道费爷所知道的信息跟王教授的是不是一样，我默默观察着费爷的表情，却看不出什么来。

“照这么说，这些井下还真锁着龙了？”光头道。

王教授道：“不确定。”

要是有龙，那可就厉害了，我又看了看那些井，心里直打鼓。

不过转念想想，王教授那书一会儿真一会儿假的，谁知道有龙这段靠不靠谱？

光头问道：“书上有说这底下的龙是怎么来的吗？”

王教授道：“没说，可能就是刘伯温擒的那条龙。”

纯属扯淡，我不相信。

光头又问费爷道：“费爷，这事是真的，但真跟锁龙井有关吗？”

我看明白了，费爷没跟他说过这里有锁龙井的事。光头对锁龙井的了解，不是从费爷那里获得的，他可能老早就听过这东西。这么一来，更显得我鄙陋了，怎么他们三个都听过锁龙井的事，唯独我不知道？真有点丢人。

费爷道：“我没听过这样的故事，但有关魏忠贤的宝藏那部分，差不多。”

那就有可能是杂糅起来的了，是典型的《锁龙井纪要》的套路——事实加传说。

我又一想，不对啊，如果这里的宝藏是事实，锁龙井是传说的话，也不符合此时此刻我们的所见啊，因为锁龙井我们已经看到了，那也是事实。难不成，王教授所看到的有关南京城下锁龙井的故事，不是后人杜撰的，而是那个底本上的原故事，没怎么被改过？

我直起了脖子，想数数这里的锁龙井究竟是不是十九座，这是一个重要的线索。

光头打断了我：“不用数了，锁龙井就是十九座。”

他们早就数过了。

那么，也就是说，是真的？我瞪着眼，不太敢相信，我脱口问道：“棺材呢，棺材有多少？”

王教授刚才情急的时候说了，“锁龙井十九，停棺一百廿三”，锁龙井是对了，得数数棺材。

这个费爷跟光头肯定没数过，光头转过了身，费爷继续盯着我们。

光头朝着远处看了看，起身翻到了身旁的棺材上，站在上面居高临下地开始数。

我也在数，这些棺材排列得很整齐，只要别落了哪具，横竖相乘，很容易算出来。

不到一分钟，光头跳了下来，他数得比我快，他冲着费爷点了点头。

是一百二十三座。

我的心情不知道该怎么形容。

起先，王教授讲前半段，我觉得一点都不靠谱。他这寻宝，弄了半天是照着那些被知青改编成了小说的文字在行事，可小说这种东西，可信度可就没多少

，这小说与现实的场景，竟有无数重合之处，甚至小说里的内

。那这小说究竟还是不是小说啊？真是把我搅得混乱了。我又

者，就是重庆姓张的家伙，他就不该把书放出来混淆视听，传

道哪段是真，哪段是假？

我们四个人全都想找到那个重庆人，把底本要过来看个明白，

际利益，只求看了之后心情舒畅。

问王教授：“你当过知青？”

我三叔当过，他没孩子，书后来就传给我了。”

没再多嘴。

授，问道：“你在罗汉地厅里阴我，是觉得我肯定不知道这

不想提这个，可费爷问了，他只能回答：“是。”

就不怕我也是看了《锁龙井纪要》的人之一？”

，道：“对于各个版本的《锁龙井纪要》，大多数人都是当传

本没人当真。但我三叔在十几岁的时候跟着位江湖师傅开过几座

儿，一直都有比常人要高的敏感性。他下乡之后看到了那书，

盗够了，转而开始去寻找各地的锁龙井，后来也断断续续传给了

时不时地会跟着四处探看。我们知道，《锁龙井纪要》既然流传

只有一两个人对它感兴趣，肯定也有些高人在找。因此，我在

里看到你的时候，也以为你是寻找锁龙井的那批人之一。但是，你当时说我们是同行，我就明白了，你不是个专业找锁龙井的，而很有可能是个倒斗的。所以，我纠正了你，我说我们还没有形成一个行当，正是在暗示你，我不是倒斗的。可你没听懂，我也就越来越明白了，你压根儿就不知道锁龙井的事。”

王教授还算坦白从宽。费爷看起来不是特别生气，他又问王教授：“你曾说你在南京待过六年，就为了找这个地宫，是真的还是假的？”

“真的，”王教授道，还特地看了看我，“很早了，那时候我还年轻，恰好考进了南京师范大学历史学院，就借着机会，在本科加研究生那六年，一直在对南京城下的锁龙井明察暗访，想发发魏忠贤的那笔财。可由于我见识少、手段浅，并没找到。后来我彻底认为那就是个知青们胡乱添的传说罢了，也就没再上心。说来也巧，你们下来找宝藏的事，恰好被小白看见了，小白告诉了我，我真觉得是老天眷顾，因此，就急急忙忙赶过来了。”

费爷听后，看了看我，问道：“你跟他是怎么认识的？”

我如实回答：“我在北京一家提供知识服务的公司工作过，王教授是我们平台重点合作的历史专家之一。”

光头道：“费爷，这可有点偶然啊。”

说真的，这事我都觉得巧。

可王教授道：“看似偶然，实则并不。还有件事要告诉你们，其实在中国历史界，很多人都知道《锁龙井纪要》。在川渝一带，甚至范围大点，可以说是整个长江流域，无论民间还是官方，有关锁龙井一事讨论一直都很盛行，有几所大学的教授都在私底下研究。即便不是我，你跟武汉或者是长沙等地高校的历史学教授提起这事，只要证据确凿，他们都有可能会专程赶过来研究的。我不客气点说，抛开国家宣扬的正确世界观不谈，发现锁龙井这种事，跟发现了个帝王墓所能引发的轰动效应并无多少差别。也正因如此，我也一再提醒齐小白要保密，等我来了再说。实际上，这事的偶然之处仅仅在于，我看的那个版本的《锁龙井纪要》里，恰好有南京锁龙井这一章节罢了，但也不排除所有的版本里都有。当然，我觉得，鉴于我之前所犯下的错误，极有可能，还有人看过比我那本记录得更加准确的书，但那肯定不包括你们了。”

原来从看到罗汉像起，王教授就知道这里有锁龙井了，我都被他给蒙了。我忍不住转头看他，你以后对自己的队友能不能诚实点啊？

费爷和光头听明白了一切，他们两个不再发问，像是黑白无常一样，盯着我们。

我感觉不太好。

费爷道：“差不多了。”

光头道：“可以杀了吧？”

费爷点头。

天哪，我满眼放光。

那里面全都是……那叫啥？瓶子、玉器、摆件儿，还有些珠子、串子之类的，这些东西，该叫——古董！

我这辈子都没见过这么多宝贝，我是个不长进的乡巴佬。我伸手进去捞了串珠子，也不知道是啥的，是珍珠吗？

王教授走了过来，虽然已预先知道了里面是什么，可他也没憋住，瞪着眼骂了句脏话，而后一把抓过我的珠子。

我们俩这副没见过世面的样子，招来了光头的轻蔑：“别瞎激动，接着开。”

光头和费爷已经去了别的棺材旁，我探头看了眼他们方才开的棺材，果不其然，也全都是我叫不上来的东西，琳琅满目，五光十色。

我激动了，看到这么多好玩意儿，好歹也得有点表示啊。我恨不得仰天大叫一声，表达内心的狂喜。我这是要发了吧！这些东西得值多少钱啊！有这一口棺材，也能腰缠万贯、富甲天下、财大气粗、挥金如土了！

我切实体会到了方才光头的心情，我要是他，估计连跟费爷商量都不用，直接掏枪把王教授跟我给毙了，然后跟费爷拿着这些宝贝回地面。哪怕多费点事，一趟一趟下来运又如何呢？绝对不多想还有没有别的宝藏了，这些就够了，一个人一辈子肯定花不完，两辈子也花不完啊！这得有多少！我放眼望去，一百多具棺材，车载斗量的，甭说费爷这老盗墓贼了，全世界的盗墓贼加起来都未必能找着这么多东西吧？

我不管自己是不是低估了全世界的盗墓贼，没那工夫，我跟王教授配合着，一口一口地开，就像是在跟费爷和光头比赛，没多会儿就开了二十几口，丝毫不觉得累。棺材也没令我们失望，一点坏东西没有，全是宝贝。从大到能有水桶高的瓶子、珊瑚，到各式各样的摆件，金的、银的、玉的，还有各种我看不明白的字画，有的都放烂了，有的则像是用什么特殊技术给处理过，完好无损，还有印章、玛瑙、各种各样的手串，林林总总，看得我眼花缭乱……得亏知道这是魏忠贤的地宫，否则我还真会以为自己误入了北京潘家园假货市场的大仓库。

足足开了二十多分钟，中间就休息了一会儿。这一百多口棺材被我们开了大半，无一例外，全在期盼之中，却又全是惊喜。这些宝贝无论是从视觉上还是从心理上都给了我们强大的冲击，到最后直接导致我们连敌我关系都淡化了，共同的感受令我们的心拉近了很多。我想起了小时候听过的某首歌的歌词，同样的感受给了我们同样的欢乐什么的，具体忘了，反正我们是敞开了胸怀，忘乎所以。我此时看待费爷和光头已跟自己的亲密战友没什么两样了。

“魏忠贤果然不负我望。”王教授气喘吁吁地靠在棺材上，拿着个翠玉镯子边看边说。

我也接话道：“没错，这才配得上他的身份。咱这发现，在你们史学界也算件大事了吧，这些东西得值多少钱啊？”

王教授道：“钱是值不少，但要是用作军费，怕是还差点。”

我知道，打仗相当烧钱，古往今来都这样，我问：“那其余的，更大一部分，就在这些井下了？”

我看着那些射出蓝光的锁龙井，兴趣大增。我无法想象下面的宝藏的规模，别的不讲，单就跟王教授之前所讲的严嵩父子对比，严嵩家可是十大船啊，魏忠贤不得比严嵩还多吗？下面不得有二十大船，甚至三十大船的东西？我越来越想下去看看了，这好奇心跟多少钱可能关系不大了，跟人类与生俱来的探索欲有关。

王教授把东西放下，瞧了瞧费爷。

我就跟才想起来这敌我界限仍然存在似的，赶紧告诫自己，不可得意忘形。

王教授和费爷谁也没提把宝藏分一下的事，我明白，他们都有心结。

费爷道：“要是歇够了，抓紧时间下去。”

王教授没有异议。

有事不提，是十分令人不安的。我心想，寻宝的不谈分赃，那不明摆着就一个结局——不是你死便是我活吗？

我希望我想得不对，他俩能尽早打破先前的尴尬，把这事提一下。

光头看着这满地十九座锁龙井，问道：“从哪下去？”

王教授摇头。

“你不是说有机关吗？”光头问。

王教授道：“我是说下面有机关，可从哪下去，书上真没讲。”

光头脸色又阴沉了：“你是要我们挨个试试？”

王教授一脸无奈状，看来他真不是跟光头耍赖，他是真不知道。

费爷道：“挨个试吧，不要耽误时间了。”

第二十五章

幽蓝地狱

费爷走到了离我们最近的那口锁龙井边上，一只脚踩上了井沿，弯腰往下看。

我们几个也凑了过去，我没费爷那么大胆，我担心谁把我推下去，所以两只手紧紧地扶在井沿上。

深不见底，且那里面的蓝光越来越强，八条铁索沿着井壁坠下去，几十米后，渐渐地没入光里。

我看清了，铁索比胳膊还粗，虽不比罗汉地厅里的那些铁索，但它们之间的空隙也足够把脚踩进去了，手也肯定能抓得牢。看起来，我们只有攀着铁索下去了。

难道就没有别的办法了吗？我实在是攀够了铁索，万一到了下面再遇上罗汉地厅里的那种状况，光头和费爷跟小段似的逼着我跳下去探路，我还会那么幸运地跳进水里吗？

“走吧，你先来。”费爷对王教授道。

王教授没对这个安排表达什么异议，他本来就该在最前头的。他仔细朝下看了看，便要下井。

可事到眼前，我真的胆怯了，什么幻想都不足以打消我的恐惧之心。我找话题拖延：“对了，你们这是中毒了吗？”

这事早该说了，王教授和光头的脸都绿得跟仙人掌似的，方才我们光注意锁龙井和宝藏去了，一直没人提。

可王教授并不挂心：“没什么感觉。”

光头也道："没事。"

"你们是被虫子咬了吗？"我又问。

王教授点头。

我看看费爷："那我们两个怎么没事？"

他们三个都不说话了，显然都不知道。

"那些虫子肯定有毒，"我又强调了一遍，并壮着胆子问费爷，"你们的人都去哪了？"

费爷没回答我，反问道："你们那两个人呢？"

我瞅瞅王教授，心想用不用隐瞒点什么。

王教授略微提高了点嗓门道："我们差点死在那洞里，爬出来之后，顺着铁索下来了。沿着暗河走到半路，忽然来了一群虫子，就是地上这些，把我们给冲散了。我迷糊了过去，醒来之后，那些虫子全被烧死了，所有人都不见了，我就自己走，后来才在路上碰到了小白。"

费爷没说话。

"差不多，我好像看到他们跳进了河里，状态有点癫狂。"我补充道。

光头问道："你们看见小段他们了吗？"

"小段？那不是你们的人吗？"王教授道。

我知道他刚才为什么特地提高嗓门了，他想让藏在暗处的小段听到。

可他这种隐藏小段的做法真的有把握吗？我持怀疑态度。

光头没回答王教授，他打量了一下我，又回了眼费爷："费爷，他好像也没被咬。"

费爷正在审视我。

这么说，费爷也没被虫子咬？我回忆着先前发生的事，实在是没法分辨自己被咬了没有。那时候场面那么乱，群魔乱舞的，砸在身上的虫子极多，我根本没能力去分析我的疼痛是否来源于被虫子咬。

我开始撸起袖子仔细地看自己的胳膊，而后又摸摸脸，掀起衣服摸了摸肚子，身上并无异常。

光头伸出了胳膊，我看到了那上面跟王教授一样的绿色水泡，他道："不用找了，被咬了的地方是这样的。"

我吓得后退了半步，他那胳膊的模样比王教授的都惨烈，一个泡摞着一个泡的，很恶心。

真是怪了，我身上确实没有这些东西啊，费爷也没有。

可为啥我俩没被咬啊，是因为自我保护得好吗？

光头道："我们这算是轻的了，其余的人都死了。"

我和王教授都想到了从河里发现的老辛，光头应该是没撒谎。

我和费爷面面相觑，有种神秘的情愫从我心底泛起，但它令我尴尬。

对了，这里也没有河啊，那也就是说，老辛不是从这里死的，他们最先遇到虫子的地点，肯定也不是在地宫。我问道："你们是怎么找到这里的？那火是你们放的？"

光头没回答。

这地儿找得可挺令人费解，难道他们也是从那个口子里下来的？我抬头看了一眼，觉得不像，又转着头踅摸了一下整个地宫，找不到正路。

真是蹊跷得很。

而他们两个摆出的架势，分明是绝对不会跟我们透露的，搞得我都不太好意思往下问了。

"这毒暂时没感觉，就是被咬的地方有点疼。"光头转移了话题。

我只能顺着往下问了："费爷也没被咬？"

"没有，"光头道，"当时虫子不多，我们尽量把虫子往边上引了。"

这话分明有漏洞，我却不敢深究。

"算了，不聊这个了，"王教授道，"无论如何，那把火放得好，这地宫找得也好。过去的事不是咱们现在该想的，我们俩可能是中毒了，也可能是没中，反正现在没啥感觉。谁小时候还没被虫子咬过，我看问题不大，咱们先下去吧。"

"走吧，别啰唆了。"光头也道。

脸都绿成大翡翠了，还没什么事。你们真是些不拘小节的硬汉，我心道。同时我也暗暗祈祷，你们要真是中了毒，最好别是能传染或者变异的，尤其是光头，自己死了就好，一会儿千万别化身为什么怪物，把我也牵连了。

说真的，面对着锁龙井，你很难相信世界上没有灵异事件，我得随时提防着。

王教授已经下了井，攀上了铁索。那铁索很结实，我见王教授肥胖的身躯上去之后，竟没太晃动，稍微放了心。

为了保险起见，我们还是选择每人一条，防止拽塌。光头下去之后，费爷让我排在第三个，他自己在最末。

我摸着井沿上的那些虫尸，茫然地看着深井之下，心想，这些蝗虫有可能是从下面飞上来的。这地宫里虫尸虽多，却不太像虫子的巢穴，那下面呢？下面才是真正的虫巢？另外，鱼虫是不是也在那里？我对鱼虫的害怕是胜过蝗虫的，因为鱼虫吃人，但蝗虫好像不是，也不知道光头和王教授两个人中的毒跟接触的虫子不一样有没有关系。

“下去之后，如果真能找到更多的宝藏，咱们还得想办法运出去，”费爷道，“到时候，我们四个人平分。”

总算是捅破窗户纸了，这话挺管用的，让人心齐，使大家把猜忌降到了最低。不过我还是有种感觉，这就跟我上学时和同学吹牛，等我当了官咱们打麻将的时候把各省分一分一样，很不真实。

我已完全进入了井中。

井的空间还行，四个人一起进来并不算挤。

王教授走在最下面，我身子还算灵巧，本可以赶上他的，但我故意爬得慢了一点，不仗义就不仗义吧，总比先下去被龙给吃了强。

我总觉得下面那团光亮就是龙在张着嘴，或者，这十九座锁龙井本身就是十九条被封印了的龙，我们已经进入了龙的食道。那蓝光八成是龙肚子里的龙珠，等我们触碰到它的时候，龙就会苏醒，然后大肆分泌腐蚀液，我们也就全死了……

幻想或许是我的安慰，虽然我的幻想并不美好。我们在沉默中慢慢往下爬，我想得越多，动作也就越轻。我还真怕自己把铁索晃得幅度大了，惊动了什么。这铁索不会是龙筋吧，那龙是机器龙，是来自赛博特恩的变形金刚。它们身躯庞大，越往下越宽，我们误以为它们是洞、是井，实际上它们贯穿了整个地球，从这头到那头。就像蚯蚓贯穿了一个小土块，它们稍微动一下身子，地球就松了，就散了，就灰飞烟灭了，就不存在了……

我得遏止自己的幻想，不能再这么想下去了，害怕归害怕，我也不应该任由恐惧的驱使漫天胡扯。我的想象力需要有道德、有规范。

我几乎看不见井口了。

别的井是越爬越黑，这锁龙井却是越爬越亮，下面的蓝光越发强烈。我低头看去，却无法盯太久。在这个过程中，我渐渐悟出了个并不相干的道理，或许，光明和黑暗本质上是一样的，你在绝对的黑暗中看不到东西，你在绝对的光明中也一样看不到。光明和黑暗不是只有一线之差，只是表象不同。我们能在阳光下看得清世界万物，正是因为那些来自太阳的光曾穿过宇宙的黑暗，与黑暗融合过，对我们有了价值。

我又想多了，为什么每到了幽闭与不安的环境中，我就像个哲学家呢？

我该想想接地气儿的事，以保意识稳定。我该想想跟真实世界有关的东西，譬如，陈八尺和曹欣欣。

我在慢慢下行。

陈八尺是死了吗？我又感到了难过，他当时绝对是跳进了暗河里，然后就不见了。他不是鱼，他能憋多久的气，我最清楚不过，他若不是被鱼虫给吃了，便是呛水而死了。我不抱希望，这地下世界对于我们两个人来说，很陌生，他跟我没什么区别。我想我要是跳进了暗河里久久不冒出头来，肯定活不了。

我最早就不该由着他的意思掺和进这事的，我虽没直接造成他的死亡，可我的不作为，也足以让我愧疚得要命。

曹欣欣呢？王教授真的跟她失散了？当着费爷和光头的面，我不敢细问。可在这么长时间的接触中，我越发看清了王教授的为人，我不能说他坏，毕竟我们是一伙儿的，但说他有心机可一点都不为过。所以，我担忧的是，他既然能让我向费爷他们瞒住小段的事，那有没有可能，他也同时向我瞒住了曹欣欣的事？当时我们被虫群冲散，场面太乱，我一点也没注意他和曹欣欣到底去哪了，而他们后来发生了什么，更是无法猜测。他到底跟我是不是一条心啊，他可千万别是另有小算盘，这算盘只顾一己私利，把我也给搭进去了。

我越想越不舒服，这种猜想看起来虽比我那些不切实际的幻想的杀伤规模小不少，可它厉害在真实上啊。它给我带来的恐怖感更强，我宁肯继续幻想，至少，我认为幻想是假的。

我抬头看看，已完全看不到井口了，下面的蓝光越来越强，我分辨不出离井口多少米了，也无法探看下面还有多深。跳出事情本身，反观一下，我们四个也太荒唐了，我们为啥不选择在上面把宝藏给分了，非要下来？我不理解，哪怕谁再三向我强调这是人的本能，我也不理解。

“等等，有虫子。”王教授道。

我哆嗦了一下。

我脑子里立马浮现出了老辛的残躯，虫子在哪呢？！

王教授道：“看这里。”

我朝着他那边看去，他正指着井壁。

井壁上，有个很小的点，离得再远点就看不见了。

那个点发亮，就跟个小装饰灯似的，我费了好大劲才确信那是只虫子。

像萤火虫，发着光，蓝的。

“咋回事？”我问。

费爷和光头也在盯着看。

王教授伸手要去抓，我担忧道：“等等，别是有毒啊。”

王教授停顿了一下，而后把衣服袖子往前扯了扯，隔着袖子，用手拈下了那虫子。

我们看清了虫子的腹部，同时也发现，它竟是透明的，全身发着微弱的蓝光。

“这是什么？”我小时候在乡下见过某些透明的虫子，但通体透明且发光的，还真没啥印象。

没人回答。

我不安地想，这是地球上的物种吗？

“下面好像还有。”费爷道。

我们低头看去，下面的光太强，看得很费劲，眼睛稍微适应了一点后，发现确实是有那么两三个极小的圆点附着在井壁上，其中有一个离我还很近。

我爬了下去，学着王教授的样子，隔着袖子，将那虫子拈了起来。

跟上面的一样，圆圆的，看起来有点像苍蝇跟瓢虫的杂交产物，通体透明，放着蓝光。

“王教授，你对地下生物有研究吗？”我问道。

“没有。”王教授道。

“发光生物呢？”

“也没有，我又不是学生物的，”王教授还特地强调了一遍，“《锁龙井纪要》上也没写这东西。”

真是怪了，这虫子是咋回事啊？怎么会生长在这种地方？为啥会通体发亮啊？难道是下面有什么东西，刺激了它们，导致它们变异？

光头已经越过了我，爬向了更下方，他冲我们道：“你们下来看看，下面还有很多这玩意儿。”

第二十六章

刺目井中行

我迟疑了一下，王教授却已爬了下去。

费爷很谨慎，他攀在原处不动，等着我。

真是老奸巨猾。

我没办法，只得跟了下去。

五六米过后，我看到了井壁上有五六只发光的蓝虫。

光头胆子大，不需要拉袖子，赤着手挨个抓了起来，放在掌心上看。

虫子多了，我们才发现，它们全都不动。

它们有腿，每只六条，严格来讲，那应该叫“足”？我们都不专业，无所谓了。光头伸出手指拨弄了一下，一点反应都没有。

“这虫子是死的？”我问。

“按理说死了的虫子就没能量了，不该发光。”光头道。

“我记得，死了的萤火虫也是可以发光的。”王教授道。

没一个懂行的，都是在胡猜。

我盯着光头的掌心，突发奇想：“有没有可能是假虫子？”

他们看着我，不理解我的意思。

我解释道：“我是说，比如人造生物，机器虫子之类的……”

他们转过了头。

我不说了，这几个家伙的想象力跟我不在一个段位。

“有可能是在休眠。”王教授提出了个新假设。

这听着还算靠谱，可也不能当定论。

“下面还有，再下去看看。”费爷道。

谁都看得清，下面几米处的井壁上还有一些虫子，数量比这里要多。

光头带头爬了下去。

这井里的铁索很坚固，我们爬了这么久，没出一点岔子，倒也令人心安。不过换个角度想，它越是坚固，说明作用越是重要，我挺担忧它真的是锁着龙的。下面到底有几条龙啊？龙凑在一起，是不是也跟蛇似的，蜷蜷曲曲的，让人看了全身发麻？

我们随着光头的停下又停了。

井壁上零零落落地伏着十几只蓝虫，跟上面一样。

光头又抓了几只，看了半天。

“你敢不敢把它弄碎了？”王教授提议道。

光头是条好汉，他直接用食指指甲摁了下去。

汁液。

我们看到浅蓝色的汁液从虫子的身体里溢了出来。

虫子被切成了两半。

光头用指甲掐起其中的一半，给我们看。

“活的，死的不会有体液，早就干了，”王教授道，他又强调了一遍，“真的可能是在休眠。”

这话里含着没表达出来的意思。

我瞬间联想到了蝗虫和鱼虫。

这些虫子不会也是吃人的吧？

这个问题没人问出来，却已趁着沉默笼罩了我们。

我汗都不敢出。

与此同时，我自然而然地就联想到了另一个问题：“你们发现了什么没有？”

“什么？”光头道。

我琢磨着该怎么表达自己的观点：“这里比上面更亮了。”

“我们又不瞎。”光头失望道。

他没听懂。这井本来就是从上到下越来越亮的。

我又说得明白了一点："这光亮，有没有可能跟虫子有关？"

光头还在琢磨我这句话，王教授已经听懂了："下面的光就是这种蓝虫发出来的？"

一瞬间，就像揭晓了谜底，我们全都低下了头。

下面的蓝光极亮，也就是说下面的虫子多如繁星？

不可能，哪来这么多虫子？

但又有啥不可能的，鱼虫、蝗虫，数以千百万计，我们又不是没经历过。

没人敢提议接着下去看了。

我们就跟吊死鬼一样搂着铁索静止了好久。

我低着头尽力往下看，只能看得到下方的几米处。但是，如果不盯着虫子，而去看光，好像有不一样的收获。

那光是环状的，一圈一圈向下延伸，有点像……螺纹避孕套。不好意思我现在只能想到这个，跟我本身的恶俗趣味无关，我就是单纯觉得像，还是带夜光的。

他们几个也注意到这种现象了。

"费爷，还爬不爬了？"光头问道。

费爷在观望。

王教授道："我觉得没事，这些虫子可能是在冬眠。"

现在明明是夏天，我用提醒的眼神看着他。

王教授又改口："或者夏眠。"

"那继续爬？"光头还特地看了看自己的手指甲，他把蓝虫的汁液捻掉，"没啥感觉。"

光脚的不怕穿鞋的，你都毒成墨玉西瓜了，你当然不怕了。

费爷点了点头。

爬吧，我就知道不可能回头的，都爬到这了，还能怎么样。

光头依然身先士卒，以最快速度往下爬，这精神倒是很可嘉。我则没他那么傻，刻意保持速度，排在王教授后面。

几米过后，又是一小片蓝虫，它们的数量更多了，有二三十只，散在井壁上。

这回我们只是停顿了一下，简单瞧了瞧，就越过它们，继续向下。

又过了两米，蓝虫又多了一些。我们仿佛是在穿越星海，这里是它的滩涂。蓝虫一拨接着一拨，渐渐地，我们进入了星海深处。

也不知道又爬了几十米，此处已遍布蓝虫了。它们不再是一圈一圈的，而是连成了一片，像爬山虎一样，密集了起来。

光也更亮。这验证了我的想法，这井里的光就是蓝虫发出来的。

我们不由得停下了，一齐看下面。

身边的井壁上还有空隙，蓝虫虽已占领了大部分区域，却并没糊得“密不透风”。从规律上看，下面的蓝虫的密度无疑是越来越大。

光头朝上看看，征求费爷的意见。

我问王教授道：“这虫子为啥能附着在井壁上？”

“跟爪子有关吧，刚才你没看到它们的足上有倒刺？”王教授道。

我还真没注意。我壮着胆子从井壁上抓了一只，仔细瞧了瞧，那虫子的足端还真有点极为微小的分叉。

“走吧，接着下去，应该快到底了。”费爷道。

我丢掉手里的虫子，看着它落到光芒中，我们继续下行。

井壁就像是涨潮时的岸，慢慢地被蓝虫铺满，就连我们攀着的铁索都陷入了虫群的包围之中。我起先还尽量避免踩到或者抓到那些蓝虫，可到了后来，发现已无法躲避，我的脚将蓝虫踏碎，那些浅蓝色的汁液弄湿了索孔，我的手也被染上了色。

这里已经有点刺眼了。

我都不敢朝下看了，下面就像是有个飞机大灯在照着我一样。

可光头没停，他的头跟这种环境真衬，相映相融，眼神不好还以为他隐身了。

“哪有头儿啊，再往下怕是什么都看不见了。”我说道。

没人理我，他们就跟被光给晃晕了似的，脑子也跟着晕了，执而不化地往下爬。

我眯起了眼。

蓝虫的发光能力很强，我感觉这不是呈加法增长的，而是指数，一只蓝虫加一只蓝虫发出的光，要高于两只蓝虫。蓝虫越多，光度提升得越快。

又爬了一段时间，井壁上已没有任何空隙了，蓝虫已如墙纸般将其贴满。并且，随着深度的增加，这“墙纸”在均匀变厚，那些蓝虫开始覆盖式排列，层层叠起，这么下去，整个井中的空间都得被填满。

这井到底有多深啊，锁个龙这么费劲吗？

我实在是受不了了，我闭上了眼。

且就随着他们去吧，我就不信他们能一直这么承受下去。

我闭着的眼里，是一片白茫茫。我的想法被印证了，光明和黑暗本质上确实是一样的，无限光明就是一片黑暗。

我就像是跳进了太阳里，却感受不到热量，真是怪了。

“你们还能看得清？”我忍不住问道。

“闭着眼爬吧。”王教授道。

果然不是我一个人怕光，他们都不傻。

“费爷，不太对劲啊，这些虫子万一没死呢？”光头道。

这话很吓人，我们好半天儿没想这事了，可此刻已深入敌后，万一虫子只是在休眠，呼啦一下全活了，我们可就瞬间尸骨无存。

“这井到底有多深？”费爷问道。

“书上真没讲这么细。”王教授道。

“那么下面是什么？”费爷又问。

“地宫，”王教授道，“但只是说了这锁龙井下连着地宫，至于是怎么连的，还有这些虫子，都没详细讲，应该不重要。”

“咱们在上面看到的蓝光肯定就是虫子发出来的。”光头说了句废话。

我说道：“可能到了最底下，也就会发现，除了虫子，一无所有。”

王教授却道：“都到了这了，没有再回头的道理，我估计快到底了。”

费爷没有言语，他的动作未停。他不停，光头也就不能停，我们也就得接着爬。

蓝虫已经围满了铁索，我们每爬一步，就得如划水破浪般先用手把虫子扫开，它们扑簌下落的声音，瑟瑟如丧。

有人拉了一下我的胳膊。

我以为是谁的手不小心搭错了地方，没觉得怎样。

可他又拉了我一下。

是王教授。

我正要问他干吗，可我能感受得到他传来的情感，他想让我低调。

啥意思？

我现在跟个瞎子似的，你想让我干吗？趁现在对费爷和光头做点什么吗？

我的心突突直跳。这还真是个机会，什么也看不见的时候，很适合捣鬼，确实是先下手为强。

可有把握吗？没把握。首先，从人数上看，我们是二比二，毫无优势；其次，费爷和光头都是走江湖的，打起架来肯定比我俩要有经验得多。王教授有多大本事我不清楚，我是知道自己的，我就是个㞞蛋，啥也不行。

王教授停了，他在拽着我。

“怎么了？”费爷特别机警，他也停了。

我就跟阴谋败露了一样，气都不敢喘。

“有虫子进我衣服里了，痒得慌，”王教授道，“小白，你帮我抓抓。”

光头也停了。

气氛异常恐怖。

王教授若无其事地催促道：“快着点，我咋感觉它在动啊……”

我费劲地睁开了眼睛，晃了晃铁索，够到王教授，把手伸了过去。

王教授顺势又拉了我一把，力道是朝下的，同时他把头快速探到我耳边：“跳下去。”

他声音没控制好，费爷和光头绝对听到了。我刚想说点什么来替他掩饰，他索性冲我又叫了一声：“跳！”

“啊？”我不知道他要干啥。

可他已经跳了，我恍惚看到，王教授已脱离了铁索，一跃而下，还顺手抓住了我！

我被他带的一阵凌乱，连扒带撕的，根本就扶不稳了，慌乱中，我掉入了深井！

我吓得大叫，跟着王教授越过了光头。光头还没反应过来，我们已离他远去。我分明看到他伸出了手，也不知是阻拦我们还是救我们。我下去了！

这是要带我死吗？！

我号叫着，随着王教授自由落体，每一秒都深入骨髓，比一年都有分量。

“别怕！”王教授叫道。

我们穿过枯叶般的虫群，虫子被我们打散，也落在我的肩头、脖颈，甚至脖颈里面。我慌张得连鸡皮疙瘩都来不及起，只觉得那虫子越来越多，越来越厚。

我的速度在减慢。

这是不是错觉？可能不是。虫子越来越多了，我也不晓得我们下落了有多深，我感觉这井已经快被虫子堵死了。

我的速度确实在减慢。

王教授也是。

我们就像跌进了水中，只不过这是“蓝虫之水”，虫子就像水。

虫子已填塞了整个空间。

我们降了下来。

虫子涌入了我的口鼻之中，我闭上了嘴，憋着气。

我睁眼闭眼似已无所谓了，这里亮得什么都看不见。

我们依然在下落，这种下落，更像是在沉底。

我对这里一无所知，只有拉着王教授的手令我感到安慰。我想起了陈八尺的手，我跟陈八尺在黑暗的洞中行走的时候，不正像这样吗？我们得相互扶持，同舟共济。

我们在虫群中下沉。

速度越来越慢，虫群被我们压得脆响。

渐渐地，我们停了。

我踏了踏脚下，下面肯定是底，但我们是站在虫子堆之上的。

我已经对虫子麻木了。

“怎么回事啊？”我闭着眼，抓着王教授的手问他。

王教授却没在第一时间回答我，他在虫群里乱动，我只听得到他的声音。

“你在干吗，说话！”我有些急。

“别紧张，摸摸你边上，看看有没有洞。”王教授道。

有洞？我还没反应过来，王教授又道：“找着了。”

找着啥了？我真想抽他一耳光，能不能先给我把事讲明白！

“不对，有铁索，”王教授道，“你摸摸你那边，看有没有没有铁索的洞。”

什么乱七八糟的，我怒道："你要干吗？"

"书上说了，井底有两条隧道，一条'铁索穿其而过'，另一条'空洞无物'，"王教授解释道，"空洞无物的就是咱们的生路，赶紧摸啊，一会儿他们俩要是也跳下来咱可逃不了了！"

/ 第二十七章 /

正殿

他的话让我很讶异，还有这事？你挺鬼啊，我赶紧放开了他的手，穿开虫群，找着井壁就开始摸，没多会儿，手下一空，果然有个洞！

“找着了，在这边！”我对王教授道。

王教授立马蹿了过来：“在哪呢？”

“这里，”我引导着他的手，“有点小，在脚底下，你摸摸。”

王教授已经摸到了，他道：“这不是小，咱还没到底，快，把虫子都扒开。”

他说着就动手挖，我们就像待在谷堆里面，身体跟着虫群一起晃动，站不稳但也没地儿倒下去。

少顷，那洞已经能容人了。

“你摸摸，有铁索吗？”王教授道。

不光是这里没铁索，连周围的井壁上都没了，铁索难道是全都改了方向，去了他刚才摸的那个洞里？

“没有。”我摸了会儿道。

“那就进去。”

一点都没耽搁，王教授拉着我就钻进了洞。进去之后我才发现，这洞比想象中要大得多。它起先有个坡度，应该是蓝虫堆成的，我们顺着那坡滑了下去，而后竟站起了身。

光度在降低。

我依然不敢睁开眼，但觉得蓝虫没那么多了。

王教授引着我一直向前走，我抖着方才落进了衣服里的蓝虫，手还能摸到那些被压扁了的蓝虫的汁液，心里特别害怕自己染上什么毒。

王教授没这么矫情，他浑然不管什么虫子不虫子的，目标很明确，快速前进。

这洞越走越宽，光度也越来越低，好像刚才那井底正好是蓝虫数量的分界点。

慢慢地，我已经能睁开眼看了。

这里和井中差不多，只不过井是竖着的，它是横着的罢了。洞壁上分布着发光的蓝虫，随着我们的深入，蓝虫在减少。

王教授也睁开了眼，他观察了一下，脚步未停，对我道："快了。"

"快咋了？"

"地宫。"

我一阵惶恐，虽然早就猜到会是这样，还是问了句："真的有地宫？"

"真的有。"

"我当你是编瞎话骗他们的。"

"虚实结合，方是求生之道，"王教授道，"要不是老夫谋略过人，咱俩早死了。"

我没工夫跟他争辩，继续问："那这十九座锁龙井是咋回事？"

"座座都能通向地宫，不过都是两条路，另一条没说是到哪的，但我估计他们会顺着有铁索的那个洞走，让他们自求多福吧。"

"万一是咱们走错了呢？"我说道，他又不是没领过错路。

"那也比跟着他们走到最后被杀了强。"

王教授的速度越来越快，跟个被狗撵着的兔子似的，我爬井爬得还没歇过来，跟得都有点吃力了。

壁上的蓝虫在急剧减少。

我问王教授道："地宫里啥布置，你知道吗？"

"不知道，"王教授并不向我隐瞒什么，"我说的机关啥的，都是编的，实际上，那书到这里，也就把故事结了，我纯属是为了保命才跟那老东西诌了那么一段。"

神秘感顿时全没了，搞了半天最有悬念的地方是你编的，那你可真敢下来啊。

我又问："你知道下面是这样，咋不早早跳下来？还陪着他们爬那么久。"

"我知道什么啊，书上是写的井下有蓝虫，可谁能确定就一定是真的？我不得验证验证嘛。"王教授道。

"那到底叫啥虫子？"我问。

"没提，只说'荧荧光无尽'，也没说有没有毒。"王教授道。

"真让你那本破书给折腾死了，"我现在比谁都恨那些干盗版的，骂道，"一会儿真一会儿假的，忒不靠谱，万一刚才那井下的情况又变了，虫子跟这里似的越来越少，咱不得跌成肉酱啊。"

"少抱怨，赶紧走，"王教授没好气地道，"要是那两个真的跟过来，咱们至少也得先争取点时间躲起来。"

我觉得时间肯定够，他们又不是要逃避什么，也不知道下边是啥情况，没必要冒险跳下来。

虫子已经不多了，但还没开始呈螺纹状分布，仍然是成片的。

我们踩着虫子前进的咯吱声也渐渐变小了，取而代之的是脚步声。

"地宫还远吗？"我问。

"应该快了。"王教授道。

"机关你能破吗？"我又问。

"没说有机关，我说多少遍了，地宫的事提一嘴就完了，瞎问什么。"王教授不耐烦道。

"我记得你在上面说'地宫之下，白玉作墙，金银铺地'来着。"我纠缠道。

"没错，就那一嘴，"王教授回头看了我一眼，"不信啊？"

"就那一嘴，你就跟疯了似的找了这么多年？"

"上面那小地宫你不是看到了吗？棺材里是有宝藏没错吧？"王教授强调道。

"没错是没错，可你这一路上撒谎撒得也太多了，我哪敢轻易相信，"我解释道，"何况你依据的还是一本更能撒谎的书，这样正负得负，负负得正的，谁敢跟着你干？"

"不敢干的话，你现在回去也行。"王教授根本不在乎我。

我懒得接这话茬，转而问道："曹欣欣呢，你把她藏起来了？"

"那可真没有，我就是跟她走散了。那些虫子肯定有毒，我神志不清了一段时间，醒来就找到那洞里去了，”王教授解释道，又问我，“陈八尺呢？”

“跳河里了。”我说道。一提到陈八尺，我又有点难受。算了，事情基本上搞明白了，不问也罢，我就没再起话茬。

路就像没有尽头。我总在期待着前面啥时候能出现一道门，我们想办法把门打开，破点什么机关，然后就成功进入地宫。

可事实并不如我所想的那样，我只是发现，蓝虫分布得均匀了。它们的数量不再是逐步减少，而是到了某个阶段后，开始保持平衡。它们零散地分布在井壁上，所占面积约为一半，像圣诞节的拱灯，向前蔓延着，通向一个神秘的境地。

我感受到了一种庄严的气氛，我对王教授道：“你有没有察觉到洞一直在变大？”

“这应该叫隧道，”王教授纠正我，“或者甬道。”

我没心情去跟他深究用词。他肯定也发现了洞在变大，因为，随着我们的前行，那些蓝虫离我们也越来越远了，我们仿佛进入了一个网兜，此刻尚在其开口处。

隧道一直都是弯弯曲曲的，先前我们没当回事，可现在，我们急切想要看到前面到底还有什么变化，才觉出这隧道的弯曲很阻碍视线。

我们加快了脚步。

也说不上是在哪一段，很突然地，隧道竟然直了。

那不是直，应该说，隧道消失了。它的空间骤然膨胀，成了……那是地宫吗？！

这样的变化太难以描述。

无法形容它从我们的哪一步迈出时发生了改变。

如斗转星移，时空变幻。我们踏过咫尺，却换了天地，也不知道是现实发生了扭曲，还是这梦幻般的蓝光令我们眩晕了。

就像跌入了另一个宇宙。

我们置身在夜空之下，夜空明亮如河。

我们头顶是蓝色的繁星点点，辽阔无疆，如诗中幻界。

我们怔怔如木，仰观宇宙之大。

地宫。

这里是无数个看了《锁龙井纪要》之人所企盼的地宫，我们竟像不经意间就闯了进来，简单得甚至让我们忘却了先前的苦难。这一刻来得太过平常了，可它的辉煌仍能唤起我们足够的激动之情。

发光的蓝色虫子布满了地宫的顶，就像一亿盏星灯。

地宫大如深海，摆在我们眼前的，是一道类似牌坊般的巨门，门上雕梁画栋。我全然看不懂那是些什么，也无暇去问王教授，只有门楣处的三个大字依稀可辨，那好像是……奉天？

如在梦中。

我和王教授机械地走了进去，穿过长长的甬道。不错，这回是甬道了，我很确定。

我觉得，这门更像是个象征，它挡不了什么。它就像是摆在那里，吸引着我们进来的，可它并没有给我细思的机会，当我走出甬道的时候，眼前的景象，再度令我瞠目结舌。

异兽，大如丘陵的异兽，巍峨不动，现于眼前。

这是石雕，我没见过用如此大的石头雕的异兽。

哦，错了，我再走近一步，明白了过来，没人能将这么大块的石头运到这里，它们是就地取材，以地为模，将地挖了数丈，生生地“拔”起来的。

我不认识那些是什么，它们呈四方排列，如大鸟展翅，如虎狼咆哮，又如巨浪滔天。我无从分辨它们的形态，它们是我前所未见的。

王教授不发一言，我不知道他是不是被这景象震蒙了。我站在他侧后方，刚想开口发问，王教授指了指这四座异兽，我把话咽了回去。

他指的是四座异兽中央。

我隐隐约约能看到什么，却看不清楚。

王教授迈步走了过去，我静静地跟在后面。

漫天都是蓝虫，它们贴在地宫顶上，照亮地宫的每个角落。

我们穿过异兽，如穿过山峦，它们大得让我无法看清全貌。我似看到了象足，又似看到了巨鳞，又似看到了鸟羽，我的认知能力濒临崩溃。

几十米过后，我正看得天旋地转，王教授低呼了一声，我猛转头，赫然发现，就在这四座异兽中间，列着一片更为复杂的雕塑，那是……龙吗？

“五龙绕珠。”

王教授已脱口而出。

我全身一振。

数过来了，五条石龙，龙头大如房舍，龙身盘踞如林，龙尾则由粗化细，缠上了一个石球。石球光洁如玉，与漫天无数虫光相映，微微泛蓝。龙尾则盘过球身，在其顶端散布开来，状似莲花！

我呆若木鸡，王教授走了上去，他伸出手，竟拍了拍其中的一条龙！

我下意识地躲了一下，我怕那龙是活的，一口吞了我们！

龙没反应，整个地宫之中只有王教授拍龙的回响。

“王教授，这都是什么？”我壮着胆子问道。

王教授没回答我，转着身子看了一圈地宫。他来回打量着那四座异兽，而后又盯住了球体，球上的龙纹在我看来杂乱无章，也不知道他能瞧出什么来。

这是大理石的，叫汉白玉？我记不太准确，也认不出来，随着脑子乱想。

龙尾绕得极为艺术，我顺着其中一条找上去，就像走迷宫，绕着绕着就乱了。它如蔓藤般没入花纹深处，我在找寻它的过程中，好像发现，球体的表面有字！

王教授念了出来：“奉天承运。”

奉天承运？这不是圣旨的开头吗？我听错了吗？

“这到底都是什么啊？能不能别装了？赶紧告诉我！”我受不了他了。

王教授看了看我，就跟看个低能儿似的，很不情愿地解释道：“奉天承运，取自秦朝‘庶见人主奉若天命，言动皆奉天而行’，明太祖朱元璋所制。”

他只说了半截，那意思是这该是个人人都知道的常识。

可我偏不知道，我问：“跟‘奉天承运，皇帝诏曰’是一回事？”

“准确的读法，是‘奉天承运皇帝，诏曰’。”

他依然懒得多解释一句。

我则被他勾得着急，他越不详解我越是追问：“门口那‘奉天’两个字你也看到了吧？”

王教授仍在四下打量这地宫，根本没心情回答我。

我再问：“这四个怪物是怎么回事？这是什么？”

王教授不回答。

我语气加急，声音提高：“还有，你刚才说的‘五龙绕珠’到底是什么意思啊？”

王教授终于被我问烦了，怒道：“那四座你见的异兽怪物分别是日月、金乌、飞鱼、斗牛，个个都可以说是大明王朝的皇家图腾。这五龙绕珠也一样，是朱元璋为南京城特地打造的皇权象征。还有你看见的‘奉天’两个字，被史学界称为中世纪第一宫殿的南京故宫的午门就是奉天门正殿，就叫奉天殿，后来也是北京紫禁城太和殿的前身且正是以南京故宫为蓝本建成的！你能不能别瞎问了，不懂自己上网查去，别叽叽喳喳地惹人厌，我在想一件特别重要的事！”

我不说话了，他是真急了。但我心里也不爽，上网查，你当这地儿是我办公室啊，我拿什么上网查？你以为我看到你那副臭权威德行想问你吗？我要不是怕你骤然见了这么大阵仗，自己瞎嘀咕，然后成了神经病、抑郁症之类的一头撞死在珠子上，我会跟你聊？我闲的筋疼吧。

可我还真不是担心他，我可能就是想问。刚进此地，不就应该琢磨清楚这地方是怎么回事吗？不就应该是懂的给不懂的讲讲所见所知，一起谈谈所感所想吗？看看这鲜活的历史，瞧瞧这气势恢宏的地宫，回望过去，展开议论，将这不食之地聊个通透吗？这时候就不该独自沉默，沉默者不是有病就是在憋着劲儿想捣鬼。

他在想什么特别重要的事，重要到连跟人正常交流都不能了？

我看着他的背影，愤然欲催，可忽然一个激灵，我想起来了，是宝藏。

第二十八章

龙纹图

我放眼地宫，所见终于和王教授对了起来，问题一下冒出来了，这哪有宝藏？我着急了，总算是理解了王教授为啥没心情说话了，这哪有宝藏啊？

原本异象横生的地宫，仿佛变得空荡荡了。什么异兽龙球的，我全都不再看进眼里。珠宝呢？黄金白银呢？难道这些大雕塑就是传说中的宝藏？不可能。虽然拉出去也能值不少钱，但这可是有价无市啊，你见过卖前门楼子的吗？

“这里没宝藏，八成又上当了。”我语气虽然平淡，可饱含悔改之意，想跟王教授再次搭上话。

王教授不为所动。

我又说了一遍：“总不能把这些东西拉出去卖了吧。”

王教授脸上并无变化，让我觉得我说的跟他想的可能一点关系都没有。他难道还在想别的？不能啊，也没什么事比这个更重要了。

蓝虫，我又意识到了蓝虫。我抬头看那穹顶，它好看得就跟毒蘑菇似的。难道王教授想起了什么有关蓝虫的可怕传说，会让我们死在这？

我不想了，我要找宝藏，这是所有来此地之人的唯一目的。这绝对不会是个骗人的魔窟，我们不可能再次上当，这里一定有宝藏。我一边神经质地安慰着自己，一边四下探看。

王教授曾说，这里“金银遍地”，可这地上只有泥土，哪有金银，它难道不应该跟铺地砖似的，金条、银条码得整整齐齐，走上去都打滑吗？

它绝对不该是这副德行，这里应该是很豪华的。我断定，那些金银肯定埋在地下。我当即弯下了腰，开始用手挖地。

可我手指太软，挖着太疼，还没啥效果。我正想辙呢，王教授道："用腰带扣试试。"

他都没朝我这边看。我没工夫计较，觉得这是个好主意，便解下了腰带，用棱角处抠地。

这样的动作有一种精卫填海的架势，我这是精卫啄地。我就没抱什么希望，要是真的有人往这里埋金银，不可能草率到就盖了一小层土的，没个大点的铁家伙根本弄不出来。

抠了半天，毫无成效，我把腰带给扔了。

王教授问道："怎么停了？"

"怎么能不停？这怎么可能挖出东西来？"我没好气道。

王教授没回应我，他眼睛正盯着那巨大的球体看。

我都懒得问他在瞅什么，你爱怎么着就怎么着，看够了咱就回去。我是不会再上当了，我沿着锁龙井爬上去拿点宝贝就走人。

"你看看那图。"王教授对我道。

他指的是球上那些由龙尾盘绕而成的图案。

我看久了眼晕，问他道："你能看明白？"

王教授蹙着眉头，围着球体走了两步，问我道："你能不能从上面看出一头牛来？"

我又仔细瞧了瞧，牛是没看出来，我可有点想发驴脾气，催道："有什么你倒是说啊！"

王教授眨了下眼："我想起来一个图，但不知道跟这有没有关系。"

"什么图？"

"我没见过，只是听说过。我念书的时候，有回跟着导师去开金陵文化座谈会，有人曾经讲过一个民间传说，大致是说明朝起源于牛口。"王教授道。

"明朝起源于纽扣？还起源于褂子呢。"我不屑道。

王教授解释道："牛口，牛的嘴。具体的我记不太清了，因为那人也是闲谈时讲的，我也没当回事。据说，明太祖朱元璋的祖父善泅水，曾在凤阳官沟潭中见过道家隐者刘仙师，刘仙师水性不好，为水兽所伤。朱元璋的祖父助刘仙师擒住水兽，并将其背出了官沟潭。刘仙师为答谢他，向他指出了潭中的神牛隐没处，并嘱咐他，以山头草喂牛，后世子孙将福寿不尽。朱元璋的祖父依言而行，割了山头草，下水找到神牛并用草喂了它。当天晚上，就梦到牛的嘴里吐出了一条龙，龙在他们家房梁上盘桓许久，钻进了他儿媳妇的肚子里。因此，后世有人说，朱元璋能当皇帝，就是因为这个，这叫‘牛口出天子’。有传言，朱元璋在位的时候，还特地命人画了一幅图，那图就叫‘牛口出龙图’。”

不知道为什么，王教授讲的这个故事，什么龙啊、牛啊、嘴啊，在我脑子里竟渐渐地凝成了三个字——吹牛×。也不知道这跟吹牛×有什么关系，我脑子是怎么了？

王教授又道：“那图是秘密画的，正史里并无记载，也或许，它就是个传说。”

传说未必是假的，我们在这地下一路走来，可没少仰仗传说。

我盯着球体，也像王教授那样走了两步，好一顿看。那些错杂的纹路中，好像有个牛身子，可又不像，太乱了。

我想到了个主意，对王教授道：“咱们往后退退看看。”

王教授秒懂，他当即退了十几步，先是转头看了看别处，而后再盯着球体。

他似乎有什么发现。

他又退了十几步，再看，已全神贯注了。

我正要跑过去跟他一起，他却摆手：“你留在那别动。”

我只好停下。

“你让一让。”王教授道，好似浑然忘了我。

我闪向一边，从侧面看着球体。

王教授就跟被谁给扇了一巴掌似的，身子一挺，道：“我想起来了，不是牛，是犀牛。”

“犀牛？”

王教授道：“没错，是犀牛。我想起来了，那人说的是犀牛把朱元璋从嘴里吐出来了，当了皇帝！”

他兴奋了，我却疑窦丛生。首先，我就觉得要是牛口吐出的天子，那这整个故事也太不上档次了。牛口咋能吐出天子呢？神牛也不行啊，太俗，不符合整个故事那种高大上的格调。换成犀牛则好多了，犀牛，一听就跟宝贝、华贵什么的沾边，符合皇族的故事气质。但问题是，犀牛合理吗？我问王教授道："中国古代有犀牛吗？那不是洋玩意儿吗？"

"有，商朝就有了，"王教授道，"远的不说，《西游记》总看过吧，书里是写过犀牛精的。中国古代一直都有犀牛，犀牛是在二十世纪初才从中国绝迹的，跟气候变化有关。"

"算你渊博，然后呢？"

"没然后了，我看出了犀牛啊。我说怎么刚才找不到另一只角，而且牛头有点怪，这下全明白了，就是犀牛嘛。"王教授喜道。

"我也去看看。"我说着便要往他那边跑。

"你别动，"王教授阻止了我，"你等会儿。"

我又站住了，看看王教授，又回头仰观球体，不知道他这是要干什么。

王教授还在盯着球思考。

我尽力想从球上看出犀牛，可我离着它太近了，根本分辨不出来。

我把眼望向远处，逐一看着那些尾部盘在圆球上的龙，还有四座图腾异兽，那日月、金乌什么的，只觉里面尽是玄机。不过，有一点较为浅显的信息，我已经想明白了。我对王教授道："这地宫，真是把魏忠贤要造反的野心暴露无遗了。"

王教授没说话。

我继续道："又是皇家图腾，又是五龙绕珠，又是牛口出龙的，用的全是帝王之物。魏忠贤这理论基础打得真扎实，又细又有格局，果然是一副认认真真造反的架势，这就跟吴三桂当年偷偷穿龙袍一样。只不过，魏公公不愧是老前辈，准备得要充足得多，牌面也好看，这倒也印证了你刚下地宫时说的那些事，看来，《锁龙井纪要》还真是靠点谱的。"

可不是嘛，擅用皇家专属的东西，不就等于是要造反吗？一切已昭然若揭。

王教授还是没搭理我。

我也不介意，又道："据此，我有个悲观的想法，你说啊，有没有可能对于魏忠贤那样的人来说，象征才是最重要的，所以要把能象征着皇家地位的东西放在这个大地宫里，什么金银珠宝的，反而没那么高的地位？这大地宫代表的是政治地位，它高于经济，高于一切，它值得这么大费周章地搞一通，它有其仪式性的意义。所以，我的想法就是，这里可能也只有这些唬人的陈设了，并无他物。魏忠贤最终无论成功与否，可能一辈子都不会让它们面世，但它们却必须存在，换句话说，它们让不让人知道是一回事，但有没有，对魏忠贤来说很重要。”

我还是有些分析头脑的，这套分析没有什么漏洞。

可王教授并没表示赞同，他随口扔了句话过来：“没有经济，政治都是扯淡。”

我被他立即否定了。可我又不太甘心，问道：“那你说，是咋回事？”

王教授终于看了我一眼，他肯正经面对我了，可又不像是为了回答我的问题，他说道：“你试试那圆球上的龙尾能不能转得动。”

“转什么？”

“龙尾。”

这家伙在用简洁展现有力。

行，你是权威，你说啥就是啥。我按照他的意思，走到圆球前，伸手去掰那些龙纹。

没有任何效果，圆球一动不动。

“不是那条，往上，你上面半米的地方。”王教授道。

我抬头看了看，对他道：“请问我够得着吗？”

王教授这才反应过来，他也不跟个木头似的在那站着了，眼睛仍旧盯着圆球，就怕丢了一样，边往我这里走边解释道：“犀牛我看得出来，只是太过写意。”

我反正是看不出来。

“这应该就是《牛口出龙图》，或者更严谨一点，应该叫‘犀牛口出龙图’，”王教授已走到了我旁边，他指着上方的龙尾，“那块儿，应该是有条小龙，远看线条很乱，我觉得它能转过去。”

我没说话，王教授已经抱上了我的腰：“来，你往上爬爬，看看能不能转得动。”

我只得听命，手扶着圆球上的龙纹，王教授发力向上举我，我够到了那龙尾。

“掰不动。”我说道。

王教授吃力地对我道：“两手都搭上试试。”

我仰头看了看，将另一只手搭了上去，双臂猛地一发力，我们同时听到了一声滑响！

我愣了一下，只见那龙尾竟发生了倾斜，我赶紧停了手。

王教授欣喜道："没错，就是这块。你看到了没有，它要是往下斜四五十度，就能连上下面那块，从远处看，这就是个小龙身子，一下给拼上了。"

我在激动之中心想，你眼神可真够好的，这么大岁数了，眼也不花，竟还真找着门道了。可同时我心里又在担忧另一件事，这不会又跟在水宫里似的吧，我们自作聪明地把机关搞到位，然后发现其实就是自己给自己掘了个坟。

可王教授没跟我打招呼，忽地就撒开了手，撤退了一步。他这动作直接使我挂在了半空，全身的重量都变为拉力施加在了那条龙尾上。只听"唰啦啦"一阵响，龙尾已转了过来，而后"咔嗒"一声，与另外一条看似是断尾的"线段"相合，我脱手摔了下去。

还好高度一般，我两脚立地，踉跄了一下。我回头看王教授，刚要骂他，可突然发现，那球体有了动静，它在转动！

紧接着，五条巨龙就跟活了似的，上下翻飞！我形容得一点都不为过，它们身子的翻动幅度非常大，龙头高高跃起，如潜龙腾渊，拔地而起。

与此同时，四座"异兽"发出裂帛之声，噼里啪啦地响，极多的裂缝在它们身上出现。它们忽如四朵正在绽开的花苞，内中石块滚滚崩出。我隐约看到，有无数书本从当中升了起来，是书吗？我看错了吗？

头顶上，蓝虫在变亮，我抬起了头，发现整个地宫的亮度上升了一倍，这亮度就像昭示着什么东西的苏醒。我恐惧地看着那些虫子，它们组成的这个神秘穹顶，正如妖孽在露出嗤笑！

远方有道朝阳升起，它环绕着大地，与穹顶辉映，光芒渐涨，如一圈凶猛的邪火正向我们围拢而来！

我吓得要躲在王教授后面，王教授却保持着超乎寻常的镇定，对我道："你好好看看，那是什么？"

第二十九章

黄白之物

金子。

金银！

我已看明白了，并非有什么邪火围了过来，而是地面如暗格般张开，由远及近，露出一格一格的金银。顷刻间，整个地宫就跟水田般敞至我们脚下，田垄纵横，金银如稻！

信息量太大，我瞪得眼疼。一尾之动，竟使地宫改天换地，我实在难以想象到。

你见过足球场吗？我是说，那种FIFA游戏里常出现的，圈状草坪的，草故意种成一圈一圈的，相邻两圈之间的草色不同，俯瞰过去，就像蚊香，也像小时候吃的大大卷泡泡糖，还像从太空中看行星时所见的那层光晕，又像……太多了，我也不知道是金银多还是我联想到的东西多。我的脑子在飞速旋转，脑回路都转成了如地面一样的圆圆圈圈。我无法再低着头看地面，我的意识发生了迷离。我抬起了头，想让自己镇定下来。

穹顶的光亮到了一定程度之后，便保持了下去，那些蓝虫，却依旧伏着没动。

难怪我起先会觉得这光像朝阳从地平线升起，如今再看，我想象得太过离谱，可这金银给我带来的精神冲击，丝毫不亚于在地下看到了太阳。

王教授表情木然。

景象的变化，究其根本，不过是一物换成了另一物。从一个大的维度上去看，我们渺如蝼蚁。一只蚂蚁该因眼前的米粒变成了钻石而慌张吗？不知蚂蚁是否如此，人类却会被这样的改变颠覆三观，所有的认识一晃即变。我们的认知让我们看起来深邃又犀利，实则并不通透，有时还很荒唐可笑。我们自以为驯化了物质，殊不知物质把我们驯化得服服帖帖，它稍动筋骨，我们便神魂颠倒。

我竭力想让自己看透我所经历的一切的本质，却挣脱不得，任其驱使。

我弯下了腰，跟摸火一样去摸那脚下的金条。我的手颤抖着，我不相信那些梯形体的东西是金子，我摸了上去，拿了起来。

它沉甸甸的。

我看着它，拇指摩挲着它的边缘，竟才意识到，我与金子，并不相熟。

王教授伸出了手，我机械地递到了他手里。

王教授同样是一脸惶惑。

我们两个就这么直愣愣地看着这块充满魔力的金属，它在漫天的蓝光之下熠熠生辉。它不动声色，在我眼中它却越来越亮。我忘记了思考，它那已拥有了几千年的意义绵绵地释放着它的冲击力。我的直觉在复苏，等我已被那早该溢出的情绪淹没的时候，我才彻底明白，我是何等的肤浅。

我们发了。

金子！是金子！咱们发了！我狠狠伸开手臂搂住王教授的肩膀，就像是两个久别重逢的好兄弟。

王教授盯着那块金条来回看，是观察，是欣赏，也是爱之弥深。如果可能的话，我猜他都想跟狗啃骨头似的放嘴里好好咂摸咂摸。我没管他，金子要是软的，我能直接跳进那些暗格之中。我蹲了下去，跟农民翻拣玉米一样深入金条堆中。我打乱了它们，钻了进去。我如波浪般匍匐进了金条之海，又如入酒池肉林，徜徉肆意，我在金山之中忘情穿梭。

还有银子，银子是元宝。我越过脚下的暗格，滚向了远方，银子真是滑啊！我抓起那些肚圆翅翘的银元宝，就像进了古代，历史离我如此之近。我这一生中不曾见过一个真的元宝，我最多见过纸折的烧给死人的。我此刻却躺在元宝堆里，它们活生生的，生机盎然，我从中看到了我的新生！

我伏银而起，又滚到了旁边的金条暗格里。我就在金银之中横行，我想这天下之财不过如此了。它们的价值我已无力估算，我知道它们价值连城，只需满满一格，我便富可敌国，何况这里有几十，甚至上百格。我纵使劈一半分给王教授，我也是世界首富！

我昏了。

我的情感胀爆如雷，理智奄奄一息。

就在我即将开始规划接下来怎么开启人生新篇章、开始新生活之时，王教授说了句话："你把银元宝扔过来一个给我。"

他的声音镇定得就像在考古。

这老东西，这么快就坚持不住了？我心里窃笑，果然岁数大了啥兴奋都坚持不长。我顺手抓了一个银元宝，丢到了他脚下的金条堆里。

王教授弯腰捡了起来，左手金右手银，看得入迷。

"魏忠贤真能贪，这些东西加起来可够数儿了吧？啥严嵩、王振的，都比不上他了，"我躺在银元宝上对王教授道，"我们可是揭开了一个历史大谜题，这消息要是一爆出去，绝对轰动全世界。'神秘消失的魏忠贤宝藏重见天日'，这轰动程度不亚于发现了十座帝王墓吧？"

王教授没接我的话，他把金条放在了脚边，两手拿着那银元宝反复看，他道："你再丢一个过来。"

"要多少有多少。"我财大气粗道，特地又滚到另外的暗格里抓了个新的丢给他。

王教授捡起来，还在观察。

我不去问他在看什么，那无非就是一个老教授在古物面前的职业习惯罢了。我自顾自地继续道："不过这事又绝对不能让别人知道，这是典型的'闷声发大财'，说出去咱可就一无所有了，就只能上缴国家，然后出个小名，领三百块钱奖金。在这种制度的要求下，就算有发现，估计也全都让人瞒起来了。多少伟大发现就这么没了，生于地下，隐于地下，永不见天日……"

"你扒拉扒拉，看看那些金条和银元宝上，有没有字？"王教授打断了我。

我这可是跟你讨论大事呢，你老岔开话题干啥？一点都没劲，我心道。

我按他说的，捡起手边的银元宝，转了一圈胡乱看了看，刚想告诉他没有，可又隐隐约约发现，底部有花纹。

这是啥？

我把元宝彻底翻了过来，对在眼上看。

特别不清楚，但那像是什么字。

我看看王教授，他正瞧着我。

我把手里的银元宝放在一边，又拿起个新的看，果然，底部也一样。我把两个元宝放在一起观察，那字的纹路是一致的。

“这是……”我疑惑道。

王教授已从我的举动中看明白了，他神情定了下来，道：“大明元宝。”

没错，他这一说，我就跟长了能耐似的，把那些字全看懂了，就是这四个字，“大明元宝”！

但问题是，上面好像不止四个大字，边上还有些小字啊。我正要问王教授，王教授又说了出来：“四十八两，丁丑年。”

不用他解释我也知道这是啥意思了。都是这样吗？我开始挨个查看手边的银元宝，果不其然，底部尽皆如此。

那金条下面有字吗？我起了身，爬到旁边的暗格，抓起一根金条，两手端着看其底部，也是一行字，隐隐约约的，有两个我能说上来，我问王教授：“这写的是‘万历’？”

王教授点了点头，我又问：“其余的呢？”

王教授没说话，我猜他可能也不认识，又问：“魏忠贤就是万历年间的？”

“跟那没关系。”王教授道，“你起来，金条先不要管，只去找那些银元宝，看看还有别的字没有。”

我站起了身，踏到暗格边缘，走远了一点，弯腰捡银元宝，等捡起来的时候才发现它的形状跟之前的不一样，我没顾得上看，丢给了王教授：“这看着不太一样。”

王教授拾起来，道：“这是银饼。”

确实有点扁。我又弯腰拿了一个，反过来看，这回更出乎我的意料，底下密密麻麻的，全是字，跟蝇头小楷似的，我边看边念了出来：“宁州解四十……年京库银……登吏……这是写的啥啊？”

“年份和匠人名。”王教授道。他并没纠正我，显然他也认不全。

“这是啥意思？”

“明朝做银子的惯例，有的只刻皇帝年号，有的则把地名、人名都刻上了。”王教授道，“你跑远点，看看那边还有没有别的。”

我沿着暗格边缘走出了二三十米，又弯腰拎起一块银元宝，这回底部的字我能认出来，我对王教授道：“这里写的应该是‘永乐通宝’！”

王教授听后头低了低，不回应了，他又要陷入了思考。

我正要走向别处再找找，王教授抬起头叫住了我：“不用找了，咱们去看看那些东西。”

他指的是那四座裂开了的“异兽”。

那里面就是些书，我看得没错。我不是不好奇这地方怎么还会有这么多的书，可金银的诱惑力远大于它们，我没工夫去仔细瞧那些书。

王教授已经走向了其中一座，我跟了过去，走到跟前才看清其全貌，这真是一片书海。或者，如果非得用河啊、水啊来比喻，那这至少是一片书的水库。

纵横几十米，整整齐齐地码着一大堆书。王教授已伸手拿起了一本，我看到那封面上全是繁体字，没等看清楚，王教授已翻开了。

一股老纸浆味扑面而来。

王教授小心翼翼地翻着那些翠黄的纸张，我在旁边看着，那上面有图有字，我或许认识一些，可此时全无心情去细细辨认。

王教授专业素养极高，立刻就进入了阅读状态，看得从容有度。

我忽然有个念头，对了，早该想到的，难不成这些书是什么藏宝图？

有谱儿，我赶紧收回眼神，去看其他的，仔细辨认那封面上的字，好像认出了什么，那是写的“万历什么什么……正什么？”

我还是没看懂。

“写的啥啊？”我试探着问王教授。

他头也不抬地顺口道：“万字丈量正册。”

我放眼去看其余的书，发现好像不止这一个名字，那些封面上的字与我刚才看到的不尽相同。我正想着也拿起一本看的时候，王教授抬起了头，慢慢地把书合上了。

“这是什么书？”我再度发问。

王教授道：“这些是鱼鳞图册。”

“啥？”

“明朝的土地登记簿册，记载土地状况的。”王教授扫了一眼那些图册，又把目光转向了另外的“异兽”，道，“要是我猜得没错的话，那边或许还有黄册。”

“黄册又是什么？”

“黄册是明朝记载人口状况的图册。可以说，大明王朝的整个民生数据，全部都记录在黄册和鱼鳞图册上。”

王教授没跟我解释太多。

这些东西怎么会出现在了这里？魏忠贤要这些干吗？他这工作需要做得这么冠冕堂皇吗？有黄册跟鱼鳞图册，能让他造反造得更名正言顺一点？

王教授已跳了下去，走向了另一座“异兽”。我没有跟着动，说实话，我对书没啥太大兴趣。我慢慢坐下，放眼地宫，独自想事。可我知识浅薄，除了那些事实根基薄弱的幻想，什么有用的也琢磨不出来。

我远远地看到王教授已经拿起了别的书，他在仔细地看。

我跳下了“异兽”，重新走到金银堆里，问王教授：“找的内容对吗？”

王教授只是微微点了点头，没有回答我。

还是金银最亲切，我蹲在暗格边上，反复把玩着那些金条和银元宝。我渐渐觉得什么悬念、什么疑惑的都不重要了，重要的是，赶紧想办法把这些东西运出去，好发个大财！

王教授跳了下来，想必他是看明白了。

我问他：“是黄册？”

“是。”

“魏忠贤要这些东西干啥？强调正统身份吗？”

王教授沉思片刻，自言自语道：“这些东西，在整个明朝，都是封禁在玄武湖的，怎么能出现在这里？”

“玄武湖不就在跟前吗？有啥不能的？说不定咱们现在就是在玄武湖下面。”我说道。

王教授看了我一眼，似乎觉得我的话有一定的道理。

我对这些图册的兴趣真没那么大，我看着这满地金银道：“这些金子银子的，要是我没猜错，都是大明库银吧？”

王教授没否认。

我长嘘一口气："太牛了，魏忠贤真乃一时大奸，他果然不是白白被人叫九千岁，大明库银都贪得这么豪壮。我真是服了，这才是只手遮天的大太监的本色啊。难怪明朝到了崇祯手里就没钱了，弄半天都让这阉竖给藏匿了。他这手笔，说大点，几乎是以一己之力直接摧毁了大明财政啊。"

我都觉得自己有点三观不正了，我是在佩服魏忠贤吗？王教授说得没错，没有经济，政治都是扯淡。这下可把秘密全给扯开了，魏忠贤真是古今罕见之大盗，说严重点，明朝灭亡可能就跟他这么干有直接关系。

我看着王教授，想听听他的见解。

王教授却许久不言，我憋不住了，问道："这事你咋看？"

王教授静静地看着满地金银，眨了一下眼睛，道："我现在觉得，这件事，完全不是我们想象的样子。"

/第三十章/

四象密道

什么叫“完全不是我们想象的样子”？我们想象的是啥样？

王教授说完，我有点找不着北。

在我看来，他这话的来由比话的意思还要复杂，我问他：“你又看出什么来了？”

“我们可能全都被骗了。”王教授道。

我越发困惑。

王教授却不往下说了，他沿着暗格边缘走了出去。

“去哪儿？”

“再找找这地宫，看看有没有别的东西。”

王教授边小心脚下边四处探看，我跟了上去。

我们没多久就走到了金银暗格的边缘，地宫面积很大，纵有头顶蓝虫的光亮照着，我们也看不清它的远端角落处。

王教授在前面领路，我小心翼翼地瞧着来时的洞口。随着离金银的距离越来越远，我就像从梦中跳出来了，想起了费爷和光头，对王教授道：“那两个人这么久还没跟进来，估计是去了另一个洞。”

王教授没否定我的看法。从他这反应看，已根本不把费爷他们放在心上了，他有更重要的事在考虑。

我特别希望他能跟我解释清楚，可看他的状态，自己都未必能想明白。

我们向着地宫边缘走，地宫的整体轮廓越来越清晰。我挺期盼着能再发现点什么棺材宝藏之类的东西，或者魏忠贤私藏的国之重器。

前面出现了墙壁，到边了。

我隐约看到，墙壁上有花纹。

王教授也看到了，我们毫不迟疑地走近了几步，方才看清，那不是花纹，那是洞。

那是凤凰吗？

我们越走越近，它的面貌已完全暴露于眼前。

墙壁上雕着一只张牙舞爪的大鸟，在鸟的双足之间，有个大洞，洞高十几米。

那鸟是立体的，我们离墙壁也只有十几米了，看得不能再清楚了，它高如巨树，张开的双翅有种铺天盖地的气势。

我怔怔地看着它，问王教授："这是……"

王教授盯着它扫视良久，道："像是朱雀。"

我记不太清朱雀是什么样子，跟凤凰有区别吗？

王教授问我道："它一直在这儿？"

我哪知道？我又没有千里眼。

"去那边看看。"王教授转过了身，沿着墙壁朝地宫另一头走去。

"咱不进那洞里瞧瞧？"我说道。

王教授没回答我。

也说不清走了多远，那墙上的朱雀和洞已看不见了，我们眼前出现了拐角。

这么看的话，地宫不像是圆的。

过了拐角，我们沿着墙壁继续走。少顷，王教授加快了脚步。不用他说，我也看到了，前方墙壁上又出现了"花纹"，走至跟前，已看得十分清楚，那是头老虎。它瞪眼张口，吊睛龇牙，身形庞大，且两腿之间也是一个十几米高的洞。

"白虎？"我说道。

王教授默认。他抬头审视了一番，竟迈步走向了那洞。

"等等，这么进去可有点莽撞啊，"我想拦住他，"不再四下看看了？"

"没必要了。这地宫多半是方的，墙上画的是'四象'，另外两边多半是玄武和青龙。"王教授已踏进了洞里，又问我，"刚才地宫发生变化的时候，你听到这里有声音了吗？”

我又不是顺风耳。刚才那么乱，又是图册又是金银的，我就算有那能力，也没心思听这边的动静。

王教授指着那洞口的地上：“这里像是有道很厚的墙陷下去了。”

我也走过去看，那洞口是有两道长缝，间隔两三米，我弯腰用手抠了抠，道：“这要是墙的话，也忒厚了。”

王教授望着洞的深处，道：“洞里没有虫子。”

确实，我也刚注意到这事，洞里昏暗，洞壁上没有蓝虫。我道：“要是这么看，还真有可能是刚打开的。”

我向洞中挪了一步，仰头观察，这洞让我想起了云冈石窟，颇有些山门气象，且越往里越黑，似神仙洞府。

“这有可能是通往什么秘境的。”我说道。

王教授没答话。

我又有要幻想的冲动，可当前来看，这地宫里的金银几乎已满足了我的一切幻想。我在发现了巨大的财富之后，欲望满足了，想象力匮乏了。面对这神秘的巨洞，我唯一能想到的就是龙。锁龙井在上，这里头也只能是龙才合理。

或者，有怪兽？是什么大若宇宙飞船的吊睛白额大虎？那朱雀洞里的，是真的朱雀？不可能这么魔幻，我提醒自己，不要想飞了。

“走吧，小心着点，进去看看。”王教授道。

“白虎可不是啥好东西啊，咱们确定要从这里头进吗？我觉得朱雀的寓意好点。”我运用自己粗浅的迷信知识提议道。

“没那么多瞎讲究。”王教授已迈出了步子。

我亦步亦趋地跟在后面，心里在暗自嘀咕，这家伙行事还是不够严谨，也不想想万一进去回不来了咋办，好歹装块金子再走啊。

越往里走越黑，洞口的蓝光渐远，过了一会儿，我们几乎看不到路了。

洞的大小一直都没变，我跟王教授起先还在洞的中间走，后来干脆往边上靠了靠，摸着洞壁前行了。我摸洞壁的时候还挺小心的，生怕有东西伏在上面，譬如吸血蝙蝠、变态蜘蛛什么的。也许还有大若蟒蛇的蚯蚓、蜈蚣怪，它们盘曲在那里等待猎物入口……

“你有没有觉得好像上坡了？”王教授打断了我的胡思乱想。

我站住，轻轻地踏了踏地，感觉不出来。

王教授在我前面，他没停，又走了几步，自言自语道：“没错。”

我又随着他走了几步，脚下是有些异样，我停下伸脚磨了磨地，有坡度。

“这没事吧？”我不放心道。

“只管走吧，当心点。”王教授也没什么主意。

洞里已黑得伸手不见五指。我的感觉越来越清晰，脚下的坡度越来越大，到了四五十度的时候，又不变了。我不安地对王教授道：“这洞显然是往上的。”

“要是通向地面，再好不过。”

“咱确定要继续走？”我有点犹豫，通向地面还好，就怕不是。我又问，“你那《锁龙井纪要》里，别的章节，有没有类似的地方，朱雀白虎的那种，你回忆回忆，不会有写串了的吧？”

“没有。”

墙壁也有了弧度，我们在拐弯。我有点怕，我希望这洞能一成不变，在未知的环境里，任何细微的变化都能引发人的恐惧。

我宁愿就这么走到精疲力竭、意识迷离，也不愿面对它的险象环生。

前面出现了光。

只是一点点。可我和王教授立即扬起了头，我们异常敏感，那光太熟悉了，是蓝虫。

有三五只蓝虫伏在前面的洞顶，我们恨不得跑过去。我不知为何会想到这样的比喻——这就像在无味的菜里看到了盐。

洞是在转弯，顶上的蓝虫逐渐增多，随着我们的行进，它们很快便成群地出现在了洞顶，密度和地宫中的一样，将洞照亮。

洞依然是有坡度的。有了光以后，我们发现，洞的大小仍旧没变，宽度和高度跟进来的时候差不多。

这应该是条密道。王教授也四下打量着，我们此刻在想的，是它到底通向何方。

前面出现了洞口。

王教授停下了，我刚要说话，他伸手压了压，示意我安静。

我心里一阵紧张，我本想跟他研究研究这蓝虫为什么又出现了，顺便问问他方才在地宫中到底发现了什么巨大的问题。

王教授示意我放轻脚步，我们几乎是贴着洞壁走向了洞口。

有声音。

我明白了王教授的用意。

王教授弯下了身子，我也跟着半蹲了下去，贴着墙根儿往外溜。

洞外亮如地宫，我看到了铁索。

铁索很密集，横竖相间，像蜘蛛网般拉在洞外的空间中……

“成了，往洞里躲！”

猛然间，有人语声传来，听起来十分急迫！

是费爷！

我和王教授方欲错愕，可外头又传来了石磨声！

哪来的石磨？我们几乎同时将头探了出去，那不是石磨，我们看到了无数条斜着的烟囱在拔地上涨！

太恐怖了，我和王教授就像看到了现实世界发生了扭曲，就像看到了魔法，我们意乱神迷，只觉得惊心动魄！

那是些锁龙井，斜着的。我看出来了，那不是烟囱，那跟棺材地厅里的锁龙井一样，只不过口是斜着的。无数条铁索从锁龙井中伸出，纵横交错，连向这地宫的穹顶，穹顶之上垒满了巨石，铁索没入巨石的孔隙之中，周边蓝虫密布。

锁龙井在变高，那所谓的石磨之声正是井壁与地面摩擦而发出来的。铁索本来略有些松垮，但随着锁龙井的升高，斜着的井沿正好卡着那些铁索，导致铁索在慢慢地被抻直！

似平地起千蛇，又似高空坠流苏，那井和铁索就像活物一般，瘆得我骨头发软。你能想象到石头自己在动吗？

“那里有俩人！”王教授低促地道了一声。

我也看到了这纷乱景象中的两个人影，正是费爷和光头，他们在朝着另一头跑，那边还有洞！

我不知道会发生什么，那些斜着的锁龙井已经升得比人都高，铁索越来越直，就像是要将上头的巨石生拽下来似的，上面是龙巢吗？

“赶紧把倒流锁停了！”

一个十分突兀的喊声响起。我们循声望去，地宫里不知道什么时候又多了一个人，就站在最边缘的锁龙井处！

正要进洞的费爷和光头停住了，光头慌忙道："谁？！"

是个中年陌生男人。我看清楚了，他身材瘦削脸色发黑，十分焦急地躲在边缘的锁龙井一侧，冲费爷他们吼道："上面是明孝陵的地下湖，倒流铁索要是把顶上的水闸拉开了，水就会涌下来！"

明孝陵？啥地下湖啊？这个人是从哪儿冒出来的？

费爷在锁龙井磅礴的轰隆声中问道："这是在明孝陵底下？"

那个人急了，叫道："赶紧把倒流锁扣上，否则这里的人全都得淹死，你们什么也得不到！"

我和王教授又是一惊，他说得怪吓人的，上面真是个湖？他到底是什么来头？

费爷和光头也俱皆惑然。费爷一脸犹豫之色。我挺纳闷的，他们不知道自己干了什么吗？

锁龙井已上升至三四米，铁索也被绷得越发直了，我感觉整个地下都在震动！

那人见费爷没动，全力嘶吼道："我是东林党后人，我带你们去找宝藏！"

这就跟在枪林弹雨中又丢了个重磅炸弹似的，我们全体惊诧！

只见费爷深盯了他一秒，而后一挥手，跟光头朝着地宫中央往回跑，正冲着我和王教授而来！

王教授慌忙拉了我一把，我们缩回洞里，往里退了几步。我惊恐地看着王教授，他们应该没瞧见咱们吧？

王教授也不确定，我们伏在墙边仔细听着外面的动静，随时准备逃。

锁龙井拔地的声音仍在继续，一时之间各种疑团在我们脑中乱撞。费爷他们到底干了什么？那个中年男人口中的倒流锁又是啥？还有，东林党后人是谁？

我看着王教授，想问又没法问。况且这也不是问问题的时候，要是那家伙并没有编瞎话唬人，上面又是什么湖、什么水闸的，我们得被淹死啊……

一阵怪响，停了。

就跟时间被定住了一样，外面忽地由动变静，顿时一点声音都没了。我要不是还能转头，都会怀疑我们陷入了某个凝固时空！

王教授看了看我，示意我不要动，也不要出声。

沉默好像是持续了一整年。

中年男人的声音道："你们怎么会有应星石？"

枪栓的响声。

"先说你，"光头也问道，"站着别动，你是怎么回事，躲在这儿多久了？"

中年男人没回答他。

"你说你是谁的后人？"费爷道，他的语气没光头那么冲。

"东林党。"中年男人道。

外面又没动静了。

我跟王教授默默地躲在洞里偷听，有些恍惚。"东林党"这三个字，我不是不知道，可它突然出现在这里，让人感觉很不搭调，但也说不上是哪儿不对。

"你怎么不说自己是魏忠贤转世呢？"光头道。

"快说，要不然我还把这锁卡上！"费爷又道。

第三十一章

奉旨入江湖

“别莽撞，”中年男人阻拦费爷道，“咱们都是为了宝藏来的，宝藏数量巨大，再多点人也分不完，没必要闹得两败俱伤。你们是野路子，我看得出来。我跟了你们很久了，明孝陵里有几个暗口，能直接下到这里来。不过，你们既然不知道，为什么还会有应星石？”

信息量不小，我瞧了一眼王教授，想问应星石是什么东西，王教授摇头。

看来，费爷果然一直都有秘密瞒着我们。

“你在这里多久了？先说清楚你的问题。”费爷道。

“我就是从明孝陵的暗口下来的，刚巧赶上你们要下锁龙井，我就沿着另一条锁龙井提前爬到了这里。”中年男人道，“这里往上，是个很大的地下湖，再往上是明孝陵，明孝陵里的几个潭子，紫霞湖，还有另外几个小湖，都是这地下湖露在地面的一部分。当年，魏忠贤命人在地下湖中找了块区域，填上巨石，巨石中空，里面填了松木，而后又从另一条路进了湖底的洞中，由下往上将这些铁索与巨石相连，按照‘倒流壶’的原理，设了个水闸机关，也就是这里。如果倒流锁被合上，巨石就会被拉动，松木上浮，水闸就会被打开，这里顷刻之间就会成为一片汪洋。你们既然有应星石，怎么会不知道这件事？”

说得乱七八糟的，听着挺高深。但是他这么个讲法，没人听得懂，除非给画个图。

另外，这里如果真的是明孝陵底下的话，倒引发了我不少的联想。我来不及震惊了，边适应边思考，这么来看，魏忠贤这个人，真是极有想法。

费爷又说话了：“不知道。我的这块石头，是从我三叔那里得来的。他早些年上山下乡，见过《锁龙井纪要》的底本。”

我起先还觉得诧异，我就说嘛，原来你也知道《锁龙井纪要》。可又一转念，顿时明白了，这货还真是奸诈啊，他在借着王教授的身份，伪装自己！还挺能吹牛，你三叔竟还看过底本？

王教授一脸不屑。

“看到那四个大洞了吗？地下湖的水进入这地宫之后，会沿着四个洞继续往下流，将下面的地宫全淹了。”中年男人道。

“下面还有地宫？”光头问道，“里面是什么？”

“魏忠贤搜刮藏匿的所有金银都在下面。”中年男人道。

我很想探出头去看看他们，可王教授在拉着我。

他们的对话，让我对这地宫有了一个崭新的认识。我很想再看看它的全貌。如果这中年男人不是在编瞎话，那么，魏忠贤这工程搞得也太大了。明朝的科学技术在什么水平上，我不太清楚。可有一点，明孝陵好歹也是当时的国家重地，魏忠贤竟能偷偷摸摸地在这里弄出这么大动静，真是匪夷所思。看来，要么是此地有什么天然的地形优势，要么就是魏忠贤当年的权势超乎众人所想。

费爷问那人道：“你把你的来历讲一讲，什么是东林党后人？”

中年男人道：“说出来你们可能不信，但关于东林党和魏忠贤的事，你们多少应该也知道一点吧。”

“费爷，您知道吗？”光头问道。

“死对头。”费爷答道。

“不错。”中年男人道，“天启年间，魏忠贤独揽大权，致使朝政腐败，大明国力衰退。东林党先驱杨涟上书弹劾魏忠贤，魏忠贤却冒天下之大不韪，借机疯狂打击东林党。他凭着天启皇帝的宠信，放任党羽肆意妄为。几年之间，几乎让东林党遭受到了灭顶之灾。但后来，崇祯帝即位，魏忠贤遭到惩治，自缢而死，东林党人得到平反。崇祯帝下令修复东林书院，算是短暂复兴了东林党。魏忠贤生前是想过造反的，这在当时不是太严的秘密，而他为造反所藏下的数目巨大的军费不知所终，再加上东林党人与魏忠贤有不共戴天之仇，誓要将魏忠贤的所有罪证都找到。崇祯帝便借此势头，命东林书院组建了一个秘密机构，在凤阳、肃宁、南京一带搜寻魏忠贤的宝藏。”

中年男人停了一下，费爷没反应。

王教授也面无表情。

“什么机构？”光头问道。

中年男人略过了他的问题，继续道：“但是，魏忠贤竟能胆大包天地将这批宝藏藏到明孝陵底下，这一点是谁都不敢想的。因此，直至明末，也没有人找到。再加上后来清军入关，国家时局动荡，东林书院也跟着遭到了打击而流散。明亡之后，这件事再没了官方的支持，也就逐渐淡化了。”

中年男人停止了讲话。

他的话让我产生了一个疑惑，按他这么说，这秘密也守得太好了，这么大的工程，参与的人肯定不在少数，东林党人难道废物得连一条线索都找不到吗？我总觉得哪里不太对劲。

“那你是怎么回事？”光头问道，这种话他今天问了好几次了。

“淡化归淡化，却不代表被完全抛弃了。那毕竟是一批宝藏，于亡了的大明而言，不再有意义，但于个人，仍意义重大。东林党人也是人，也有私欲。东林书院中活下来的知情者里，有几个人是相信这宝藏一定存在的。他们以个体的形式传承了下来，一代接一代地寻宝，最终渐渐将这批宝藏演化成了家族式的秘密。”中年男人道。

“所以，你就是一个这种家族中的人？”光头问道。

中年男人没回声，我想他多半是点了点头。

“有多少人知道，有几个家族？”费爷问。

“不清楚。我这一代，是单传。宝藏的事，听起来像传说，却事关重大，它越传越隐蔽，也越神秘。时至今日，已经没有人知道别人那里的情况了，大家就像各自潜伏到了海面之下，互不露头。”

“费爷，那教授说的……不是，你三叔看到的那个底本，会不会跟东林党有关系？”光头道。

我又看向王教授，有可能吗？这《锁龙井纪要》跟东林党之间会有什么联系吗？

王教授嘴角微微动了动。

“你不可能只有一个人，你是什么时候发现这个地方的？”费爷又问。

“我就一个人，我说了，我是单传。”那中年男人语气不容置疑，且没再往下说。

这不会令人信服。

我担忧地转头看看身边，我也认为他不可能是一个人，必有同伙。说不定，我们早就在他们的包围之中了。

“你的那块应星石，你真的不知道它的确切来路？”中年男人问。

“这也不是你该关心的事情。”费爷道，“你既然能在暗中跟着我们，为什么不对我们动手？”

“我没理由杀你们。”中年男人道，“这宝藏的数量之大，不是一两个人能驾驭得了的，理当群策群力，共同开掘。正如你们也不会杀了我。”

光头笑起来了：“你想得挺天真。”

“这下面的地宫里，有个很复杂的机关，没有我，你们解不开，也找不到金银。”中年男人道。

他说的是那个“牛口出龙图”，要是照这么看，他似乎不知道我跟王教授下去过，可我不确定他是不是装出来的。

费爷问：“有件事我不太明白，我们对你有什么价值？你为什么不自己独享？”

费爷这个问题，问得特别在理。我早就疑惑了，我总觉得这人是在瞎扯。

“我本来没想到竟会有人进来，更没想到有人会有应星石，后来看到你们，我是想暗算你们，可又没那个本事，”中年男人道，“况且，你们又打开了倒流锁，很出乎意料地掌握了这整个地宫的把柄。你说，我如果不跟你们合作，你们是不是会把地宫给淹了？”

“这顶上真的有水？”光头问道。

“你是中毒了吧？”中年男人问道。

他这一说，我忽地想起来，方才看他的时候，他脸色好像并不是绿的。

光头不回答他，他们就像是在互相过招，投石问路，又藏藏掖掖的。

中年男人道：“你我心里都清楚，我们各自有很多秘密没说出来，谁的话里都是漏洞百出。但有一点，咱们目标是一致的。如果你们不再问，我也不再问。我带你们找到宝藏，想办法合力将其运走，而后分道扬镳，怎么样？”

能行才怪呢。

同时，我差点笑出来，这人这段话就跟在演讲似的，是在宣扬同一个世界同一个梦想吗？

“但你们要明白一件事，下面的，甚至包括上面的棺材里，很多东西，可都算是国宝，”中年男人又道，“你们有路子出手吗？”

“有。”费爷很肯定地答道，他的语气带着浓烈的提防色彩。

“那好，我带你们下去，你们能信守承诺吗？”中年男人道。

费爷道：“能。就像你说的，那批宝藏，也不是一两个人能占得了的，江湖有江湖的玩法，只要你没唬我们，我们也必讲规矩。”

“费爷，这厮的路子可有点像那教授，得当心。”光头道。

“没有我，你们打不开那机关。”中年男人强调道。

我觉得更像王教授了。

我特意看了一眼王教授，王教授根本没在乎这事。

“你把枪拿在手里，他要是敢要花招，不用多问，直接开枪。”费爷对光头道，又对那中年男人说，“走，你在前面带路。”

我和王教授听到这里，赶忙转身，要往回走，我们很担心那中年男人选了我们所在的这个洞。

可贴着墙根刚溜了两步，外面忽然传来了“砰”的一声！

是枪响！

紧接着只听光头惨叫，而后又是一声枪响，费爷惊呼道：“老四！”

外头一阵大乱，我和王教授止住了脚步。中年男人使阴招了？那我们是逃还是留啊？

枪响还没停，一直“砰”了四声，方才止住。费爷发出了痛苦的呻吟，但听不到光头和中年男人的声音。

我惊恐地看着王教授，眼神询问他该怎么办。王教授伸手压了压我的胳膊，示意我待在原地静静听。

“老四！”费爷在嘶吼。

老四是谁？他们哪个失散了的同伙又现身反水了吗？

“什么人？！”中年男人的声音响起。

咋回事？听这话感觉他也很紧张。开枪的不是他？我不敢往外看。

“甭摇了，他死了。”

小段！

小段化成灰我都听得出来，他终于出来了，那么到底是谁死了？！

“老四！”费爷又在哀号。

我一怔，老四就是光头？光头被小段打死了？我看着王教授，他点了点头，好像是这么回事！

“你是什么人？”中年男人的声音很紧张。

“你别动，我不杀你。”小段道。

“小段，你个杂种！”费爷骂道。

“你才是杂种！”小段道。

“都别冲动，宝藏咱们三个人平分，几辈子也花不完。”中年男人道。

“分也不能分给他，”小段道，他指的是费爷，“你知道他是什么来头吗？”

费爷还在呻吟，他肯定是被小段打中了，但一时半会儿还死不了。

“他有应星石，就应当有他的份儿。”中年男人竟然还在为费爷说话，我越发好奇这应星石到底是什么玩意儿了。

“你以为他真能跟你平分？”小段轻笑了一声，“他是要把这些东西全都运走，运出中国，运到日本去，这老东西是个日本人！”

第三十二章

费爷

我恍了神，又定住了，费爷是日本人？！

王教授也是一脸没料到的表情。

“怎么回事？”中年男人惶惑道。

“既然是国宝，那么，中国人自己怎么分都不过分，可日本人要想掺和进来，就不对了。”小段笑了笑，道，“费爷，我说得在理吧？”

“这可是我带你找下来的，这是我的东西。”费爷却不松口，喘着粗气道。

“这是中国人的东西，关你什么事！”

小段说着，又开了一枪，整个地宫充斥着回响，费爷再度哀号。

我怎么跟掉进了抗战剧里似的，这事忽然上升到了国际争端的层面？有点违和。

“先别打了，小兄弟，打死了他恐怕很多事都搞不清楚。”中年男人语气弱了些，“你跟他是什么关系？”

小段道：“他当初带了十几个人下来找地宫，前前后后好几年，都快死干净了，只剩了那么几个老骨头。可他认定了那批宝藏就藏在南京城下面，还挺较劲的，非要找出来。后来，他也不知道从哪儿打听到了我这边的人，竟还真提着重金找上了门，让我出几个人帮他，并跟我说找到东西以后平分。我根本就不信他的那些许诺，可我在南京城地面儿上混久了，也听过一点魏忠贤宝藏的事，他说的那些来龙去脉又很靠谱，我就暂时听了他的。”

小段停了停，又接着道："可我们两个其实都很清楚，真到找着了宝藏的那一天，谁也不会真心实意地去跟对方分。所以，合作归合作，相互之间可都藏着不少祸心，随时准备动手。我说得没错吧，费爷？"

"我是会跟你分的。"费爷疼得口齿不清了。

小段干笑了两声："你不要以为我不知道你的底细，这批宝藏对你来说，不仅仅是财富。我觉得，这里头应该带着那么点家国情怀的意思吧？"

小段这话还将主题给拔高了，难道是说，费爷在日本有啥特殊身份？譬如特务之类的？他要把这些东西交给日本政府？

真是荒唐。

另外，我想起来了，在罗汉地厅的时候，我刚见费爷，老觉得这家伙的腰板挺得太直，可没怎么往心里去。现在想想，包括他那略显死板的动作在内，都颇有值得琢磨之处。日本人，尤其是上了年纪的日本人，可不是到哪儿都是那副德行吗？我上班的时候接待过日本客户，有印象，他们有个很显著的特点，就是不管跟你在一起坐多久，腰板都是笔直的。中国人则不一样，装一会儿就懈了。

费爷的喘息声很重，他不说话了。

"那他那块应星石是怎么来的？那可是块……来头不小的东西。"中年男人吞吞吐吐道。

"这石头他从没给我看过，让他自己说。"小段道。

费爷却道："祖宗传下来的。"

我都想笑，可是没人笑。

"别打了，"中年男人道，八成是小段又想开枪，"你打死了他也无济于事，他身上有不少秘密。还有，你也中毒了吧？"

小段的皮肤是绿的，我绝对没记错，我看了一眼王教授，他们一样。

"你怎么没中毒？"小段反问那人，"还有他，他怎么也没事？"

"你这是被虫子咬的，我有解毒的办法。"中年男人道，"至于他是怎么回事，我不清楚。我觉得他既然有应星石，就一定也有别的问题。"

"这毒严重吗？"小段问。

我看到王教授在竖耳细听。

"严重，那些鱼虫有毒，能把脏腑都浸烂了。"中年男人道。

我倒抽一口凉气，王教授面色紧张。

“你给我解了。”小段命令他道，条件都没说。

“得先去下面的地宫，那里生着些菌菇，能解这毒。”中年男人道，“但我有个条件，得带上他。”

“带上他干什么？”小段道。

“他有一肚子秘密都没说出来，”中年男人道，“你已经把他打成这样了，他也闹不出什么幺蛾子了。”

小段的脚步声响起了，根据我的判断，他应该是走到了费爷跟前，只听他道：“老东西，把你那点事都说出来，要不然我现在就打死你！”

真生分，我心想你们好歹也是狼狈为奸、共同奋斗过的伙伴，咋这么小人喻于利呢？说翻脸就翻得跟有杀父之仇似的，毫无道义可言。我现在对王教授当初隐藏小段的做法都有了异议，这可是一条十足的中山狼，留着肯定是害人害己。

费爷骨头却挺硬，冷冷道：“你打死我吧。”

“不行，留着他！”中年男人阻拦道。

小段吐了口唾沫，停了好久，道：“你背着他。”

“好，我带路。”中年男人道。

一阵身体接触之声加上费爷的呻吟，脚步声响起了。

怎么像是往我们这边来的？我刚要仔细再听听，王教授拽了我一把，示意我快走。

我们快速贴着墙壁，轻手轻脚地向着来时的路疾行。

声音越来越近了，中年男人果然是把他们带到了这个洞里。

我和王教授如芒在背，一点声儿都不敢出，好在中年男人背着费爷走得慢，当我们完全进入黑暗中时，他们大概才到洞口。

王教授拉着我在黑暗中穿行，来的路我们探得很清楚，没什么异常之处，没用多久，就再次看到了蓝虫和光，金银地宫到了。

出洞后，王教授放开步子猛跑，我在后面紧跟着，逃命似的进了朱雀那边的洞中。

王教授上气不接下气地扶着墙，我也气喘吁吁。我们都在控制着自己的声音，生怕被小段他们发现。

我把头微微探出去。这地宫太大，亮度也不太够，我看不到那头的情况。

等了许久，我想，小段他们应该是下来了。

我小声对王教授道："他们到了中央的金银地宫那里，肯定就知道咱们来过了。"

王教授很清楚这点，他想了想："小心着点，出去看看。"

"出去？"

"我刚才琢磨出来了，这地宫好像不是四边形的，"王教授压低着声音道，"是八角的。你记得咱们在地宫中央的时候吗？按理说，这边即便再远，也能看得到，因为它是直的，可咱们一直快走到跟前了才发现这朱雀……"

我示意他不用说了，我懂，我也注意到了这问题，这地宫建造的时候多半用了些挺复杂的光学原理。

"咱往前走走，矮着身子，应该没事。"王教授道。

我点头。王教授半蹲着先出了洞。

我们向着地宫中央走了一段，在头顶那些蓝虫的照引下，依稀能看到那里的样子。

王教授趴下了，他示意我向前摸爬。我们身上沾满了泥，心里越来越紧张。

我看到了小段。

我们停住了。

中年男人正在将费爷放下来，小段像个木头人一样盯着那堆金银。

四座打开了的"异兽"依旧巍然于金银四周，我看不太清它们中央的球体。

费爷龇牙咧嘴的，眼神却也呆了。

小段竟有些结巴："这是……宝藏？"

唯独中年男人冷静得很，他说道："有人来过了。"

我们听得很清楚。

没人问是谁，但应该都知道是我跟王教授。

小段从愣神中清醒了过来，他开始四下探看："出来！"

我的心揪了起来。

我明明看到他的目光扫过我们这边，却对我们视若无睹。

王教授冲我偏了偏头，示意不要怕，他看不到我们。

小段开了一枪。

我真想起身掉头跑掉。

王教授死死地按着我，不让我动，就跟我们隐身了似的，我知道，他也是在赌。

小段看着那些金银，弯腰拾起了一块元宝，眼睛却仍在四下看。我完全能体会他此刻的心情，乍见金银，不能自已，却又担心遭我们暗算。

不过，王教授为啥非得带我过来看啊？我们手无寸铁的，被他们抓到了多半得死；抓不到，我们也赚不了什么。难道他跟小段之间还有什么秘密？

有人啜泣。

我正琢磨事呢，冷不丁地被打断，一抬眼，发现是费爷。

费爷咋突然哭了？他拖着身子，爬到了那堆金银里，如见故人，老泪纵横。

这出乎所有人的意料，连小段和那中年男人都有点不知道咋办了。

这宝藏的冲击力真那么大？费爷哭得不像是个贪婪之徒啊，倒像跟给亲爹上坟似的，情真意切。

小段归根结底还是个无情鼠辈，他上去踹了费爷一脚："你装什么呢？"

费爷不理会他，半挺着身子，抬头四顾，情绪激动又疏于表达。

中年男人也问费爷："你心里在想什么？"

费爷涕泗交流。

小段看了他一会儿，对中年男人道："我看他是在给自己哭灵，不要管他，你先给我把毒解了。"

中年男人还有话想对费爷说，却也压了回去。

小段指着那"异兽"中的黄册问道："那是什么？"

中年男人道："明朝户籍册，记载人口状况的。"

小段若有所思，却也没什么太新鲜的见解，他问道："你说的菌菇在哪儿，我怎么没看到？"

中年男人指了指他身后："那头，墙根处，我去找。"

"等等，"小段很冷静，他盯着中年男人，道，"你背上他，咱们一起过去。"

那头有菌菇？我跟王教授不曾去过那里，对中年男人的话也充满疑虑。

我本以为中年男人会点头答应小段的要求，可他忽然硬气了不少，道："你这么不相信我，我怎么跟你合作？”

小段没说话。

中年男人道：“你的毒一解，你就会杀了我。”

小段阴沉着脸。

“我需要你拿出点诚意来。”中年男人道。

这俩人都不是傻子，也都从一开始就明白，对方不好对付。中年男人能隐忍这么长时间后才提出了自己的诉求，可见道行不会太低。

小段肯定看得明白这一点。

我瞅了瞅王教授，他面容严肃，集中精神盯着那里，似在帮着他们做决断。

小段开了口：“你要怎么样？”

“我要自己过去。”中年男人道。

此事乍听有些荒唐，这不是明摆着肚子里有鬼吗？可他方才的解释又十分有逻辑性，我不禁把自己带入小段的思想里去看，如果是我，能答应他的要求吗？

小段在深沉地斟酌。

费爷的抽泣声断断续续。

地宫里没了本该有的发现了宝藏的喜悦气氛，这里凝重得令人窒息。

小段看向了远方，少顷，他又收回目光，举枪指着中年男人：“你有歪心思。”

中年男人不卑不亢，道：“你有，我就有；你没有，我就没有。”

小段盯着他看了一会儿，放下了枪。

这几乎在我意料之中。

“你去吧，”小段道，他把枪又对准了费爷的头，“看来他对你有些用处，如果有什么问题，我一秒钟就打死他。”

中年男人点了点头，他转身要去墙根处。

小段一直在盯着他，我看到，小段脖子上文的那只花蝴蝶妖如邪物。

那边会有什么他说的菌菇？我以前是听过一个说法，有毒物的地方，方圆十里之内必有解药。但我觉得那有点扯，总不能全都是这样吧？从古至今不是有很多无解之毒吗？不过，这鱼虫的毒，似乎没那么厉害，慢性的，或许这地宫附近还真有解药？我不确定。我想，这中年男人肯定知道这地宫的蹊跷之处，那头多半跟我们这边一样，他也有可能是想着运用什么光学原理在小段眼皮子底下消失。这地宫究竟是魏忠贤当年请什么能工巧匠设计的？怎么这么多道道儿？

中年男人已快走出暗格了，我看着他的背影，也不知他的行动对我们来说是福还是祸。

而就在此时，忽然发生了一件令我吃惊的事，王教授蹲了下来！

“你要干吗？！”

他丝毫没理会我，尽力用最轻的脚步往前溜了一二十米，而后猛地站了起来，对小段叫道：“别让他跑了，他不是什么东林党后人，都是胡扯！”

第三十三章

地宫迎主

地宫里就像炸开了一道雷。

王教授吆喝着就要去追那中年男人，但看起来又像要去扑小段。小段陷入了千钧一发的危急关头，他脖子急转，在快速做抉择。此时敌我难辨，连我都不知道王教授突然冲了出去到底是要干什么。小段当然更不知道该听他的还是该阻止他前行，只能扬起了枪对着王教授："别动！"

"别动个屁，他跑了！"王教授两脚定在原地，身子还跃跃欲动。

中年男人并没有加速，谁也看不出他是否在犹豫。紧接着，小段一声枪响，他停下了。

小段没舍得打他。

中年男人回过了头："你是什么人？"

这语气，分明是站在小段的同一立场问王教授的。

这家伙很聪明。

小段却更猴精，他拒绝了中年男人的诚意，道："你先闭嘴，回来。"

中年男人竟还真不多言了，理直气壮地走了回来。

我看出来了，王教授就是想挑拨离间，可他失败了。

费爷哭声渐小，他的注意力转移到了眼前的突变上。

"你从哪儿冒出来的？"小段用枪指着王教授道。

"我跟了你们半天了。我告诉你，这家伙有问题，他不是什么东林党后人，你们被骗了，”王教授道，“咱们全被骗了。”

我真是一点都看不出来王教授葫芦里卖的什么药，我现在只是特别担心有人问起我去哪儿了。他们可都知道我的存在，我要是真被拎出来，小命可都在王教授手里了。这老家伙究竟要干吗？

但是没人问起我，他们的注意力全在王教授身上。

小段看了看中年男人。中年男人眼睛深邃，一脸坚毅，对王教授道：“你胡说什么？”

“除了你编的，有任何别的证据吗？”王教授十分沉稳。

中年男人道：“我在上面已经讲得很明白了，你可以问他们。”

“不用问，我一直都在暗地里听着呢，起先我还真被你唬住了，来龙去脉讲得还挺像那么回事，可又总觉得哪里不太对劲。你那些故事，有点太脱离现实。我反思了一下，除了讲述，你可没有拿出任何有实际意义的证据。”王教授又转头对小段道，“小段，你最好把枪口掉个头，指着他。”

小段或许不了解那中年男人，可他深知王教授究竟有多狡猾，不敢立即就听王教授的，他没动。

王教授盯着小段，恨铁不成钢。

中年男人道：“如果我是口说无凭，那你也一样，你说我不是东林党后人，你的事实证据呢？”

王教授抬头看了看他，又用目光扫了一眼费爷，缓缓说道：“我的证据，就是这座地宫。”

地宫？他要说什么？

中年男人不动声色，费爷却抬起了头。

他们两个的反应，让我感觉有些不对劲。

小段问道：“这地宫怎么了？”

中年男人道：“别听他蛊惑，这个人很有心机。”

王教授不卑不亢地笑了笑，语气极为严肃道：“我们所有人都被骗了。”

他到底发现了什么？

小段看看中年男人，不知王教授何意。

“他不是什么东林党后人，这里也根本不是魏忠贤的地宫，我们从一开始就错了！”王教授竟有些激动了，他的情绪直接将所有人的情绪都煽动了起来，我感到地宫里的氛围都发生了变化，他知道自己在说什么吗？

“那这里究竟是什么？”小段问。

王教授的声音又沉了下去，却仍显得极有分量，他缓缓说道：“这里是大明国库。”

我一惊。

小段的眼睛都瞪了一下！

我头皮发麻，说不上是为什么，是被王教授这四个字里的气魄所震吗？我并不是很理解他的话，什么叫“大明国库”？

可那中年男人并无多少吃惊的表现，还有费爷，他早已哭够了，他还在摸那些金银，仿佛根本没听见王教授的话。他们两个的表现不正常，难不成，他们也知道什么真相？

“你继续往下说。”小段道。

王教授道：“我先前从来没有意识到这一点，不管是我在南京读书时暗中寻觅的那些年，还是走了之后继续研究《锁龙井纪要》的过程中，我对南京城下地宫的传说从未产生过根本上的怀疑，也就是怀疑其本质。我对它是魏忠贤建来藏匿宝藏的说法，从未有过什么多余的想法。毕竟，在没找到它之前，没有人会有心思去疑惑那个。我跟所有在寻找它的人一样，只对它究竟存不存在这件事有过疑问，但对于它存在的原因、存在的目的，从来都只是按照《锁龙井纪要》上的讲述去看的，我对此是深信不疑的。”

这一连串又是怀疑又是疑问的话，显得王教授的语言水平很低。他是真的激动了，他在压抑着自己的激动，好像能表达到这个程度，已经算不错了。

王教授继续道：“但是，当我真正第一次从秦淮河畔下来的时候，这一路走来的所见所闻，让我的思想受到了冲击。你们也都知道，想象和现实，即便重合度再高，可现实展现在眼前的时候，你也会有无数个新的看法、新的发现。”

“你到底发现了什么？”小段有些不耐烦。

王教授一点都不照顾他的情绪，他自顾自地继续用那种娓娓道来的语气往下说：“首先是那罗汉地厅，书上虽然写了，并且写得跟实地情况几乎一模一样，但刚下来，尤其是见到五百尊罗汉的时候，我的内心还是极为震撼的。这种震撼，不仅仅是由于我终于看到了书中所写的地方，而更来自它的宏伟与壮观。等到后来，那三座佛头一一被我们炸出来，并推到了地宫中央，引发了剧烈的‘地动’，这一切，可以说都把我给看蒙了。我在那段时间里，行动虽还算正常，可思想上却并没那么冷静，其表现之一，就是我竟一点都没怀疑过什么，我不曾‘跳出来看’，不曾反思，只像个没见过世面的小孩子一样，深深地沉浸在了梦想中的现实里。我对它只有惊叹，只有全心全意地接受，一点都不觉得哪里不正常。”

王教授看了一眼费爷，继续道：“但是当我把你们给骗了，自己带人误入下面那个水宫的时候，那件绝对算是死里逃生的事提醒了我，我开始对自己先前的认知产生了怀疑，对《锁龙井纪要》也失去了信心。我以前知道它当中的内容虚实参半，水宫之后，这得到了验证，而借此，我所有的怀疑精神开始回归了。后来，咱们从佛身上下来，发现了暗河，走了许久，我越来越意识到，这是一个非常大的工程，它绝对不是五六年就能完成的。我越看越透，在这个时候，我的所知与所想更不吻合了。我开始怀疑起了一件更大的事，那就是，这个传说中的地宫本身，究竟是干什么的？”

听到这里，我不得不佩服王教授了，他的变化在那时候可真是没人发现。这家伙，肚子里可真藏得住事。

“不过，那时候的怀疑，只是一个念头罢了，它并不是我主要的关注点。我的主要关注点，还是在于这地宫究竟是魏忠贤用什么样的方法建的。而再往后，我们就被那些虫子给冲散了，等来到棺材地厅，打开了那些棺材，我发现了一个问题。”王教授看了一眼费爷，“你们可能阅历不足，对古董方面的知识了解不深，但是，我却懂。我是历史教授，在圈子里混久了，也算半个古董行家了。在那些棺材里，我看到了几样极为珍贵的东西，譬如有件金丝蓝络凤冠，还有宝脊红龟印、蟒纹青花梅瓶，这都是绝对的皇家用品，而且，还有不少东西上面就清清楚楚地描着龙。当时我想，这多半是魏忠贤的僭越之举，这些器物，印证了他要造反的野心。我告诉你们，我说的这几样东西，都可以算是国宝了。它们的价值，跟东汉的铜奔马、唐朝的太尊像一样，如若出土，必将是被国家列入永久禁止出境的文物名单中的。但是，在下锁龙井之前，我一直都在反思，我产生了一个很大胆的想法，这里的东西，有没有可能不是魏忠贤的，我们有没有可能找错了，或者书里记错了。这些东西，会不会是明朝某个皇室成员的，甚至在下锁龙井的过程中，我都很荒唐地想到了有没有可能是明初建文帝朱允炆的。”

朱允炆？这个名字真是富有想象力。我一下就明白了，王教授肯定想过那是朱棣打朱允炆的时候，朱允炆见势头不好命人藏在南京城地下的。

但从年代上讲，离魏忠贤也太远了啊。我等着他解释。

王教授讲了这么多，那中年男人和费爷还是没有太明显的反应，他们仍旧各自保持着先前的状态，也不接话。

小段则越听越精神。他跟我一样，都被王教授的话给吸引住了。

我觉得，从另一角度看，王教授就像个狐仙，你不能跟他聊，你见了他就该杀了他。否则一聊，你准被他迷惑，也就下不了手了，没准就迎来了第二次上当。

我不知道他这回所说的事是真还是假，我想，小段也必有一样的顾虑。

但王教授的状态确实显得比哪回都真，不像是在编故事。他继续讲道：“而真正的改变，是来到了这座地宫。我告诉你们，这里的机关，是我察觉到的，那边有个球体，那是关键之处，我打开机关之后，就发现了满地金银，以及这里的黄册和鱼鳞图册。我怀着那个有关朱允炆的猜想，开始翻看这些东西，我看到了这些金银底部，都有字，那些字也写得很明白。这些东西，从时间上讲，要晚于朱允炆活着的年代。”

他说到这里，小段把手伸进了兜，他在摸，却不敢分神去看。

中年男人不说话，费爷则也在拿着一块银元宝观察。

“你不用摸了，我告诉你，这些金银，全都属于大明国库，换句话说，这是国家的财产，它们绝对是由皇家管控的，绝对不会大规模地流向民间。并且，我瞬间就想明白了，就算魏忠贤是个巨贪，他也绝对不可能厉害到这种程度，将大明的整个国库都搬到南京城地下藏起来。不管你权力有多大，只要你不是皇帝本人，这种事，任凭谁都做不到，”王教授道，“因此，我脑子里当时就想明白了，我认定了，这些东西，根本就不是魏忠贤的，它一定是明朝皇室的。这座地宫，也根本不是魏忠贤用来造反屯军资用的。从罗汉地厅到这里，这一套工程的规模太大了，非得有军队级别的施工队来完成才行。这种工程量，绝对不可能是某个权奸能瞒着国家偷偷干起来的，它一定会为皇家所知晓。并且，这当中的种种物品规格，也太过夸张，且不说这些图、金银，单就这些书来说，魏忠贤要黄册和鱼鳞图册干什么？那些东西说有用也有用，说没用也没用，有哪个想要造反的人还需要冠冕堂皇到这个程度，费人力、物力去藏运这么多象征意义比实际用途更大的东西？”

王教授又有些激动了。我知道，他说的这些，还包括《牛口出龙图》，只是《牛口出龙图》关系太大，他故意隐去了。

“那么，它究竟是干什么的？到底是谁的？我在思考答案，也在寻找证据，但这座地宫里没有，我顺着洞，去到了上头，”王教授看了一眼中年男人，“然后，一直到我听到他说，这里是明孝陵底下。那一句话出来，真让我醍醐灌顶，我全都懂了。我瞬间弄清楚了所有问题、所有的事，这个地方的真正主人，不是别人，正是扳倒了魏忠贤，也眼睁睁地看着国家亡了的大明最后一位皇帝——崇祯！”

第三十四章

帝王之秘

“崇祯”二字，令所有人都为之一抖，我甚至肝胆俱裂！

我蒙了。

痴人说梦吗？我情不自禁地要站起来，差点脱口而言，却又不知想说什么。

我如做惊梦。

小段则微微张开了嘴。

连中年男人和费爷都变了脸色。

地宫里静若深山，可每个人的耳边却好像都有历史深处传来的巨大回响。

王教授立在原地，如佛、如圣。

许久之后，中年男人才开了口：“你的证据呢？”

王教授机智地抓住了他的逻辑空隙：“你怎么不斥责我一派胡言呢？”

中年男人脸部肌肉动了下。

王教授笑得像个奸臣，他看了看费爷：“你从一开始就知道这一点，对吧？”

费爷没有说话，我觉得，他仿佛苍老了十几岁。

小段也看向了费爷，费爷只是低着头看那些金子。

这就等于是回答了。

王教授道：“证据，未必敢说是证据，因为只要你不信，你就永远不会认为我说的是证据。但是，我还是要给你们讲讲历史上的三件事。”

我一直都在放眼远看，已忘了自己是第几次审视这个地宫了。我无暇去判断王教授是否在撒谎，我越发觉得他说的可能是真的，因为他很严肃。

没错，我需要证据。我不知道为什么崇祯会建这样一座地宫藏宝，他不是连军费都拿不出来吗？我着急要听到王教授的证据。

小段点头，示意王教授讲下去。

“第一件，就是被无数历史学家所重视的崇祯当政时国库之谜。众所周知，李自成当年兵临城下，崇祯连调兵用的百十万两军费都拿不出来。而根据很多史学家考证，大明开国两百多年，即便是再不善经营，也不至于最后穷到那个地步，这不该是一个正常的皇室财产状况。朝代灭亡或许是因总体兵力不济，或许是因战略失败，但因‘没能拿出一百万两军费让吴三桂调来勤王’这种理由而致使明朝灭亡，着实可笑。国家战争或许是因为没有几千万两军费而失败的，但绝不会因为没有一百万两军费而失败。因为国家战争极为庞大，所以它断不会打到一百万两军费的层面才分出胜负。就好比两个人相斗，败者绝对不会因打到了最后一个细胞而死。通常，败者就算死了，也是拥有足够的细胞的。我不知道你们能不能理解我的逻辑。”王教授道。

我差不多能理解这个逻辑。

王教授继续道：“清人写的史书曾载，李自成攻破北京后，打开崇祯银库，‘有镇库银，积年不用者三千七百万锭，金一千万锭’，而在明人史惇所撰的《恸余杂记》中，也写了‘闯贼西奔，括宫中得金银七千余万两，驼载而去’这样的语句，这都意在说明，崇祯是有钱的。当然，也有另外的说法，说这些都是臆测，崇祯当政之时，国库已空，他有钱的说法是子虚乌有。也有人说，崇祯有钱，但他生性多疑，不肯相信人，至死都不肯挪用。还有人说，崇祯有钱，但库银被魏忠贤贪了。甚至有人说，李自成的发现是后人杜撰。这些说法各有其理，我不展开，我只是想让你们从中明白一条，那就是，崇祯未必没有钱。”

大喘气，真啰唆，就说了这么句结论需要扯这么多？

王教授接着讲道：“而第二件和第三件，则是连载于一起的，且都跟清朝康熙帝有关。据《康熙实录》载，康熙帝曾说过这么一段话，‘明代万历年间于养心殿后窖金二百万金，我朝大兵至京，流寇闻风而逃，因追兵甚迫，弃之黄河’，从这句话中可见，康熙帝是知道崇祯有钱的，钱是他爷爷万历存下来的。清兵至京后，这笔钱被流寇扔到了黄河里。康熙的意思是，这笔钱最后没了。但是，康熙是在骗世人，因为他后来干了几件事都证明，他根本不相信这笔钱到了黄河里。他在找，其中最大的证据，就是康熙南巡。你们知道康熙第一次南巡去了哪个令人意外的地方吗？”

我猜不出来，小段估计也是。

中年男人和费爷都不作声。

王教授傲然一笑，抬手，指了指头顶：“他拜谒了明孝陵。”

康熙拜谒明孝陵？我第一反应，这里不是埋着朱元璋吗？

可第二念间，我想通了，而王教授也说了出来：“满人，是很聪明的，至少比蒙古人聪明。他们马上打天下，但并非马上坐天下。他们很懂得怎样尊孔，怎样抚汉，所以，他们才能在中国的土地上统治几个世纪。康熙帝拜谒明孝陵，为朱元璋题写了‘治隆唐宋’的碑文，就是为了笼络民心。本来这件事没什么可细琢磨的，它的目的很明显，做得也无可挑剔。但是，你们知不知道，康熙帝在位六十一年，他曾六下江南，这在帝王中是很罕见的。更为罕见的是，他竟然每回都要去拜谒明孝陵，前后六次，一次不少，每次都于山下设行宫。‘清民净街，龙息数日’，这事可就蹊跷了。史学界的主流观点认为，此事无须细究，康熙帝只是多做了几次样子罢了。但也有的说他这是在‘寻脉借术’，或者是要秘毁前朝根基，各种杂谈观点不一。由于大都与玄学相关，在当今学院里，不作为重点研究方向。但是今天，我综合了种种事实和证据，还有《康熙实录》里记载的那些话，忽地就想到了，康熙帝的真正目的，极有可能，就是要寻找宝藏！”

王教授的语调又提高了，他每说到此处，就压不住兴奋。我理解，这个发现，于他而言，大若青天。

“康熙帝一定知道真相，不仅知道崇祯有宝藏，还知道藏在了明孝陵附近。而且，我分析，不仅仅是康熙知道，清皇室可能都知道这个秘密。康熙登基的时候，距崇祯死去，还不到二十年，这个秘密完全有可能传到他那里。我早就说了，这么大的工程量，就算不惊动黎民百姓，参与的人也不会在少数。即便是秘密的核心部分保守得再严密，那些相关的流言也免不了会在私底下传播。这就是事物的社会性，人类自建立起了社会以来，所有社会中的事，概莫能外。”王教授压了压自己的语气，“而我参透了这些之后，也同时又想到了另一个证据，小段，你记得吧，咱们看到那个被虫子掏空了的老辛的时候，我分析过，我们所走的地下河，可能是京杭大运河的一个小支线。”

费爷抬起了头，问道：“你说老辛被虫子掏空了？”

王教授只是随便点了下头，没理会他，继续道：“康熙帝下江南，尤其是从南京返回北京的时候，乘的最多的交通工具是船，走的正是京杭大运河。史书上说，当地官员曾按旨，在康熙帝拜谒明孝陵期间，全线封锁了秦淮河，‘制屏障几十里，尽驱私船于城外，禁止百姓窥视’，有民间歌谣曰，‘天子拜见明太祖，秦淮长河穿缟素’。我在《锁龙井纪要》里并没看到跟秦淮河相关的内容，也就没联想到这点。可既然从秦淮河边上进入了地下，诸事一混，我现在不明白都不行了，康熙帝封锁秦淮河，要找的不是别的，正是罗汉地厅。他一定知道，姚广孝的镇国罗汉仍然存在，且从罗汉地厅到崇祯帝的宝藏地宫，都是在一条密道系统之内的。这些事一串联，真相还不清楚吗？它就跟一幅故事画似的呈现在眼前了。并且，随着事实越发完整，证据也跟着越冒越多，另一件本不算太奇怪的事，也显露了它的面目，那就是，历史上确有其事，崇祯帝刚继位的时候，是派人重修过京杭大运河的，在修建的过程中，从南到北将河道封闭了相当长的一段时间。之前可以不当回事，可此时看来，不就是有不可告人的秘密吗？修河把全线河道封了干什么？他就是在运宝。这所有的信息汇合在一起，事情的真相也就全盘打通了。我推断得没错，这里不会是别的，就是崇祯帝藏宝的地宫！”

王教授脸色发红，他长喘了一口气。

人证、物证、史证一应俱全了，我趴在地上，暗自扒拉了一下，你这哪是三件事？这有四五件了吧？

小段道：“也就是说，康熙帝亲自来找了六次，都没找到？”

王教授道：“康熙帝在位期间，平三藩、收台湾、征准噶尔、对抗沙俄，连年征战，急需军费。而这笔宝藏的规模，又十分庞大，这是整个大明的国库，所以，逻辑上没毛病，这十分值得他为此而来。甚至，连后世乾隆下江南，都可能与此宝藏之事脱不了干系。我还不曾想到那些地方，但也觉得有迹可寻。”

小段又道：“你虽是教授归教授，渊博归渊博，可有件事，我到现在也想不明白。”

王教授看着他，像是知道他要说什么。

小段道：“崇祯为什么放着大把的金银不拿出来用，反而藏在了地宫里，坐等着亡国？”

我也早想问了，不是说给吴三桂百八十万两银子就能起兵勤王吗？崇祯就算再生性多疑，也不可能傻到坐等着亡国这个程度啊！

“这是个被争论了几百年的话题了，那些认为崇祯确实没有钱的学者，也正是因为这一点推论，才确定自己的立场的。”王教授解释道，“而这也正是我一上来要跟你们讲半天国家战争不会因一百万两军费的缺失才导致失败的原因。你们要知道，有时候，‘势’这个字，是谁都抵挡不住的。大明灭亡，非崇祯一朝之罪。很多人认为，崇祯是个倒霉蛋，他勤政、明智，却终究无法抵挡住明朝灭亡的大势，免除不了前几任皇帝种下的恶果。所以，我对这件事的看法是，打个比方问你，如果你的房子已经着了火，难以扑灭，你有一箱金子，你是选择把金子扔火里去灭火，还是带着金子跑？”

这不是个问题，这是个答案。

王教授又道：“我认为，崇祯当年想的，一定是跑。我假设的是，他打算先秘密将国库里的金银运到南京，而后带领朝臣，南下避乱。他一面抵御满人，一面寻求退路，明朝的龙兴之地南京当然是一个最好的选择。换句话说，在他有七千万的时候，就知道自己必败无疑了，他不会等到打光七千万两银子，剩下几十万两银子了才想退路。他要存钱复兴，历史上不是没有这样的成功先例。可崇祯没料到的是，那个‘大势’远比他料想的还要大，因为国内也乱了，李自成、张献忠等人抄了他的后路。他失策了，财产转移，人却未走，他困死在了京城。”

王教授讲到最后，有了感慨之意。

费爷又哭了，莫名其妙。

小段问不出什么来了。

地宫中若也存在“势”，那么这个“势”正趋向统一，对真相的统一。或许史学界仍会有人与王教授的观点相左，可就此时此地而言，他的话已尽最大的可能将地宫的真相揭露到了极致。我认为那是极致，我心里甚至在哐哐作响，为宝藏，也为大明，更为崇祯帝。此时此地，这一大片地宫，归根结底，如王教授所言，并不是魏忠贤的，也不是什么朱允炆的，而就是崇祯帝所建！

“所以，我们确实是被骗了？”小段道。

王教授点头：“骗我们的，不是《锁龙井纪要》的编纂者，不是费爷，也不是这个人。实际上，骗我们的是崇祯帝，是大明皇室。他们藏起了宝藏，而后散布出了流言，甚至还别有用心地编了个魏忠贤造反藏宝的故事，偷梁换柱，避重就轻，编了这么个传说，这一切都是他们的骗局。”

不错，魏忠贤的家产，可能也在这地宫之内了。但它肯定只是一小部分，这里更多的东西，属于明朝皇室，属于当年执政的崇祯帝！我也有点激动了，我要不是怕死，真想一下蹿出去，捶胸捶头，拉着他们共同欢呼雀跃一回！这不就是该对酒当歌、普天同庆的时候吗？真相大白，巨大发现，大伙儿不应该为了中华民族的伟大复兴而高歌痛饮、拔剑狂挥吗？

可他们都死气沉沉的。

他们毫无浪漫主义精神，他们是极致的功利主义者，冷静得像尸体。

“真相是他说的这么回事吧？”小段问中年男人，他已开始与王教授结盟了。

费爷在点头，点得像个老糊涂蛋。

可小段就是要听中年男人的回答。

中年男人沉闷了一会儿，道：“以康熙帝之力，六下江南，且官员与军队任凭其驱使，为什么没找到地宫？甚至连罗汉地厅都没找到？”

他在挑王教授的毛病。

这是个小毛病，但又牵扯着不小的问题，它是有逻辑在里面的，如果解释不好，很容易被抓住把柄，刨根问底，而后全线崩溃。

“我想，这个问题，你一定非常不愿意问。这是你的撒手锏，把锏扔出去，如果没打死敌人，你也就亏了。”王教授笑道，“我告诉你，我认为康熙帝找到宝藏了。”

我再度一惊。

不光是我，连费爷都抬起了头，小段更是诧异。

王教授又道：“但这批宝藏为什么还在这里，康熙帝为什么没动它们，根据我的猜想，这与你息息相关。”

中年男人故作镇定。

王教授的话太过玄幻。

王教授道：“这世界上，一群松散的‘朋党’能存在这么久，可能性极小，甚至可以说没有。你说你是东林党后人，在座的恐怕谁都没有真心去信，大家没傻到那个份儿上。但我知道，在中国，有另外一种组织，它存在多久，都是有可能的，况且历史上还有很多这样的例子。”

小段问道：“是什么？”

王教授道了三个字：“守墓人。”

中年男人耸动了一下。

“而且，你还不是一般的守墓人。”王教授看了一眼上方，又把目光放平，看着那中年男人道，“你不是东林党后人，你是孝陵卫！”

第三十五章

孝陵卫

孝陵卫？！……是什么？

我觉得这名字很耳熟，可又对不上号。

我清楚地感觉到，中年男人身上汗毛竖立！

小段想必跟我一样，也在琢磨这孝陵卫是啥，听着跟锦衣卫似的。

最奇怪的是费爷，我看到，他第一次露出了惊异的神色。

“明朝的军制，是卫所制。流传最广的说法，是二十六卫，譬如我们所最熟悉的锦衣卫，就是其中之一，他们是皇帝的亲军。在这亲军二十六卫之外，还有一些别的部队，各司其职，孝陵卫是当中最为著名的一支。‘孝陵卫’三个字，就是明孝陵卫戍部队的简称，说白了，他们就是给朱元璋守陵的。”王教授解释道。

懂了，孝陵卫，顾名思义啊，我差点拍打地面以示通透。

我看着那中年男人，他的形象仿佛自带了些神秘的色彩。

王教授也看着他，就像是在给大家引荐一样，解释道：“孝陵卫虽不属于亲军，地位却丝毫不低，它自永乐三年正式成立，军中待遇优渥，不仅要职人物都是从朱元璋的凤阳老家直接挑选的，而且可以世袭，俸禄极高。在民间，与孝陵卫有关的各种故事广为流传，它是公认的神鬼部队。据称，孝陵卫中会集了众多奇人异士和阴阳先生，严密掌控着国家风水，事关重大。但我认为，那不过是些会摆弄机关的工匠罢了。明朝时期，中国资本主义萌芽，科技水平也随之突飞猛进，诞生了不少在当时的平民百姓眼中看起来像法术的新技术，也出了很多科学家。我想，孝陵卫中的那些奇人异士，必定也就是这些人了。而也诚如我们所见，这一路走来，机关重重，一方面，我们可以将它们看作是对孝陵卫的保护；另一方面我们也知道，有的是为崇祯帝的地宫而建的。而这个人说，他是从明孝陵下来的。像明孝陵这种地方，古往今来多少倒斗的，甚至多少军队都来过，都没听说有打得开的，而要找到其更往下的这座崇祯地宫，难度更大。因此，能下来的人，是外人的概率，远不如是自己人的概率大。你说你是东林党后人，我不相信东林党后人有本事能找到这里来，再加上方才你在那座地宫里的表现，你对费爷他们说的话，都证明了你对这里的机关了如指掌。这些信息加起来，我们想想，什么样的人才能做到这些？绝非秘密的研究者，而是秘密的参与者。秘密的参与者，除了皇族，恐怕也就只剩下一种人了，就是孝陵卫。”

王教授的话掷地有声，不容反驳。

我看着那中年男人，他已被拆穿。不管他有无反应，我们都看透了，他就是孝陵卫无疑，王教授的推论毫无纰漏。

而我想到了一件跟当前主题没太大关系的事，说来挺戏谑的，这明孝陵底下，竟有两个地宫，它就像明朝的两个端点——上头是朱元璋开国太祖生命的终点，下头是末代皇帝崇祯的退路。

“看来还真是这么回事了。”小段道。他就跟个裁判一样，下了最终定论。

可中年男人没有说话。

王教授无须他的回答，他继续讲了下去：“明朝历史上，孝陵卫前后共存在了二百六十七年，直至明朝灭亡，方才销声匿迹。此后的正史中，再也没了任何记录。而在清朝定都北京后，康熙帝南下谒陵，才命人仿孝陵卫旧制，重设了守陵监。有传闻，康熙起用的人物，正是大明孝陵卫的后人，名义上，有一个机构，可实际上，只有寥寥数员而已。有说法称，这些守陵监人员有可能就是一个余下来的家族。其实，我的推论中也有不完整的地方，那就是有关康熙帝找到了宝藏这点，我并没有足够的证据。我只是主观地认为，康熙帝手中掌控的权力几乎可翻天覆地，他六次谒陵，不要说是找地宫了，就算是把紫金山给平移走，都未尝不可。他怎么可能找不到呢？除非地宫不在这里。现在我们也都看到了，地宫就在这里，所以，我觉得康熙皇帝一定是找到了。可这个想法令我感到与某些论点自相矛盾，我暂时想不清楚。但我能想清楚的一点是，如果他找到了，却并没将宝藏运走，或者并没对明孝陵做什么巨大的改变，那一定是有原因的。这守陵监究竟是不是当年的孝陵卫中人，一直众说纷纭。如果不是，也就罢了；如果是的话，那孝陵卫的后人，一定与康熙帝有过什么密商。我想，他们之间，定然有着某种不可告人的秘议！”

这一大段话说完，王教授收了声。

我趴在暗处，只觉得他的论述从头到尾洋洋洒洒，真见学术功底，令人茅塞顿开。

地宫似深海般寂静。

小段和费爷全都在看着那中年男人，大惑已解，又新疑丛生。

我看得出来，中年男人在酝酿着什么。

他看着王教授，眼神似剑戟，又似无波的古井，他终于说了句话：“你真是个特别厉害的人物。”

他承认了。

我就像听到地宫舒了口气。

小段和费爷眼中各自闪着不同的光。

王教授的面部表情也似乎松了一下。

我恨不能起身与王教授击掌！

“我姓李。”中年男人又道了一句。

王教授笑了。

我不知道他姓李这事有什么可笑的。

王教授道：“那就是了，孝陵卫建制之前，为朱元璋守陵的人，正是凤阳的周、李两家，这是有史可查的。明末清初，李家迁离分散，不知去向，只有周家一直延续了下来。康熙帝重起的孝陵守卫中，为首的，就是姓周的。周家守孝陵六百多年，直到二十世纪末，仍然有消息，但从那以后，就不知所终了。我想，一定是发生了什么变故。但是，且不说这件事，单讲周、李两家的关系，在周家消失之前，我没猜错的话，对于明孝陵的守护，一直都是周家在明、李家在暗吧？”

姓李的中年男人点了点头，他口气放松了不少：“如果你把你的这些所见所想写成论文，一定会震惊史学界。”

“我可没想过要跟你说这个。”王教授看了一眼满地的金银，环视了一下整座地宫，道，“我说了那么多，也猜对了你的身份，那么，谁都清楚，我要是不傻，现在应该想的只有一件事，就是我还能不能活着走出这地宫。”

千山万水踏遍之后，总算是又回到了那个重中之重的原点。

没错，无论你看透了什么，分析对了多么惊天动地的事，归根结底，你的命，才是最该关注的。

我也胆寒了。

小段的枪早指向了这个姓李的男人。

王教授对小段道：“我之所以怕他溜走，是因为，我相信，他一定有办法让我们死在这里。他身为孝陵卫，对付的，就是我们这样的‘盗墓贼’。”

小段看着中年男人，头也不转，跋扈道：“老子不管什么孝陵卫不孝陵卫的，我想开枪打死谁，谁就一定得死。”

“你可不是第一个拿着枪下来的，”李姓男人根本不畏惧小段，他说道，“但我也没有这个人说得这么冷血。我未必一定要杀了你们，我们可以商量。我所守的东西，无非是这地宫，是这宝藏，因为我的家族不是为杀人而存在的，我们的职责，只有守护。这件事，有可协商的余地，如果你们向我承诺，不带走这里的一分一毫，我就放你们回地面。”

瞎扯，连我都不信。我一来不信他能眼睁睁地把窥探到了这种终极秘密的人放走，二来也不相信小段和王教授他们愿意空手而归。

李姓男人又说了一句：“杀了我，你们活不了。”

他不是一个人。

所有人脑子里都想到了这件事。他先前说自己是东林党后人的时候，自称是单传，可绝对不是。孝陵卫能延续至今，无论如何，也不会只有他一个人，他背后定有李氏家族。

我小心地抬起头观察地宫，上看远看，总感觉自己早已暴露在暗藏之人的视线范围之内了。

或者，是王教授所说的周家人？

我不知道，我趴得像只老鼠。

“是你们自家的人，还是周家人？”王教授想的和我一样。

李姓男人没回答他。

王教授看着他，又问："能说说周家人到底为什么也消失了吗？"

"无可奉告。"李姓男人道。

王教授又道："那么，至少在死前给我们点安慰，你们的家族，是跟康熙帝有过秘议吧？"

李姓男人冷笑了一声："这恐怕也不是你配知道的。"

"那就是有了。"王教授估计也没想从他嘴里问出什么来，这些对当下来讲都不重要。他又问，"你还是别蒙我们了，我们就算什么都不拿，也至少是拿到了一样东西——秘密。你是不会放心让我们带着秘密出去的，所以，我还是想死皮赖脸地问一句，我们还有活路吗？"

我懂了，一进来的时候，就注定出不去了。我心生悲凉，我真想趁着现在没人注意到我立即逃走，我记得来时的路，我至少能走到罗汉地厅下面。可我不确定是不是有人在用狙击枪瞄着我，可能我一动，头就被打爆了。

小段怒了，往前走了两步，要把枪顶在李姓男人的头上。

"小段，你难道还没看清现在的形势？"王教授却轻描淡写地说了句。

"我死了也得拉他垫背！"小段疯道。

这话耳熟。

我没工夫想别的，我就想活下去。我绝对可以分文不取，让我活下去就行，秘密我一辈子都可以不说，谁有孟婆汤我直接仰脖灌下去都成！

李姓男人无视小段的手枪，他扫了一眼他们三个，忽地指向了费爷："他能活。"

这个举动出乎众人所料。

王教授和小段都看向了费爷。

费爷扬起了头，目光平静。

王教授问道："怎么说？"

李姓男人道："他没中毒。"

没中毒？我当时就有种喜悦感涌上心头，没中毒就能活？那我好像也没中毒啊。

王教授和小段都不懂，费爷也不懂。

费爷身上至少挨了小段三枪，但都不在要害地方，只是微微淌血，危及不了生命。

"这到底是什么毒？"王教授道。他和小段是一脸的绿。

李姓男人的脸一直都没绿，显然他也没中毒。他伸出了一根手指，指向了头顶："因为锥犀甲。"

王教授等人一脸懵懂。

"就是这些发着蓝色光芒的甲壳虫，"李姓男人道，"锥子的锥，犀牛的犀，其实，它们的全称叫荧背锥犀甲。"

明白了，而且，我也听懂了李姓男人的逐字解释。如果从字面意思上看，这虫子，可能是个十分恐怖的物种！

"它们是活的？"王教授问。

李姓男人道："它们是在休眠，我不会杀人，但它们会。"

"那这跟中毒不中毒有什么关系？"王教授又问。

李姓男人不想给我们多解释："它们只攻击那些中了毒的人。"

这里面，必有其道理，可他不说了。

王教授看看自己，又看了看小段："我是明白了，那些飞蝗和鱼虫，跟这什么锥犀甲合起来，就是一个陷阱！"

李姓男人没吭声。

王教授颇为气馁，他忽地转过了身子，朝向我这边："小白，你还是出来吧，你死不了了。"

啥？！

我吓得一颤，谁让你把老子供出来的！老子在这儿趴得好好的，没人问没人扰的，你把我说出来干吗？！

我气死了，我还在斟酌要不要出去。

小段也接了话："那小子趴了这么久，可真沉得住气。"

王教授又道："小白，没必要了，咱爷儿俩早就在人家的掌控中了。你出来给咱们求求情，我觉得你跟费爷都没中毒这事，挺能拿出来好好做做文章的。"

行了，也没辙了，我再躲着不出去的话，就太可笑了。我慢慢站了起来，小心翼翼地看着四周，走了出去。

李姓男人见了我，眼睛一亮。

我觉得他不像是装的，他上下打量了我好久，就跟不相信我没中毒一样。

你难道不知道老子的存在？我直视着他，你不是早在下锁龙井的时候就盯上我们了吗？看来，又是句谎话。

小段则恶毒地盯着我，仇人见面分外眼红。我清楚地看到了他头上的伤口，那是我打的。

“我挺想知道他们两个为什么没中毒。”王教授道，“另外，可以让你的人都出来了吗？”

我抬头看着那些蓝虫，所谓的锥犀甲，它们令我十分不安。

李姓男人却没回应王教授的要求，他说道：“这地宫，远比你想象的要复杂。”

王教授也颇为释然，点头道：“它不仅仅是机关遍布，它还很诡异。”

难道还真有什么玄学巫术，什么超自然的东西吗？

我不愿去相信。

小段朝地上吐了口痰，骂道：“崇祯打仗没本事，算计人却精得很啊，难怪能亡了国。真是个龟孙子。”

“你才是龟孙子！”费爷突然怒了。

他要不是身上有伤，差点从地上跳起来。他伸着手，就像要来掐小段的脖子！

我们都不明白这是怎么了，他是突然犯了癫痫吗？

小段恶狠狠地看向他，上去给了他一脚：“你以为你真能活？老子第一个打死你！”

费爷朝他怒吼：“我是正统的大明血脉，我身上流着朱家的血，比你们所有人都有资格进这地宫，这是我家祖先的！”

我们都惊呆了。

第三十六章

身份狡辩

费爷拼着劲儿要爬起来，两条腿却不听使唤。

小段笑了，他这是被费爷逗乐了："老东西是吓傻了，来我们中国胡乱认祖宗！"

不光是小段，我都想来一句，他要是大明血脉，那我还是爱新觉罗后裔呢。

可王教授和李姓男人并没过多的反应。

费爷再度涕泗横流，哭得像个孙子："我就是中国人！"

小段又给了他一脚，且没立即停下，接二连三地跟踹死狗似的踹着他，踹得我都跟着迸发出了强烈的爱国热情。费爷死死搂住了小段的腿，小段更加愤怒了，拿着枪托猛砸他的头，没两下，费爷的血就顺着额头流了下来。

"小段，别砸了。"王教授伸手拉住了小段。

小段还不肯停，他的愤怒超出了我的想象。

李姓男人见状，道了句："你是没子弹了吧？"

小段一抖。

我也错愕。

小段慢慢停下了。

看王教授的反应，他多半早就猜到了。

"没子弹就把枪扔了吧。"李姓男人道。

小段瞟了他一眼，枪却没扔。

费爷捂着头上的血，骨头很硬，撑着没躺下。

我问李姓男人："他到底怎么回事？我是不是也没中毒？"

李姓男人点点头，问费爷道："你刚才说的那些话是什么意思？"

"是啊，"我跟了一句，"你胡说什么啊？"

"我没有胡说，"费爷喘着粗气，竟直视小段，道，"我且问你们，什么能证明，一个国家就是这个国家？"

这话听着别扭，他无暇措辞了。这个问题也奇怪得让人无法回答。

片刻后，还是王教授道："按宪法规定，国家的人口、土地，以及……政府。"

我和小段都看着王教授，你回答他干吗？这个人值得浪费口舌吗？

可王教授很沉得住气。

李姓男人也在听着。

"好，那你再说说，国家可以迁移吗？"费爷又问。

"你瞎问什么呢？"小段道。

费爷没理他。

王教授想了想，回答道："迁移的问题，世界上是有这种例子的。二十世纪，有个大洋洲的岛国，由于全球气候变暖，海面上涨，岛被淹没，这个小国提前在澳大利亚买了一栋楼，将国民和政府都迁到了那里。"

"不错，也就是说，土地在哪儿，并不是硬性条件。换句话讲，如果今天日本所有的岛屿都陷落了，日本人集体搬迁到了南极洲，只要我们能生存下来，日本这个国家，就依然存在。"

"理论上讲是这么回事，以前历史上那些流亡的政府都是这样的，只是从联合国的角度，有的可以承认，有的则不被承认罢了。"王教授又道。

"承不承认，只是一批人制定的规则，都是有政治倾向性的，它并不能作为真理。"费爷道。

王教授没反对。

他们竟还聊上了？我尽力让自己跟上王教授的思维，他在想什么？

费爷又道："而人口、政府，就更不足以拿出来说事了。还是拿我先前的比方，日本人搬去了南极洲，我们的民族会延续下去，百年之后，政府可能已不是当初的政府，人也不是当初的那一批人，但日本就是存在。这点，你承认吧？"

“你这个问题，人类到现在都没有解开，这是典型的‘特修斯之船’悖论，”王教授道，“不过，人口和政府都在变，几千年来，中国一直被认为是中国，埃及也一直被认为是埃及，那你的理论也是成立的。”

“所以，我告诉你，什么人口、土地、政府，其实都不是最重要的。”费爷喘了口气。

他要说什么？我被绕得有点晕，我们是在地宫里讨论哲学吗？

费爷接着道：“但是，我再打个比方，如果有一群英国人，去了美洲大陆，开疆拓土，后来建立了一个新的国家，也就是美国。假如这个时候，本土的英国遭到了毁灭，那么，这新的美国，算是英国，还是美国？”

我听得更乱了。

可王教授听得懂，他毫不犹豫地答道：“美国。”

“为什么？”费爷又问。

王教授没说。

费爷不等他多思考，直接说了出来：“我告诉你们，是文化变了，那批英国人在美国与其他民族融合，创立出了崭新的美国文化。所以，他们也就不再是英国人了，他们就是地地道道的美国人。你们应该听懂了，一个国家，之所以成为一个国家，最可靠的证据，并不是什么人口、土地、政府，也更不是面容、体型、肤色这些东西，而是它的文化！文化能证明，中国人是中国人，美国人是美国人，英国人是英国人，自己的文化，才是自己的民族和自己的国家屹立于世界民族之林的根基！”

费爷情绪激动了起来，我竟也被他感染了，这些话怎么好像在政治课上听过，可我当年怎么就没这种感觉呢？

“所以，我告诉你们，我一直都在奉行着古中国的文化，我就是地地道道的中国人！”费爷拍着金银，也不顾我们的讶异，继续道，“什么是中国？中国是汉唐，是唐宋，是宋明，中国是一代一代传承下来的。人因其文化而为中国人，你们几个，看看自己，跟我相比，你们算什么？你们的文化在哪里？你们的精神呢？你们的儒者之风、你们的礼仪、你们的谦卑、仁义礼智信、规矩、你们的历史传承，还有吗？它们在哪里？它们在你们身上全都荡然无存了！但你们知道我是怎么生活的吗？如果有机会，请你们去我的家里看一看，看看我家的风俗、礼仪、服饰、我家的建筑、我家的茶道、围棋、艺术、精神，你会觉得，我才真的继承了中国最传统的文化。你们几个人整日西装革履，崇洋媚外，根本就无法与我相提并论！中国文化已深浸于我的行为习惯里，我的文明举止中！而你们什么也没传承下来，你们有什么资格享有这宝藏！”

费爷激动得握拳捶地，气势逼人。

我怯弱了，我不愿承认，但费爷所言，令我深思。

可我不是中国人？你胡诌什么呢？另外，你文明在哪了？你这是自己的臆想吧，我怎么没看出来？

但是没人说话，小段已全无先前的跋扈气，他似被费爷的言论镇住了。

李姓男人面无表情。

过了好久，王教授开了口：“什么乱七八糟的，片面而浅薄，凭主观胡诌。”

他气坏了，他才表露出来。我看着他，心里颇觉安慰。

王教授道：“文化，绝非你那两口茶水、两件衣裳、一盘围棋那么简单。你太小看文化了，尤其是华夏文化，甚至不是一个孔孟之道，一个老庄之学，甚至一个当今社会的大众价值观能解释得了的。它源远流长，又博大精深；它刚柔并济，又百花齐放。你才学了多少皮毛，就敢上树咋呼了？你一个从吃面条带响、光屁股拍片儿的不化之地来的人，还敢跟我们谈什么华夏礼仪、规矩？我告诉你，儿子就是儿子，你还想当老子了？”

解气！我恨不能搬个马扎坐下听他展开长篇大论。

可王教授收了声，他似乎不想多谈。我只得殷勤地看着他，示意他再说点，感觉还不够劲儿。

费爷的气焰却一点都没减，他不再那么激动了，反而镇定自若道：“那么，我如果告诉你，我是明朝的皇族呢？”

王教授抬眼瞧了瞧他。

地宫里再度沉闷。

可费爷转瞬又激动了：“我就是朱家的血脉！”

我只觉得地宫铿锵作响。

我心道，你这跟我写玄幻小说呢？你怎么就成朱家血脉了？

小段在窝着火。

李姓男人的脸上则凝重了起来。

王教授却用一种故意要跟他对峙的平静语气道："你倒是说说，你是怎么个朱家血脉法。"

费爷道："我是宁德公主之后。"

"宁德公主？"我实在是憋得慌，借着这个机会说了句话。

"明光宗朱常洛第六女，崇祯的姐姐，我记得是叫朱徽妍。"王教授解释道。

费爷抬了下头，似有些小意外，可随即又隐藏掉了这种情绪，道："天启六年，天启帝封宁德公主，并指婚于南城兵马指挥司副指挥刘宗正之子刘有福，于当年四月成婚。刘有福就是我家先祖。李自成率兵进北京前，我家先祖于大明水师任职，见国将不保，在崇祯帝驾崩之后，带家眷老小及部分士兵扬帆远渡，到了朝鲜庆州府，得朝鲜王朝李氏庇护。李家出于政治上的考虑，辅宁德公主为大明正统，并扶持其打出旗号以自立。但满贼定国后，派密使于朝鲜王朝，施加压力，李家权衡利弊后，决定倒戈。我先祖提前得到消息，再度仓促流亡，驾船过郁陵岛，最终历经千辛万苦，到达日本四国岛，方才避开了满贼的追击，有了容身之地。但是，鉴于之前的遭遇，我先祖与宁德公主决议，此后低调生活，暗传国训，等待良机以承正朔。你们可知道，从那时起，我们一代接一代的朱家血脉，就定居在了日本，我们正是这么传承下来的。十几代之后，我们表面上已成了地地道道的日本人，但心里没有一刻忘记过国仇家恨。我们身上流着的是朱家的血，我们是正统的大明遗脉！而尤为不堪的是，那个一水之隔的故国，已被那邪恶的满贼变了样子，百姓扎起了辫子，文化也荡然无存，相反，中华文化恰恰是被我的家族在日本发扬光大了！"

费爷说到最后又激动了起来，我见小段龇起了牙。

"那是你的错觉，"王教授毫不留情地说道，"不过，你这个故事，听起来倒是挺真的。"

"这就是真的！"费爷怒道。

王教授道："那我怎么听说，宁德公主并没出国，且最后是死在了清朝康熙年间呢？"

"胡言乱语！"费爷叫道，"那都是杜撰的！"

"拉倒，我不跟你争这个，你爱是哪的就是哪的，"王教授道，"我就是想知道，你那宝藏的事，是家传的？”

“我告诉你，从一开始，你们这些愚蠢的外族人就中了我们的计！”费爷还特地看了眼小段，又看了看李姓男人，“你们不配得到这些宝藏，也不配知道它的真实意义，这不属于你们！”

王教授又问：“按理说，中国封建社会里，嫁出去的闺女就是泼出去的水，崇祯有宝藏，宁德公主怎么会有资格知道？”

“这不关你的事。”费爷这几句话真是越来越露出他日本人的本相了，说得相当程序化，他指着李姓男人道，“纵然你真的是孝陵卫，也只是为朱家看守东西的，我要来拿，你无权干涉。你该做的就是听我的，站在我这一边，把他们都消灭掉，这是你的职责，你生命的意义！”

听着有点扯淡，哪来那么多服务精神，你以为这是跟欧洲老贵族玩誓死效忠呢？

可李姓男人并没反驳什么，他一言不发。

王教授看向李姓男人，问道：“他没中毒，跟他说的这些故事，是不是有关系？”

李姓男人伫立良久，说了句话：“他就是朱家的骨血。”

此言如旨，闻若洪钟。

我分明看到了费爷嘴角露出了一丝胜利的笑意。

王教授却歪头问了句：“外甥也算？”

我差点笑出来。

可这不是笑的时候。

李姓男人缓缓说道：“你先前说得对，你们所见的这些飞蝗、鱼虫，以及锥犀甲，合起来，就是一套机关，只不过，它们是活的。”

“活的恐怕比死的更好使。”王教授道。

李姓男人道：“它们已被饲养了几百年，后代接前代，延续至今。那些毒蝗，确实是蝗虫，可那些鱼虫，实际上，并非虫类，而是鱼。自古蝗鱼互化，宋朝人陆佃曾在《埤雅》中说，‘或曰蝗即鱼卵所化’，《太平御览》中也记载过，‘蝗虫飞海，化为鱼虾’，其实，那些鱼，正是毒蝗所生，只不过它们是后来的变种。在万历帝最早下旨的时候，只有毒蝗。”

万历？不是崇祯吗？这里面似有一场很大的阴谋，我问道："难不成从万历皇帝的时候，就在建这地宫了？"

李姓男人不回答我，自己继续道："万历皇帝命人以钩吻草喂虫，借南疆巫蛊术，使子嗣血祭，虫成之后，毒蝗蜇人，毒发后孝陵卫唤锥犀甲再蛰之，异姓尽死，地宫始开。"

他就像背了某本古书上的一段话。

我们都听懂了。

"子嗣血祭是个什么玩意儿？"王教授问道。

李姓男人道："孝陵卫的职责只是守地宫和放虫，别的，就算我想告诉你，我也不知道。"

我不禁抬头看那些蓝虫。

锥犀甲。

初见时的灿烂，全变为了凶相，它们在我眼中不再如繁星点点，它们青面獠牙，暴戾嗜血。

"等等，"我脑子动了一下，问那中年男人，"什么叫'异姓尽死，地宫始开'？"

李姓男人默而不答。

可能是我想多了，地宫已经开了，我们可能略过了某个环节。

"那也就是说，姓朱的人，中不了毒？"王教授问道。

"锥犀甲寻毒而锥，不中毒的，它就不蛰，"李姓男人道，"不是姓朱就中不了毒，确切地说，只有大明皇族，朱家正统血脉，方能使毒蝗避让。"

我们一齐看向费爷，他那不曾变色的脸上，泛起了高贵。

但是，还有个特别严重的问题，他们，包括我，都不得不注意到了同样没有中毒的我！

"小白，那你是咋回事？"王教授问道。

我……我哪知道啊？你们别这么看着我啊，我可能仅仅是侥幸没被虫子咬，我可是姓齐的，跟姓朱的可一点关系没有啊……

"你也是大明皇族血脉？"小段还是把这句话问了出来，他是讪笑着说的。

我心惊肉跳。

绝对不可能，一定是哪里搞错了。

“我说呢，怎么看你俩有点像，”王教授故意玩笑道，他看着费爷，又看看我，“说不定，你俩还是一辈儿的兄弟呢。”

“你扯什么淡，我们家可跟姓朱的一毛钱关系也没有！”我怒道。

我不知道自己为何会发怒，按理说，这也不是什么特别坏的事，可我就是害怕。

我素来胆小，我自己很清楚，我绝不曾想过自己跟历史，跟那些大的东西、大的阴谋会有什么联系。不可能的，我就是个小老百姓，就是万千普普通通的群众中的一员。这地宫肯定是哪儿出了问题。

李姓男人道：“实际上，这里并不是地宫的尽头。”

什么？这话又将我们的注意力拉了回来。

李姓男人看着费爷，又看看我，道：“朱家人既然来了，按规矩，我当揭示秘密，以履行承诺。”

还有什么秘密？秘密不都被王教授拆穿了吗？你自己不也解释得挺明白了吗？我们搞不懂他在说什么。

李姓男人扫视我们一圈：“这是思宗遗训。”

我感觉乱了。

费爷脸上露出了阴暗的喜色。

“你说说。”王教授稳住阵脚问道。

李姓男人就像和我们不在一个频率上。他抬起头，望着那满穹顶的蓝色锥犀甲，又把头低下，看着我们道：“这锥犀甲，已有七十余年不曾被唤起过了。”

事情不妙。

/ 第三十七章 /

世界尽头的地宫

“我活了这么久，甚至都没见过那种盛景。自我父亲幼年时算，七十年来，你们是第一批下到这里的人，并且，你和他是唯一不曾中过毒的。”李姓男人道。

我们感受到了强烈的威胁，我看着王教授，希望他能想想办法。

可王教授知道的显然比李姓男人要少。这姓李的既不是费爷，也不是小段，他怕是糊弄不过去了。

“你虽不肯说你的身世，可你既然没有为毒蝗所伤，那你也必与大明王朝有着不同寻常的关系，”李姓男人道，“今你即来，我自当守诺奉之。”

什么乱七八糟的，啥就我不肯说啊？我身世咋了？往上数多少代我们家跟姓朱的也没啥关系啊。

我刚想解释，王教授道：“行了，小白，甭太紧张，依我看，这是福不是祸。”

小段也跟着道：“都说了你死不了，还假模假式地推托什么？”

谁假模假式了？我可是真不爱跟这种事沾上关系啊。我又不是费爷，我没那么大的野心，我不想来接管这些宝藏。我只求能活着出去好好做人、安居乐业就行啦，要是能因为某点缘分顺手赠送我两块金条当然再好不过。

费爷用敌视的眼神看着我，又露着半分疑惑。

李姓男人又看了看我们两个：“即便你们一无所知，我也当守诺听命。”

此言颇有仪式感。

费爷不要脸了，真跟个主子似的，对李姓男人道：“我今天来，就是要带这些宝藏走的，我要把它们带回日本！以慰我祖先的在天之灵！”

我看着费爷，心想你装什么大尾巴狼呢？你压根儿什么都不知道，大伙儿都看得出来。

王教授道：“那您这孝心真是挺感天动地的，赶紧，我们是不是得帮着收拾收拾，别耽误您回国。”

“不劳你们了，”李姓男人道，他变了脸，话说得挺狠，“你们确实活不了了。”

我内心一颤。

可王教授一点都不怵他，谈笑自若道：“老夫早就清楚。”

“杀了他们，宝藏归我！”费爷道。

他疯了，演电影似的。

李姓男人点了点头。

我特别不适应这种情况，这人怎么就突然变得跟机器一样了呢？你内心中是有一套死程序吗？怎么按钮一开立马失去了自主意识，你也是日本人吗？

小段像头豹子般盯着李姓男人，他不举枪了，但看那样子，像要随时准备动手。

我觉得是得想想办法。

王教授看了我一眼。

我心怦怦跳，我知道王教授想的是什么，我鼓了好半天勇气，对李姓男人道：“你先等等。”

李姓男人看着我。

“不中毒的就是朱家血脉，是吧？”我问他。

这简直就是一句又啰唆回来了的废话，可他还是礼貌地点了下头。

“那我也可以算是了，”我说道，“我不知道你要干什么，可你的意思我听懂了，你是为朱家人服务的，我说什么你都得听，那我现在要你放了我们。”

我甚至还特地看了眼小段，我其实根本不想救他，可这时候无暇去管这些问题了，我怕横生枝节。

小段看都没看我，毫无感激之意。

李姓男人皱了皱眉头。

“他是假的！”费爷道：“杀了他们，全杀了，你得听我的！”

李姓男人眯了下眼，道：“没有什么证据证明他是假的。”

“他就是侥幸没被蝗虫咬到罢了！”费爷叫道。

李姓男人摇头。

费爷的反应还真激得我要跟他较这个劲了，我针锋相对道：“万一你也是呢？”

“我是正统的大明血脉！我是宁德公主之后……”

“你们可能都是真的，我没有判别权，”李姓男人打断了费爷，“但我确实没料到，竟会出现这种情况。”

他指的应该是我为王教授这样的异姓人求情。

我对他道：“真的假的又怎样，你到底要干什么？”

“宝藏本也不属于这里，它自当有其归宿。”李姓男人道。

“没错，归宿就是归到大明子孙的手里。”费爷又道。

在我看来，费爷真是狗仗人势，讨厌得很。而这李姓男人钻牛角尖般地执着，似又让我从他身上看到了费爷口中那些我们中国人失传已久的“仁义礼智信”。

“你给老子闭嘴！”

我被费爷的来回絮叨给激怒了，但我话音刚落，忽然觉得有些不对劲。

头上那锥犀甲，好像在变亮。

怎么回事？我抬起了头。

其余人也察觉到了这一点，它们的亮度提高得太快了，还伴随着些微响声。

李姓男人愣了一下，而后猛然转头朝地宫边缘看过去。

空气中有股怪味。

像什么被烧焦了，且带着一股子腥气。

怪味骤浓，地宫的穹顶就像有花在绽开，转瞬之间锥犀甲已亮得刺眼！

我不知道这是要发生什么，正要问李姓男人，可他忽地吼了一声：“八尺！”

“爸，别跟他们啰嗦了！”

有一俊秀青年，从阴影中走出来，满目英气。

陈八尺！

我全身热血沸腾，他没死！

我抑制不住地想奔过去，可我们都听到了他的话，他刚才在说什么？

锥犀甲的光已将地宫照得发白，我像是清楚地听到了细胞的生长之声，它们似鞭炮般从头顶传来，数秒之间，已如百条霹雳，万道奔雷！

陈八尺大吼：“锥犀甲醒了！小白，带王教授躲开！”

李姓男人已抱头窜开，全无了半点沉稳。我听了陈八尺的话，一把拉住了王教授，本能地向着那朱雀洞中冲去。小段也跟着疯跑！

地宫中的味道已极为刺鼻，我的每一次深呼吸都令我恶心得想吐。陈八尺到底是从哪蹿出来的？他干了什么？！

地宫若有生命，它此刻算是开了口，它在怒吼。

我看到，穹顶上那蓝光转白，如繁星忽地都变为了流星，那些璀璨的锥犀甲动了起来！

费爷在狂笑，他笑得声嘶力竭，比破锣还闹！我想撕了他。

无数只锥犀甲汇成光束，如天河般在半空中“流动”了起来，而后一晃之间，它们朝着我们汹涌而来！

我和王教授慌得加紧了脚步，小段已跑到了最前头，可就在我们将要接近洞口的时候，又吃惊地发现，洞中也似龙口喷水，一道强光倏然而出，千万只锥犀甲像狂蟒般缠上了小段！

小段都没来得及号叫，那锥犀甲顺着他的嘴冲进了他的腔子，小段于窒息中全身抽搐，眼瞪得像水泡！但他没立即毙命，他跪在了地上，左手恨不能塞进嘴里去掏那些恐怖的虫子，痛苦至极。

“闭上眼，捂住头！”我冲王教授叫道。

王教授早就跟个鸵鸟似的趴在了地上，用衣服把自己的头捂得严严实实，不留空隙。而我们俩紧接着就被锥犀甲包住了，它们像滂沱的暴雨，我绝望地做好了受死的准备！

可神奇的是，锥犀甲竟全都掠我而过，它们的目标是王教授！它们密集地糊住了他，他的腿上已被锥出了血！

“砰！”

猝不及防的一声枪响，我猛抬头，发现小段的头从后面开了个洞，崩出一摊浆血，他自杀了，嘴里还叼着枪管！

枪里竟还有子弹！这厮真阴毒。可现在不是想这事的时候，我被这惨象吓得竟有些悲天悯人，这是谁造的人间地狱？姓朱的……万死！

王教授身上的锥犀甲越来越多，他的两条腿已被蛰得鲜血淋漓，裤子全都碎开了，那锥犀甲就像头猛兽般从下到上吞噬着王教授。我知道，它们在寻找突破口，要钻到他的身体里，再这么下去，王教授必将迎来与小段相同的下场！

我扑了上去，疯狂地帮王教授拍打双腿。我真正地感触到了锥犀甲的恐怖，它们已完全不同于先前了，浑身坚硬如钢钉，且亮得让人无法看清它的形貌，这堆东西之前看着真赏心悦目，可现在全然不是那么回事，它们是一群恶魔！

王教授的小腿被撕得像块烂菜地，脊梁上也破开了洞。我好像已看到了那些虫子冲破他的后背扎进他的腹腔，我急得直接把身子盖在了他身上，我只恨自己的身形没比他大上一号！

可他在颤抖，他疼得已浑身是汗。我一边挥手甩着那些附上来的锥犀甲，一边烦乱地骂道："这是谁出的阴招？万世不得好死！"

"小白，闪开！"

陈八尺的声音穿破地宫中杂乱的虫振声传了过来，我恍惚间没听太真切，可我转过头，发现他正拖着个大铁壳子朝这边跑过来！

"让开！"陈八尺大吼。

我没敢愣神，立即从王教授身上爬了起来，陈八尺两臂一发力，要将那大铁壳子扣向王教授，并快速从嘴里吐出个小圆球，冲我道："让他含上！"

我连忙弯腰从地上把那小圆球捡了起来，上前摸着王教授藏在衣服里的头，也不知道是摁进了鼻子里还是嘴里，胡乱指点道："咬着！"

"你快闪开，来帮忙！"

陈八尺又一声叫唤，我起了身，接过那大铁壳子，跟他一把将王教授扣在了里头，王教授就跟蒙了床大棉被似的，身边尘土飞扬。

"你把虫子也扣进去了！"我急道。

"没事，含会儿锤叶草身上就有味儿了，能扛得住那点虫子！"陈八尺道。

我又看了看那大铁壳子，问："这是什么？"

"我从南京汽配城搞的废铁壳儿，别问那么多，跟我来！"陈八尺道。

他的所做所言全让我摸不着头脑，他这是咋回事？早有预谋吗？

锥犀甲还在我们头上乱飞，却并不向我们靠近了，有一部分仍在狠命地锥那铁壳子。我这下更看清了它们有多厉害，那铁壳上竟很快出现了些微小的凹痕，这帮东西苦于身体不够锐利。我想，要是但凡它们跟蜜蜂似的屁股上长个尖儿出来，非连这铁壳子都给扎烂了不可！

“愣着干吗，赶紧的！”

“八尺，你是怎么回事，你不是跳河里了吗？”我拉住了他，只犹豫了一秒，就接着问了下去，“你刚才管谁叫‘爸’？”

陈八尺眼中闪过一丝愧疚之色，道：“来不及说了，这虫子很霸道，再不把地宫打开，一会儿我都得被撕了！”

“这地宫不是开了吗？”我急问道，“那个人呢？”

我与他感情虽好，却又实在过不去心里这个坎儿。我觉得陈八尺一定是深知什么，他把我骗了。我现在特别明白，我大概从一开始就落入了他的圈套里。我放眼看向地宫，李姓男人已经不见了，他就是陈八尺口中的那个“爸”！远处只剩下无处不在的锥犀甲和还躺在金银堆里兴奋得乱叫的费爷。我瞧瞧陈八尺，对他怒道：“你是孝陵卫！”

陈八尺没有否决。

我有种心碎的感觉，可绝对没那么浪漫，我这是被好兄弟给耍了！

漫天的锥犀甲如暴雪横飞，我真想搂着陈八尺吆喝吆喝，让它们把我们哥儿俩一并戳死！

陈八尺看着我，下了很大的决心，道：“你身上流的就是朱家的血！”

“放屁，老子姓齐！”我都忘了今天是第几次强调这事了，我指着费爷道，“找姓朱的找他去，别扯上我！”

“你太爷爷姓林，你爷爷是过继给了姓齐的，这是你亲口跟我说过的！”陈八尺躁动道。

“姓林咋了？姓林也跟姓朱的没关系！”

“我查了，你太爷爷的山东林家，其实就是隐了名姓的朱家后裔。嘉庆年间领导天理教大起义的林清，就是你家先祖，也是崇祯皇帝第五子朱慈焕的血脉！”

你说什么呢？你是阴谋论看多了吧？！

他这话竟让我一时不知该咋接了。我憋了半天，就跟为了将这对话延续下去似的，不尴不尬地骂了句：“你竟敢查我？”

陈八尺指着那如烟如浪的锥犀甲群道：“你不信就跟我上去试试！”

“去哪？”

陈八尺一指那地宫中央的球体：“上头，你放点血，让锥犀甲把那东西冲开！”

我听不懂他在说什么，可还是问了句：“非得我，那老东西不行？”

“那老东西倒是想，”陈八尺看向费爷，“可他爬得上去吗？赶紧的，别再拖了！”

他嫌我啰唆，直接拽着我的胳膊强行往圆球处拉。

乌乌压压的锥犀甲在空中就跟沙画似的，变幻莫测，时聚时散。我也看不明白它们组成的那些图案是不是有什么规律，也或许就是乱组的，它们像是在觅食！

地宫里不是没有食物，可它们就是不吃。费爷坐在金银堆上，就像个受了极大精神刺激的老王八，竟还举起了双臂，招蜂引蝶似的抚着离散在他身边的虫群。那些锥犀甲跟他保持着一定的距离围着他转，就跟见到了主人一样。

我边跑边问陈八尺：“你怎么也没事？”

陈八尺道：“我从小就吃锤叶草，身体有一定的抗性。锥犀甲闻不得那味儿，但那味也坚持不了多久！”

我大概明白了，又觉得很乱，我们已到了球体边上，眼前是令人眼花缭乱的《牛口出龙图》。陈八尺一点都没耽搁：“抓着往上爬！”

他已攀了上去，我也没别的主意，只能跟着他爬。

这球体表面龙纹众多，爬得倒也方便。陈八尺率先到了顶，拉了我一把，我借势翻了上去。

“八尺！”

李姓男人的声音从金银暗格边缘传了过来，他又出现了。

“爸，让他试试！”陈八尺道。

他们还真是爷儿俩！我明白，陈八尺多半也不是姓陈！

这里面阴谋太多了，可我无暇细想，因为我正盯着这球体顶端在看，我身在其中，发现这里藏着个龙头！

龙头之下还有个细长的凹槽，凹槽延伸至球面的图中，如花茎入深林。

陈八尺从腰上抽出了把小刀。

我退了一步："你要干吗？"

"把胳膊伸出来。"陈八尺道。

我随时准备跳下去。

陈八尺看着那空中的锥犀甲，急道："你把血滴在这龙涎槽里，我让你看看真正的地宫！"

什么是真正的地宫？我不肯轻信，也不敢轻信。我这一天受的欺骗够多了，我哪知道他是不是要把我 刀宰了，他万 戳我脖子怎么办？

"八尺，别冲动！"陈八尺他父亲已经跑了过来，他是要阻拦陈八尺。

"我在这世上待够了！"陈八尺冲他父亲道。

我根本听不懂他俩在交流什么，可陈八尺没给我再迟疑的机会。他敏捷地靠了过来，杀猪似的把我按到了龙头处，扯着我的胳膊，一刀割了下去。

"陈八尺你个混蛋！"我吼道，我要起来废了他！

他死死地用腿蹬着我的后背，将我的胳膊拉在那什么狗屁龙涎槽边上。我的血顺着那槽道就流了下去，我扭头对着他狂骂！

陈八尺却并不理会我，他眼睛死盯着我的血流，那槽道很细，已被我的血染红了，血顺着它向下流了过去。我看到，那槽道变了颜色！

这是绿色吗？不清楚。紧接着，我闻到了股香气。这地宫本是又腥又焦的，这股香气一出来，立即就占领了我的嗅觉。我闻得真切，那是木香。

陈八尺松开了我的手，他脸上有喜悦之色。

我解脱之后，第一反应就是想抽他，可他连躲都没躲，还在盯着那槽道。

我住了手。

陈八尺的父亲也站住了，他没上来。

锥犀甲在聚集，它们从地宫的四面八方飞向了中心。

香气四溢。

我看到，我的血已顺着那槽道流了好远。血量虽不大，但并没浸于沿途，它顺流而下，没入了球身的《牛口出龙图》里，而后分散开，如冰山化河。而血流经之处，龙纹无不变色，且木香味愈浓！

我都忘了手臂的疼痛，我抬头看着那像云海般聚集着的锥犀甲，它们气势磅礴地翻动出了令人内心澎湃的景象。

“我割的不是大血管。”陈八尺抽了一条纱布出来，缠到了我的胳膊上。

“我真想一刀杀了你！”我怒道。

“我会给你解释的。”陈八尺毫不愧疚。

“它们要干什么？”

“你等着看吧，我也没见过。”

球上的龙纹已全然变色，我们就像站在了一个香囊之中，木香浓得有些辣眼了。

锥犀甲已聚成一大团，密度极大。我想，现在随便扔点什么进去，都会立即化为齑粉。

忽然间，就像是过了某个临界点，锥犀甲群动了，它们由圆变锥，山呼海啸地朝我们冲了下来。我尚未来得及避开，它们已凄厉地钻入了龙头，那破木穿洞的声音，好似龙吟！

我脚下在震颤，陈八尺拉住了我，示意我莫慌。

可我没法不慌，无数的锥犀甲从我眼前掠过，纷纷钻入龙口之中，剥裂声如爆竹，这球体抖得就像筛糠！

球裂了，那拖着球体的长龙在动！它们这是活了吗？

我刚要远看，陈八尺拉着我蹲下了：“扶稳！”

我尽全力扶着脚下的球体，它里面发出了强光。我看得清，那是锥犀甲在当中聚集，它们仿佛要将它撑爆，铿锵之声大起，五条龙如五马分尸般朝外冲了出去，球体顿时全部裂开，中央显出一个大洞，洞中连着石阶！

地宫在下陷！

球体之外，金银暗格哗啦啦地响了，下面没了底。那些金条和银元宝落如樱花，暗格顿时空了，费爷死死搂住了那格子边缘，整个人骑在上面，就跟骑在房梁上一样，全力伸着胳膊要去够那些离他远去的金银！

我看到了沙漠。

我看到了大船。

我看到了几十艘上百艘大船巨舰，如上古的传说，似要远征出海！

我绝对没看错，它们就在我脚下，透过暗格，透过球体中心的石阶，透过地宫，下面是一片浩瀚的沙海！

无边无际，浩瀚而广袤……

我似乎见到了另一个世界！

我的世界观完全被颠覆了，我觉得神在揉捏我，神在给我开天眼，神在让我做梦。

锥犀甲散漫开来，照亮了下方的空间。

下面有上百米深，那些金银、黄册、鱼鳞图册，前前后后，如雪片般下坠，最终都落到了下方正对着我们的一艘巨舰上。

我呆了，所有人都呆了。

我们就像在天上，在云中挖开了一个洞，我们看到了深邃的人间。

人间受天光照耀，人间一望无垠。

人间大船千百艘，它们挂着风帆，停在沙海上。

我反复地看着这如新世界般的虚幻景象，不由得起了身。我穿过了球体的洞口，踏上了石阶。

石阶似天梯，它有几十米长，斜着通向下方的大船上。

大船上的金银和册页已堆积如山，大船亦如山。

我不厌其烦地千百次向自己描述，这里有无数艘大船。我站在石阶之上，放眼望去，我似水师统领，我眼前有百舸争流！

第三十八章

万事来由

我一定是到了异界。

我确定无疑。

先前的一切我都可以相信，我都可以认为那是地球上的事物。即便初见之时再惊慌，说南京城下有洞、有河、有地宫，我都可以接受。

但我绝对无法接受的是，南京城下，竟有一个崭新的世界，竟有大船无数，搁浅般停在荒凉的沙滩上。况且这不是沙滩，这就是沙漠，这是沙海！

我一度神志不清，却又思维通透。

我一步一步地走下石阶，我望着那布满“天空”的锥犀甲，它们恍若神迹。我由近及远地看着那一艘艘大船，一艘艘战舰，我叫不上它们的名字，它们形态各异，大小不一，我脑子里全是概念，却又毫无概念。

我停在了石阶的中段，我看看它下头连着的甲板，却不愿再度前行了。

我需要冷静。

我需要解释。

我需要有人给我解释！

陈八尺在我身后，陈八尺他父亲，那个“李姓男人”也在我身后，他们跟了下来。

我还看得到，费爷高挂在我斜上方的暗格边缘，暗格已空，他呆滞地看着身下的万丈沙海，他就跟爬虫一样渺小了。

我又何尝不是，在这百十艘大舰面前，我何尝不是渺小如沙砾！

陈八尺和他父亲越过了我，他们沿着石阶走了下去。

他们的步伐似乎有一种沉静的张力，让我看到了历史的痕迹。

我在世界之巅。

那父子二人走下了最后一石阶，他们立在了甲板上。

他们转身四望，如望八川。

我渐渐清醒了过来，但这种清醒，又似梦中的清醒，真而不切。

“陈八尺，你给我说清楚！”我冲陈八尺道。

陈八尺父子回过了身，他们仰望着我。

陈八尺抓了抓他父亲的上臂，父子二人，默如朝圣。

他们贪婪地将这一切看了又看，偶尔对视，久久无言。

他们似在感慨什么，又似在庆祝什么。

我身后又有声音，我转过头，王教授出现在了洞口。

他已从那大铁壳里爬了出来，两腿是血，足下无根。他扶在那洞口，俯看着这一片奇景，也是与我一样的目瞪口呆。

“小白，我骗了你。”陈八尺说了话。

我转过头去，瞧着他。

我已经知道了，我想知道的是，他如何骗了我。

我问他：“这是什么地方，这是怎么回事？”

陈八尺道：“我是孝陵卫，但我这孝陵卫，并非你们所理解的孝陵卫，我和我爸，都是。”

他说的话在我听来云里雾里。

陈八尺道：“我还是从头讲吧。”

我没有回应，我等着他讲。

王教授开始颤颤巍巍地往下走，他要听听陈八尺讲什么。

费爷依然悬在暗格横梁上，我猜，他或许听不太清楚。

陈八尺扭头看了看他父亲，终于对我道：“我最早认识你的时候，是在大学。”

这是废话。

“我有两重身份，除了是个平凡的人之外，我们家祖祖辈辈，实际上都掌握着一个秘密。这个秘密之大，不仅是什么宝藏，什么财富的事，它甚至能颠覆这个世界，颠覆我们所有的认知，”陈八尺又看了看他父亲，对我道，“但由于其年代久远，到了我爸那一代，再到我，或者可以上数三代，都已经不确定它的真实性了。在过去这几百年的传承过程中，与其说它是秘密，不如说它更像是一个传说了。”

王教授到了我身旁，我伸手扶了一下他，他坐在了石阶上。

陈八尺继续道：“我们家族中人，渐渐已将其淡化，尤其是我爸和我爷爷。他们经历的东西太多，新的社会规则大大影响了他们。中华人民共和国成立后的这段岁月，几乎抹杀了我们的家族记忆。他们在波澜壮阔的新生活中，世界观受到了唯物主义思潮的改变，已更多地仅将这秘密视为自己的一个职责，一份古老的诺言。换句话说，这秘密对于他们而言，只剩下守护，已不具备探索意义。”

他的这些话，令我心跳莫名加快。我预感到了什么宏大的东西，却又本能地在抗拒。

“及至我十岁那年，这秘密传到了我这里。我还记得，我第一次跟着我爸来这地宫的时候，心中是何等惊慌，又是何等兴奋。虽然，从我爸给我讲述那一切时的语气，我看得出来，他对此并无信心，也没那么大的兴趣了。可作为一个孩子，尤其是在无忧无虑的环境中成长起来的孩子，我的感受自然与他大不相同。我觉得，我听到见到的都太神奇了，太令人振奋了，我竟知道了这世界的另一重真相！我无法不去相信，也无法像大人一样因它的不确定性而对其淡漠。我那时就想着一件事，我要证明它，我要探索它。”陈八尺压抑了一下自己的激动情绪，“从那时候起，我就开始留意起身边所有姓朱的人。”

我心想，你到底留意姓朱的人干什么？他还是没把秘密讲出来。

他继续自顾自地说了下去：“可每当我以为自己找到了真正的朱姓子孙——也就是大明正统传人，并告诉我爸，我爸总是在调查过后，摇头否认，告诉我，他们跟大明王朝没有直接的联系。可我一点都不气馁，我不曾放弃。或许，我就是天命之人，天生就拥有那股韧劲，在随后将近二十年的成长中，这事已成了我生命中不可或缺的一部分。我从未因失败而放弃过，反而越挫越勇。我找遍了朱家的子孙，找遍了我所能找到的一切人，从明朝宗谱中像寻脉一样往下找，可结果都不尽如人意。姓朱的人，要么是续着续着就断了，要么就是莫名其妙地找不到了。总之，没有一个合适的、正统的大明遗脉。我甚至还想，如果朱家能跟曲阜孔家一样，每一代人都有严格的记录，那该多好。”

陈八尺停了停，接着道：“鉴于这些无果的寻找，我后来换了方向，开始留意起那些所谓的‘支线’，也就是明亡之后，迫于清朝压力，改了名易了姓的朱家子孙。我翻遍了南明六大政权的历史，以及所有有关嘉靖、崇祯子孙的野史，都到了烂熟于胸的程度，找到了几个可能的人选。但那也都仅止于清朝末期，一入民国便再无消息，没办法，民国的战乱，让很多东西都断绝了。

“后来，带着这个习惯，也算是执着吧，我上了大学。大一的时候，社交面骤然拓宽，我又像扑入了一片新的海域，我调查了身边所有有可能的人，可最后都空手而归。我有些失望了。但是，我无论如何都没想到，恩赐竟总在不经意间到来，人却还常与它擦肩而过。你记不记得，有一回，咱们熄灯卧谈，讲自己这姓氏有什么厉害人物。你曾随口扯了一句，你跟林彪可能还是远亲。那时大家都对你的话嗤之以鼻，你却给大家讲了讲你家里的事。你说，你家以前是姓林的，你爷爷那辈儿穷，爹娘全死了，你爷爷被一家姓齐的人给收养了，后来索性就说是过继去的，姓也跟着改成了齐。”

这点没错，我是跟他说过，收养我爷爷的人，是我爷爷的姨父，他没有子嗣。可别的就没了，我绝对没有跟他说过我们祖上参与过什么他先前提及的“大起义”。

“这种事，大家听听也就过去了，连我都没怎么往心里去。后来想想，我真是蠢，真正的朱家血脉，一直都在我身边，且在我上铺睡了足足四年，我却丝毫没觉得，还在傻乎乎地东找西找！”陈八尺看着我，叹了口气，继续道，“咱们毕了业以后，我开了间小酒吧，边做生意边继续查探消息。有一回，我在旧货市场淘了本从来没见过的书，名字很怪，叫《中国凌迟统计》，书名起得挺不规范，可内容有点意思，我就看了两眼。在那上面，我竟发现了个振奋人心的章节，那里头说，崇祯第五子朱慈焕并非清史中称的那样五岁夭折，而是偷偷地活了下来，改名易姓，躲到了山东，直到七十多岁，才被康熙皇帝找到，给凌迟处死了。而他的一个儿子则被秘密隐藏了起来，改姓了林，一直传到了嘉庆年间，家中出了个叫林清的，为报祖仇，暗中招人，亮明了崇祯后裔的身份，竟联合了紫禁城里的太监，发起了一场震惊朝野的天理教大起义。起义虽失败了，可林清的子嗣并没有被剿干净，他们就像是当年的朱慈焕后人一样，藏身于民间。但大胆的是，他们并未改姓，依旧以林姓传了下来，并一直都在山东生活，延续至今。这些信息，也不知道怎的，可能是冥冥中的一种缘分吧，让我忽地就想到了你，我想从你入手去试试。你还记得几个月前我装作跟你闲聊，问你老家是什么村子吗？”陈八尺问。

这事我当然记得，当时他就是套了我个话，我以为是闲聊，没想到，这小子别有用心！我有些不忿。

“我去了你的老家山东招远，你童年虽然不是生活在那地方，可你父亲是，你爷爷也是。我是经历过无数次失败的，这回我也只是习惯性地去研究罢了，并没想到一定能成功。可是，我打探到了你爷爷过继到齐家之前所在的村子，就是金岭的小河头。我从那个村子里竟还真弄到了林家的族谱，费了好些手段，往上查了许久，结果竟让我大喜过望，那可真谓是惊心动魄，我发现，这个村子里的林家人，极有可能就是当年林清的后裔！”陈八尺又掩饰不住兴奋，道，“不光是你，那些该是跟你同辈的堂兄，甚至是你父亲同辈的堂兄们，你的堂爷爷们，身上都有可能流着大明朱家的血。我简直像是发现了一座宝库！”

金岭小河头？这村子我听过，可从没去过。我打小只知道自己的老家是齐家疃的，我吃烤蚂蚱就是放暑假时在那里吃的。那个村和那个镇，都是十分普通的地方，我绝想不到同镇上的小河头竟被他抬得这么高，那里还有明朝王室遗脉？

这些话让我有些飘飘然。

“我把这个发现告诉了我爸，我说，我要把你带到地宫试一试。可我爸严禁我这么做，因为，我以前做过一件错事，”陈八尺又看了一眼他父亲，道，“大二暑假，我曾带过一个姓朱的人下来，我把他骗了，带他穿过了明孝陵底下的密道，直接进了上面的地宫。我第一次干这种事，不小心割到了他的动脉，血滴到了龙涎槽里，地宫不仅没开，那个人最后还因失血过多而死了。”

这话让我意外。

他杀过人？

我总算懂了，为啥我们把那叫“老驴”的给杀了，他并不像我那样慌张，原来他不是个生手！

我越来越看不懂陈八尺了，他不是我认识的那个人了。

“再后来，我学会了把事情做得更周密一点，不仅专门去研究了胳膊上哪几个地方容易切着大血管，还多想了一步，为了避免锥犀甲真的误伤了谁，我特地弄了几个能把人扣住的铁壳子过来，王教授算是给用上了。”陈八尺道。

王教授可没怎么领他的情，都懒得白他一眼。

“把你调查清楚后，我就想瞒着我爸，找一个恰当的时机，把你骗过来，偷偷下去。而后来，发生了个小意外，”陈八尺抬起了头，看了看仍趴在顶上暗格梁上的费爷，道，“就在你来南京的前一阵子，有回我关了门之后，去秦淮河洗澡，看到一帮人鬼鬼祟祟地从河里潜了下去，并且还在往上运东西。这事大大引发了我的好奇，我在河岸躲了一夜，等他们干完，我摸着他们来回走的路，也潜了下去，而后，就看到了那罗汉地厅，同时也算是暗中盯上了费爷这帮人。”

这厮从头到尾就是在跟我装，原来那下洞的路他早就熟了！我真该上去抽他。

“我起先并不知道费爷他们要干什么，我爸也从没给我讲过这条密道，可我也能猜个八九不离十。我想，他们多半就是在找地宫。毕竟，古往今来，我们家族没少碰上这样的人，有的我们在地面就解决了，有的则只能等他们进了地宫，让他们死在里面，”陈八尺又看了看费爷，接着道，“所以，我当时就决定，以此为契机，把你叫上，造那么个悬念，就像一无所知似的，跟进去。我料到了会有危险，可没想到咱们撞上了‘老驴’，本来按我的计划，咱们就是一路偷偷跟着这帮人，等他们找到地宫，我再想办法。毕竟，我自小就跟地宫打交道，对地下的环境已极为熟悉，自信在地下出不了问题，我有无数种方法化解危险。但我不得不承认，自己确实是莽撞了，还好你误打误撞地把王教授叫来了，他算是顶了半片江山，而且又给了我隐藏自己身份的理由。”

王教授的腿还在疼，他很虚弱，却不由得跟了一声：“是整片。”

我没工夫跟他们贫嘴，我听了陈八尺的话，气得要死，我说怎么忽然就叫我来南京玩了呢，我以为你真是想我了。我就说这感觉有点不对头，还就那么傻乎乎地答应了。我骂道：“你这是胡闹！我差点跟着你死了！”

陈八尺面露愧色：“是，不光是你，我被小段他们用枪指着下了地宫的时候，也以为自己快完了，所以才懊恼地把那人的眼珠子给抠出来了。”

原来如此，陈八尺的怪诞行为可都能解释得通了。

我说道：“那你骗我干什么？你直接带我来不就得了吗？”

“直接带你来，你会信吗？你就在十几分钟之前还不相信自己是大明朱家子孙，我除了骗你，没别的办法了。”陈八尺道。

你可真够了解我的，对此我还真是没话说。

“小白啊，”王教授又打断了我们，他一边痛得吸着气，一边道，“我跟你说实话，从一开始，我就觉得这事不对头，可又不知道哪里不对头。我总觉得你这个兄弟有问题，但又说不上来，我就是靠江湖人的第六感，处处在提防着。可没承想，我躲过了费爷，还是没躲过他们爷儿俩。”

我心道你说这个真是马后炮。

陈八尺道：“王教授把我们救了之后，又开了罗汉地厅，那种突变，我着实没有想到。我很震惊，我以为他真是知道什么特殊的秘密，所以才跟着他下了那水宫。但后来的事，你们也经历了，咱们上了当。但是，再往后，咱们发现了暗河，我的心里才算有了底，下面的路，我可就熟得不得了了。”

“那么那群蝗虫是怎么回事？”我问道。

陈八尺看了眼他爸：“是费爷他们惊扰了我爸。”

他说到这里我又弄懂了一件事：“难怪你下了河去捞老辛的时候，他都被掏空了，虫子却不往你身上糊，是不是跟你含着的那什么草有关系？”

“锤叶草，我刚才让你塞给王教授的，是草丹，”陈八尺道，“我不是含，我们每隔几天都要吃一些它的茎，锤叶草的气味能驱散毒蝗和锥犀甲。它有一点点毒性，但对人伤害不大，人如果含一会儿，血液里就会有它的味道，在短期内可以避开这些虫子。”

懂了，想必这锤叶草也只是专门种出来给他们这些孝陵卫吃的。

王教授竟还张嘴拿出来看了看，可那漫天的锥犀甲还都醒着，他不敢开玩笑，赶紧又含了回去。

陈八尺道：“毒蝗来的时候，咱们早已到了我最熟悉的地方。我跳进了水里，没多久就摸到了水下的洞，沿着洞，我回到了明孝陵。其实，我并没想到我爸会知道这事，但费爷他们提前暴露了，我也不敢再出来了，只好一直躲着，毕竟，我不确定这回是不是找对了人，如果我再贸然现身，怕是会彻底激怒我爸，以后，恐怕连下地宫的机会都没了。”

陈八尺看了看他父亲，有点惭愧，接着道：“所以，我就一直在暗中盯着你们，直到你们到了上面的地宫，王教授分析出了这地宫的真实来历，费爷也说出了自己的身份。这两件事，还真是令我挺意外的，尤其是第二件。我特别期待你或者费爷能去割血试试，可在我爸跟你们谈话的过程中，我意识到，一来，他也是头一回碰到这样的情况；二来，他对另外一件事有些犹豫。我等了许久，只能自作主张，替他决定，我偷偷点着了地宫暗处生着的那些花头须齿伞。”

“什么……花头须齿伞？”我问。

“一种菌菇，点着以后刺激性味道极强，是当年万历皇帝让人配着锥犀甲种出来的，它的作用就是用来唤醒锥犀甲，”陈八尺道，“我爸被王教授阻止的时候，就是要去烧它们。”

难怪如此，我说怎么谈着谈着突然那味道就起了，然后锥犀甲就亮了，是他小子在后面捣鬼。

我问他道：“你就一点没担心谁被蜇死？”

陈八尺瞥了眼王教授：“擅闯地宫，本来就是要死，这事我做得无可厚非。”

“那你爸为什么不做？他好歹还有恻隐之心，跟我们多聊聊，你倒是一点没学到。”我道。

陈八尺看了看他父亲，又冲我们摇头：“你错了，我爸跟你们啰唆那么久还不动手，除了当时被小段逼得脱不开身之外，还有个特别重要的原因。”

“什么原因？”我问。

陈八尺顿了顿，慢慢说道：“你知不知道，这些船，都是你家的，现在你就是它们的主人。”

这是啥意思，我怎么觉得他转移了话题？

这些大船关我什么事，您抬举了，我可受不起。

“你知道这是什么吗？”陈八尺又问了句没头没脑的话。

我摇头，这是船，我不想给他听起来这么蠢的回答。

陈八尺一挥手，道：“这是你们大明的水师！”

他腔调厚重，竟令我觉得该振奋一下才是。可我没有，我仍觉得自己被蒙在鼓里。

陈八尺的父亲开了口：“你们上船来看看吧。”

接着，他和陈八尺都不说话了。他略做了个“请”的姿势，而后在甲板上往外走了几步，他们放眼向外，又远远近近地看起了那些大船。

我用眼神询问了下王教授，王教授这回却没做主张。

我知道他的意思，他分明是在说，这该你说了算了。

这是我的船？我一点都不能信，换谁也不能信。

但我还是走了下去，我扶起了王教授，一步一步地走下石阶。当我第一脚踏上了甲板，内心竟产生了一种历史归属感。我不知道这是不是我的幻觉。

我身后，金银和图册满满堆积着。

顶上，费爷像吊死鬼一样趴在暗格横梁上，抻着脖子往下看，他急得恨不得跳下来。

荧背锥犀甲散浮在空中，它们发出的光芒照亮了舰船，也照亮了远方。

我再度远看，我就像个年少万兜鍪的船长，那些形态各异的大船，那些华丽的战舰，令我动容。

这片盛景，真能让人的血液几度翻腾。

陈八尺的父亲回过身来，对我道：“无论大明朝有多少国宝，它的宝船，都当列为第一。”

我觉得，我们对话的立意在拔高。

陈八尺的父亲又对王教授道：“王教授，你认得这些吗？”

王教授把着我的肩，点头道：“大明水师，是当年世界上最强的水师，它横扫大洋，无往不胜，它是整个明朝雄厚国力的最重要代表。那边是楼船，那条是艨艟，那是斗舰，那是海鹘，那是走舸……”

王教授指点着那些舰船，如数家珍。

等他说完了，陈八尺的父亲又对我道：“你知不知道，这些舰船，于世界的意义是什么？”

我实在是不好意思说“不知道”。

“它们的归宿，当由你来决定，而不是由我们来决定，”陈八尺也跟着道，“我爸在地宫里之所以一直在犹豫，是因为，他怕你这个年轻无根基的小子和我一样，真的见了传说中的它们，只会想着走，而那费爷也靠不住。但是，你既然是朱家人，这就是你的船，我爸理当履行诺言。”

陈八尺言语混乱，我在尽力去理解他的意思。

他父亲已经走到了甲板后的高台处，遥望了会儿更远的地方，又收回了目光。

他好像有话要说。

我能感觉到，他们有大事相告，像是要揭露一个终极的秘密。

我抬头看着陈八尺的父亲，正了正面色。

陈八尺的父亲居高临下，他跟他儿子对视一眼，下了决心，慢慢说道：“你们知不知道，世界，不是三维的。”

第三十九章

大舰穿沙

是。

我没听懂。

我的头只点了一半。

他在说什么?

陈八尺的父亲又单独看了看王教授:“你的洞察力很强，这偌大的地下工程，是该有个与之相符的用途和意义。你能想到大明国库这一点，已算很不错，只是，人类的想象力，终究是建立在自己的认知之上的。认知不足，你就算再天赋异禀，有些事也永远都想不到，就如世间最聪明的蚂蚁，也无法去想象太空。我告诉你，孝陵卫是有秘密，只是，你把它从国仇家恨的层面去想，就太小了。其实，它关乎整个世界。”

王教授没说什么。

陈八尺的父亲对我伸开了手掌:“你们试着想想，一张纸上的画，我们暂且忽略纸的厚度，那么，画上的世界，是二维的，对吧?”

我心道:这是没错，可你说这个干什么?

他继续道:“我们的世界则是三维的，当我们从三维世界看画纸上的二维世界，完全可以看得清它们。但是，在二维世界里的人，却并不一定知道我们这个三维世界的存在。甚至，哪怕我用手指头把这张纸戳破，与二维世界发生了实质性的接触，二维世界也未必会感知到我的存在。”

有些复杂，但我能听得懂。

“好，那么，你们知不知道，在二十世纪九十年代，科学界提出了一个如今已被普遍认可的理论，简称为M理论。它的大意是：宇宙是十一维的，由振动的平面构成。”

我没听过，我向王教授求助。

王教授点头：“是有这么回事，那篇文章好像发表于1998年的《美国科学》杂志，而今已得到了科学界的广泛认可。我在学院里也听过这个，但了解不深。”

“这其实是多种超玄理论的综合，我们且不去深究它。我们只基于这个大背景来看我们所在的世界，无疑，我们所认知到的世界，是三维的，对吧？”陈八尺的父亲问道。

我和王教授都点头。

他又问：“那么，四维世界，也应该是存在的吧？”

我有点晕，按理说是的。

他又道：“所以，你们想象一下，从四维世界看三维世界，会是一副什么样的情形？”

我越来越不知道他在说什么了，可他的问题单项拆开我都能听得懂，我说道：“就像三维世界看二维世界那样？”

陈八尺的父亲道：“没错，或许，一个四维世界的生物，就对在你鼻尖上，你都看不到。”

这可有点……我说不上来，我觉得周边有点阴了，鬼神是这么回事吗？

我问他：“你到底要说什么？”

“我跟你们说这些，并不是要讨论四维世界，而是要你们建立一个意识，我们要学会从更高远的地方，看待我们的世界。很久以前，历史上有很多地方都有过国家中心论，以为自己的国家，是世界的中心。可等到后来，随着人类的远航，国与国之间产生了交流，我们意识到了先前的看法是错的，但我们又产生了地球中心论。而后，又有太阳中心论，人类就在这些‘中心论’的发现与破除中，不断前行。直到现在，我们已经看清，也许人类世界不存在任何一个中心，甚至连我们的世界本身，都不是唯一的，”陈八尺的父亲挥了挥手，指着这个地下世界，指着那些沙海，道，“而现在，基于这个认识，我要告诉你们，这里是什么地方。”

这是什么地方？这里难道是世界的中心吗？显然他没这么肤浅，我已感受到了他的深刻。

陈八尺的父亲扫了一眼我和王教授，将手掌弯了一下：“我们还拿二维世界来看，如果，我把这张画纸折叠，那么，它会出现一道折痕，并且，画纸上的二维世界，瞬间就变成了两个，没错吧？”

是没错。

他又道：“而那道折痕，就是这两个二维世界的分界，同时，也是它们的连接处。”

也没错。

他接着道：“所以，跳出来看，有没有可能，从四维世界看三维世界，其实三维世界，也是可以折叠的？”

我悟出了什么，好像是这么个理，可是，我脱口问道：“怎么折叠？”

他道：“至于怎么折叠，恐怕没几个人能想清楚，就像当今世界上没几个人能在脑中构建出四维世界的样子。换句话说，对于所有比三维世界更高维的世界，我们都只有概念，却都想象不出它们的面貌。其实，这正如二维世界也很难想象出三维世界是什么情形一样。”

逻辑上很清晰，我听着他往下说。

“但是，世界折叠，总有折痕。一张画纸，多折几次，就会产生很多二维世界，也会有很多二维世界的折痕。而我们的三维世界，也是如此。从四维世界角度去看，我们被折叠过后，实际上，也会产生许许多多的三维世界，而每两个三维世界之间，也必有一道折痕，”他把手放了下去，他解释得很清楚了，“三维世界的折叠，当然不同于二维世界的折叠，但类比起来，是一样的，在还没找到准确的词来形容它的时候，我们姑且也称其为‘折叠’。”

我看着他，又看了看远处，意识到了什么。

陈八尺的父亲停顿了一下，指了指脚下的那片沙海：“我告诉你，这里，就是两个三维世界的折痕处。”

我不敢说话了，我的血液在被点燃。

“它是两个三维世界的交界，但它不是世界的边缘，也非尽头。四维世界太过复杂，三维世界也不够清楚。我能告诉你们的仅仅是，它连接着两个三维世界，它就是它们的折痕。一直以来，这就是我们家族所守护的秘密，以前，我们叫它‘秘河’，而今，加了两个字，叫‘维度秘河’。”

他说完了。

我无论如何都想不到是这种结局。

我能够听懂他所说的话，却难以理解。

我有些不能自已，但又没那么慌张。

这极其虚幻。

我不够激动。

我又莫名抖动。

你是在跟我讲神话吗？

我望向远方，望向那沙海。

我看看陈八尺，他目光坚毅。

我看看王教授，他也在尝试着去接受。

可我实难接受，我问陈八尺的父亲：“叔，你知道自己在说什么吗？”

陈八尺接过了话：“在我们今天打开地宫来到这里之前，我爸都是不信的。他虽然给你讲了，但我敢说，就连现在，他都不是特别相信。”

我也是，我刚才是听入了迷，可我跳出来再看看，什么三维世界、二维世界的，这不是胡扯吗？

我的三观在崩塌。

陈八尺的父亲又道：“二维世界，可以通过折痕相互交流，而两个三维世界，也可以通过维度秘河，进行物质交换。穿过这条维度秘河，我们就可以去往另一个三维世界。”

另一个三维世界是什么样的？我想象不出来，处于尊重，我问他：“你去过另一个三维世界？”

“就像八尺所说的，我只是跟你说出了我的所知，但我与你一样，未必相信，”他摇了摇头，又看向那沙海，“这里纵有世间奇景，我却也只能在现有的条件下去认知它。我这辈子，先前并未见过什么神奇到能令我怀疑世界的事，至今也一样。我更愿意相信这只是一个真实存在的浩大的地下工程和一个杜撰而来的解释。它在我眼前，我也仍然存疑。”

“没错，因为它无法证明，”我说道，“什么维度秘河，什么能连接到另外一个三维世界，这很荒诞。”

看来，故事归故事，现实是现实，我们都不信。

可陈八尺的父亲却看着我摇了头：“它能证明。”

能证明？我一愣：“怎么证明？”

陈八尺父子相互看了一眼，他们在犹豫。

少顷，陈八尺的父亲抬起头，看了看仍挂在上方的费爷，道：“我跟费爷初见之时的事，你们都偷听过了吧？”

我看看王教授，他点了点头。

陈八尺父亲道：“在那里，我跟他们说，这上面有一片巨大的地下湖，湖中还有机关，这点我并没撒谎。只是我告诉他们那湖中的机关是魏忠贤命人造的这点，确实是假的。真正的下令者，是万历皇帝，而具体的实施者，则是一个叫冯通的人及其家族。冯通此人，历史痕迹甚少，只在清初的《蒲州杂记》中有过一点记载，还很简单，只说他在京城任职，干过一点与水利有关的事。但实际上，冯通的家族，在明朝万历年间，极为有名。冯通曾是万历皇帝的宠臣。据说，他被从京城调往江南之后，万历皇帝曾给他频下密旨，他回奏的秘折也极多，他在为皇家办一件十分隐秘的事。奇怪的是，等到万历驾崩，万历的儿子朱常洛继位一个月后也驾崩。随后天启皇帝登基，冯通也销声匿迹了。自那以后的正史当中，再也没了这个人的名字，他的子嗣情况，更是不为人知，就像被刻意抹去了一样。但真实的情况是，冯通并没消失，而是完全由明面转入了地下。他仍然在与天启皇帝保持着密切联系，冯家只对皇家负责，他们所做的事，就连当时权倾朝野的魏忠贤都不知道。”

“他们所做的，就是建这地宫？”我问。

“没错，”陈八尺的父亲接着对我道，“这片地下空间的具体历史，它是怎么被发现的，我说不清楚，那在当时就是皇家的机密，对于后世来讲，更讳莫如深。但我知道的是，从万历皇帝开始，大明的皇室就重视起了这个地方，并用心经营了。这里面发生了什么，这个地方曾改变了什么，没有人清楚。可地宫以及与地宫相关的设施，譬如那道由京杭大运河引出来的人工暗河，都一直在建。

前后共四十多年，历经大明四任皇帝，直到崇祯末期，地宫才建成。但在建成之后，冯家人没有想到的是，他们竟遭到了满门抄斩，崇祯帝下令，冯家子孙，必须斩草除根，一个不留，而这一切，为的正是保住秘密。”

有点残酷，我不知道自己该站在哪头。

王教授道：“给皇家当走狗，多半是这种下场。这事，估计冯通早就料到了，可他没得选，干也得干，不干也得干。”

“狡兔死，走狗烹，在所难免。但也未必所有为皇家办事的人都是这个下场，”陈八尺的父亲道：“大明皇室是需要有人为他们彻底服务的，他们不可能单打独斗，他们需要誓死效忠。所以，他们最终还是选择了他们认为最忠诚的人——孝陵卫。其实，从一开始，孝陵卫对这个秘密就知情。毕竟，在明孝陵底下做这么大的工程，再怎么隐蔽，也不可能避开孝陵卫。孝陵卫世代为朱家守祖陵，与朱家本就有着不可言说的亲近关系，在冯通家族知道这维度秘河的秘密的同时，孝陵卫也全都知道了。而实际上，就连最后奉命去抄斩并追杀冯通家族众人的，也正是孝陵卫的部队。”

我听到最后一句话，不禁叹道：“你们可真够狠的。”

“事关重大，我的祖先也没得选，只能奉命。皇家养一杀一的做法，也算是一种帝王之术了。”他倒并无内疚之意。

王教授插话道：“我倒是觉得，这件事的本质，其实是大明皇室和孝陵卫联手利用了冯家之后又做掉了他们。”

“什么意思？”我问。

王教授道：“我认为，这条所谓的‘维度秘河’，根本就是孝陵卫发现的。”

我一想，在理，这既然是在明孝陵底下，那要是论它的发现者是谁，孝陵卫的嫌疑还真是最大。

可陈八尺的父亲否认道：“没那么简单，发现它的并不是孝陵卫，孝陵卫甚至都不曾见过这维度秘河。我们所知道的最源头，仅仅是我刚才给你讲述的有关三维世界的一切。并且，在最早的那些年代里，人类对世界的认知还远没有现在这么清晰，那时没有什么‘维度’之类的词，只知是‘有异人自地心来，演沙水相融术，没入异域，携物再归，往复不已’。我今天对你的所有解释，全都是在一代一代的传承过程中，我的家族总结出来的。但可笑的是，到了我父亲和我，虽然都已最大限度地与那些世界上最先进的科技理论相结合，为这秘密冠以了‘维度’之名，使它看起来更接近真实，可我们内心，早已不再相信这件事了，我也不让我的儿子去信。可我没想到的是，他竟如此执着。”

他看了看陈八尺，眼里尽是赞许。

陈八尺倒很沉得住气。

我说道：“难怪我听说，万历皇帝几十年不上朝，天启皇帝则天天待在宫里当木匠，他们行为这么反常，真实原因不会与发现了‘维度秘河’的存在有关吧？”

陈八尺的父亲道：“这事无法推测，没有人确切地知道皇家到底在做什么。”

“那皇家要你们做什么？”我问。

“守护这维度秘河，并在亡国之时，迎大明宗室。迎来之后，开启地宫，驾船而去。”

“亡国？是万历皇帝看透了，还是通过维度秘河得到了什么消息？”我又问。

“不知道，或许于皇家而言，这就是维度秘河的终极秘密之一了。但我们可以换一种角度去看，历朝历代，总是要亡的。况且，亡与不亡，都当提前准备退路。皇帝都知道要在死前为自己大造陵墓，那么同理，国家灭亡前，也应当有类似的举措。我想，万历皇帝造这地宫，有部分目的就是为此。在万历和天启两朝，皇家下令调拨工匠，在此处造了百余艘战舰，并搭建数层地宫，为未来备下了最强大的军事力量。但这未来，毕竟还是一件时间和地点都不确定的事，大明不知何时遭遇灭亡，灭国后也不知到底是该走还是该留。走的话，要去的地方也不知是何情形，反正也没别的办法，备下大明最强大的武器，总是该做的。而最早，地宫中并无金银与图册，到了崇祯末年，崇祯帝真的感觉到大势已去的时候，才将金银宝藏等物转移了进来。”他说道。

“眼看万历皇帝猜对了，我想，他肯定没料到灭亡来得这么快，”我说道，“那崇祯帝的做法，就是确定要逃了？真能逃到所谓的异域，也就是另外一个三维世界？”

他并没给我明确答复：“可惜他没来。”

“真是一桩悬案了，”我叹道，又问，“那么，后来大明亡了，子孙也流散各处，你们还在这里守着，就是等人来开地宫？”

“大明皇室或许已与另一个三维世界之间有了联系，也或许没有，我们孝陵卫不知道。我觉得，正如王教授所说的那样，大明有钱，但也知道这些钱不足以改变局势。我们从崇祯帝的角度讲，他就是要带着这些东西，去向另一个三维世界。而他没来，可他对于子孙的安排，也一定是如此，他多半不会认为，这些钱财，能在短期内用来复国。这些钱财的意义，仅仅是用以暂安，待长远发展后，再图大业，”陈八尺的父亲严肃地看着我，道，“而我们孝陵卫所接到的确切任务，也正是如此。我们辅佐大明的皇帝开启地宫，扬帆远航，皇帝来了是如此，皇帝死了，子孙来了，也是一样。”

他说的分明是我。

我是崇祯帝的子孙。

我觉得这犹如一个玩笑，我难当此任，可我还是觉得自己体内流的血高贵了起来，这很荒诞。

我对王教授道：“看起来，这就是你想知道的那个秘密了。”

在这个秘密到来之时，由于它本身难辨真假，我们并无多少太配得上它的振奋。

“我大概明白了为什么崇祯还要费尽心机地给魏忠贤编这么一个故事了。他知道，这地宫之事，迟早会传出去，而如果来寻找地宫的，是冲着魏忠贤的宝藏而来，也就不会多想，找到上头那地宫，也就止住了。这样的话，就尽可能地隐藏住‘维度秘河’的秘密了。”王教授道，然后他又问陈八尺父子：“那么，我先前的问题呢？你们跟康熙皇帝之间又发生了什么？还有，孝陵卫当年既然那么声势浩大，总不能只剩下你们父子两个了吧？其余人呢？”

陈八尺父亲没有回答王教授的第一个问题，而只答了第二个：“战乱、谣言、浩劫，几百年的历史荡去了太多的人，能留下来的，活到今天的，也就我们爷儿俩了。”

这很不可信，我看看王教授，他倒不再问了。

陈八尺的父亲又对我道：“朱家人的血，滴入那龙涎槽中，地宫始开，秘河乃现。今天你已证明了它的真实性，而接下来，我问你，你要走吗？”

感觉历史的使命突然压在了我的肩膀上。

而我孱弱的身躯，尚对其无知无觉。

我问陈八尺道：“你是想走？”

我觉得自己的话特别可笑，我竟已把此事当了真。

陈八尺看看他父亲，又看看我，道：“我一直想走。”

“为什么？”我问。

“我想去那头看看，”陈八尺答得很简单，末了又加了一句，“我也有点厌倦了这个世界。”

“你的理由很不成立。”

“生活不需要太多符合逻辑的理由，我确实是很想去那头看看，”陈八尺问道，“难道你不想吗？”

我没想过这个问题。

我在世界上过得一般，但从未想过要离开。

可我又不得不承认，当我知道了这世界的真相，探索欲就变得十分强烈了。有谁不想去验证一下另一个三维世界的存在？这是一件超越全人类的事。

我现在无法回答，我只问了一个问题：“怎么去？这里明明是静止的。”

按理说，什么“世界折痕”，什么“维度秘河”这样的东西，不应该是时时刻刻都动着的吗？它们不该是泛着神光，玄而又玄的吗？它们不该是这种死气沉沉的样子。

陈八尺的父亲抬头看了看顶上的费爷，道：“上层的地宫里，费爷开的那个机关，就是放水的，只是那湖水不是通过密道流向地宫，而是会通过复杂的倒流路径，直接进入这沙海之下。它与沙子混合之后，沙海一动，维度秘河就算是活了。”

“那些斜着的锁龙井里的什么铁索水闸？”我问。

“就是那倒流锁，费爷有块石头，就是我所说的应星石。我之所以确定他是朱家后人，很重要的原因，就是他有应星石。那样的石头，甚至只有皇室最嫡系的子孙才会有。如果没猜错的话，那应该就是当年崇祯帝传下去的，但至于是怎么到了宁德公主手里，实在不清楚，”陈八尺的父亲道，“那个湖底倒流锁的机关，是冯通在明孝陵外单独请人设计的，那人也是当时的奇人，心思巧妙，学问很深。只是，他恐怕到死都不知道，自己设计的这套机关，以及开启机关的钥匙——应星石，竟是与这样一个天大的秘密相关。这石头的叫法取自那人的名字，他在历史上很有名，叫宋应星。”

宋应星？这名字太熟了，写过《天工开物》，是中国历史上数得着的科学家。

我也抬头看着费爷，有意放低了声音："也就是说，进入维度秘河，去向另一个世界的法子，在他那里？"

陈八尺的父亲点了点头。

"那他先前在那地宫里把锁开了，岂不是差点酿成大祸？"我问。

他道："他只有应星石，也仅知地宫里的宝藏，可对于别的，一无所知，也难怪会那么做。"

"你阻止了他真是明智，"我说道，"这些船差点可就空载而去了。"

"也未必，如果地宫不开，或许水也到不了沙下。"他道。

没有如果，谁也不知道这偌大的工事以及这神奇的自然当中到底蕴藏着什么。

"所以，小白，你选吧，只要你愿意去，我就上去将那老东西手里的应星石夺下来。"陈八尺道。

我不作声了。

陈八尺又道："去了还可以回来的。"

"这些战船去了也能回来？"我问道。

陈八尺不说话了，他看了看他父亲。

他父亲道："你的顾虑，正是我在地宫中犹豫的原因。我原以为，你是个年轻人，会像八尺一样，充满了对新世界的探索欲，会毫不犹豫地选择开启维度秘河，乘船而去。可我没想到，你还是很谨慎的。"

"这没什么想不到的，只要是个决策者，都会犹豫。"我解释道。我没好意思说，我只是天生胆小，你真是碰对人了。

"我告诉你，你的犹豫很有必要，这一点，八尺也知道，"他看了看陈八尺，继续道，"如果能回来，还好，可如果回不来，我很怕应了祖上传下来的那句话，'两界相伤，此消彼长，盈亏百世，天崩地陷'。起先，我跟所有初闻之人一样，不太明白这话的意思，可经过我父亲的解释，再加上我的钻研琢磨，我明白了为什么会有这么一句话。"

这话定然也是万历或者崇祯传下来的了，我听不太懂，等他阐述。

他道："这里面，其实就是一个物质守恒的道理，它很科学，与很多宇宙学的理论都一致，由不得我不重视。简单讲，它的意思是这样的，譬如，我们这个世界上的人，穿过维度秘河，到了另外的一个三维世界，那么，这两个世界之间的物质平衡将被打破。我们这个世界少了一些物质，而另外的三维世界，则多了一些物质，这会对两个世界造成一定的影响。”

“什么影响？”

“我们还是拿二维世界来做类比，譬如，两幅图，一幅图上的颜料去了另一幅图中，那么，在空间不变的情况下，少了颜料的这幅图，颜色就会变淡，而多了颜料的那幅图，颜色则会变浓。”他说道。

我想了想，大概是这样的，我不能完全理解。

“两个三维世界也一样，我们去了那边，那边的世界就会膨胀，我们的世界，则会发生坍缩。如果有很多的人去了那边的世界，那边世界的膨胀速度就会加快，而我们这边的坍缩速度也会加快。无论是膨胀还是坍缩，两个世界最终都会崩塌，物质交换得越多，差距越大，崩塌速度也就越快。”

“这个……有点扯吧，少了几个人，世界就会崩塌？那地球上从古至今都死了多少人了，也没见咋样啊。”我说道。

陈八尺的父亲摇头道：“你没理解我的意思，死了人，跟少了人，意义完全不同。死了人，但人的尸体，人的分子原子，仍然存在于这个世界上，这个世界的整体质量并未改变。但是，如果是少了人，人去了另外的世界，那世界的质量就改变了，世界的物质总和，就减少了，这对于世界来说，影响特别大。”

我听懂了，是我肤浅。

他继续道：“如果苛刻一点讲，哪怕是一克的物质，都不应该增加或者减少。而按我对‘盈亏百世，天崩地陷’的理解，世界的崩塌时间，应该与物质交换的多少是有关系的，物质交换所产生的落差越大，世界崩塌的时限就越短。举个例子，或许，一个人去了另外的世界，那么我们这个世界坍缩的时间会是几亿年，但如果十个人去了，就变成了几千万年，一百个人去了，还会缩短。如你所见，如此多的战舰、黄金、白银，它们的总质量加起来，是个极其庞大的数字。我特别担心，如果维度秘河开启，这些事物全都去了那头的三维世界，恐怕两个世界都将在短期内迎来崩塌。而这些，也正是我不愿意轻易让你开启维度秘河的理由。”

他说完了，余音似乎还在回响。

我开始真正地重视这件事，其原因之一是，我感到了害怕。

只有你觉得它逼近真实，你才会害怕。

我从未想过自己在有生之年能与世界毁灭有什么联系，可我现在深切地体会到了此事的严重性。我在思想中想要摆脱它，可我的本能却正在让我接受它。

我觉得我不会开启维度秘河的。

可我内心深处又跃跃欲试。

“当然，如果所谓的维度秘河只是一个传说，那么再好不过，也或许真是我们想多了，那不过是万历皇帝服丹之后产生的幻想，它被人蛊惑了。”陈八尺的父亲道。

王教授也道：“说的也是，你们老朱家的皇帝，史学界公认，真没几个脑子正常的。”

我不认为那是我祖宗，我对他的诋毁没有感觉。

可谁又敢下定论？纵然那真是我祖宗，我也不敢妄言。

“小白，依我看，历史上记载的‘异人’能穿过去又穿回来，咱们应该也可以，只是想想办法罢了。”陈八尺道。

陈八尺他父亲却道：“如果我们刚一穿过去，物质交换过多，两个世界瞬间崩塌了呢？”

陈八尺想了想：“那咱们几个人就先试试，把这些船留下。”

但他说完所有人都看出来了，这船是挪不走的。它们在打造的那一刻，就注定了要与人同去。

我感到十分纠结。

我不想走，也不想试。我有些恼怒，命运怎么偏偏让这种事降落到了我的头上？我看起来像是一个很有魄力的领导者吗？我像是上帝吗？我有资格主宰两个世界的去留吗？

我根本不配，我看着那些大船，去他祖宗的，他们爱谁谁的，跟我没有半点关系。我最该做的就是捡几块金子带走，我小门小户的，难堪大任！

“小白，你要是决定不了，我上去问问费爷。”陈八尺忽然道。

我抬起了头，那个老浑蛋，他整个人都是糊涂的，他能让我们大伙儿说了算？我绝不肯相信他。

陈八尺道：“小白，无论你同不同意，他也有资格。”

“八尺，别乱来。”陈八尺他父亲道。

“爸！”陈八尺道，“那我上去先把应星石取了总行吧？”

“那不是你该碰的东西，这个世界，自有其规矩！”

陈八尺却不听，他在瞅着费爷。

我也抬头看着费爷，他并不知道我们在争论什么，他还在抻着脖子往这里瞧。

“不管了，我就替你们朱家做这个决定，成不成试试再说！”陈八尺急了，拔脚要走。

“八尺！”他父亲要去拦他。

但正在此时，我们头顶有了一阵异常的响动。

我们纷纷抬起了头，费爷也仰起了脖子，那声音的来源还在他更往上处。

“怎么回事？”我下意识地问。

没有人知道。

那声音好似云中之雷，滚滚而至。

十几秒后，它停了，可紧接着，整个地下空间都发生了震动！

“是南京地震了？”王教授问。

不仅是震动，还有些说不上来的声音，我仔细听着，有点像……瀑布？

“不对头！”陈八尺道，“怎么像是有人把那水闸打开了！”

“什么水闸？”我还没反应过来。

陈八尺他父亲慌张叫道：“地下湖！”

我惊得差点跳了起来：“应星石不是在费爷那里吗？！”

“是啊，我亲眼看着他装进衣服里的！”陈八尺父亲道。

我们焦急地看着费爷，冲他吼道：“你那块开机关的石头还在吗？”

费爷紧张得扶着暗格横梁：“什么？”

“石头！”我急道，可他完全不知道我是什么意思。

“难不成不止一块应星石？”我问道。

陈八尺的父亲无法回答。

“沙子动了！”陈八尺叫道。

我们一起低头看去，只见下面的沙海如毯子般浮动起来，短短一会儿过后，竟越动频率越大，黄沙开始翻了起来，好似海浪！

空中的锥犀甲也乱了，它们上下快飞，亮度又在提高，它们显得特别兴奋！

“那水已开始往沙子底下泄了，快往地宫里逃！”陈八尺的父亲反应了过来，高呼道。

我二话不说，拉着王教授就冲上了石阶，而在此时我们已经感受到了船身的微晃！

“八尺，走啊！”陈八尺的父亲叫道。

我已拉着王教授冲上了五六级台阶，我回头，却看到陈八尺没动，他叫道：“我要跟着船进维度秘河！”

“胡闹！”陈八尺父亲叫道，他回身就要去拽自己的儿子。

陈八尺却转头跑了，他沿着甲板进了船舱，瞬间没了身影。

“八尺！”我也大叫道，我不知道他这主张是好是坏，我就是下意识地想让他跟我上去。

“快跑！一会儿这石阶怕是也要塌了。”王教授拉住了我往上拽。

那沙海已然愤怒，我听到了它的咆哮。我不知道那些水是如何灌进底下的，可我现在一点水都看不到，我只能看到那些如巨浪般喷涌的黄沙，它们卷起又高又长的沙浪，一时之间，百船皆动！

我与王教授沿着石阶狂奔，王教授的腿就跟一点没受伤似的，动作极快，我们这是在奔命！

石阶也开始抖动，锥犀甲在狂舞，地下飞沙旋转，那百艘战舰像同时陷入了一个巨大的旋涡中，左摇右摆，碎裂之声四起！

“八尺！”陈八尺父亲的声音已越来越小，他没上来，他还在那大船上！

石阶碎裂了，几乎就像一根长骨被拗断，一瞬间就碎得稀里哗啦的。我眼疾手快，攀上了最后一个台阶，身子蹿了上去，同时一把抓住了落在了后面的王教授！

“抓紧！”我吼叫道，用尽全身力气，拖着他还露在外面的半个身子。我几乎要被他拽回去了，老子可不想下去！

耳边忽又一声狂喊传来，我转头看到，费爷从暗格横梁上落了下去。他号叫着跌向了大船的甲板，而后只听到一声厚重的闷响，他是摔死了吗？！

我撑不住了，我不忍放开手，可我的身子正在被王教授往下坠！

沙海在流动，在大起大伏，那些船舰随着沙浪开始朝着远方驶去，可我又明明看到它们是在一边向前一边下沉，那沙托不起它们，它们将溺于沙中！

有人拉住了我的手。

我以为是错觉，可我回头的刹那，都不敢相信眼前所见，是曹欣欣!

曹欣欣没有说话，两手用力地把我拖向地宫。我配合着她发力，两脚蹬住那洞口，一把将王教授拉了上来!

死里逃生的快活，让我和王教授气喘吁吁地看着曹欣欣，满脸喜色。

可我刚想说话，却不料，曹欣欣往下看了一眼，一步蹿出了洞口，她跳了下去!

她要干什么？!

“曹欣欣！”我伸着手吼着她的名字，她却头也不回，顷刻间沉入了沙海之中!

王教授也惊得说不出话来，我惶恐地看着那片“维度秘河”，对王教授道：“她是怎么回事！”

沙流的速度越来越快，那些大船巨舰已大半沉入其中，它们似在走远，也似在深潜，这末日般的景象令一切言语都失去了力量。

锥犀甲的蓝光又亮到了极致，它们开始飘飘摇摇地落入那沸腾的沙海之中，它们绕着舰船轻荡，渐渐地，沙海呈现出了一片蔚蓝，那像极了异界的神光。我想，我大概看到了维度秘河虚幻的样貌。

大舰已逝，它们是去向了那头的三维世界吗?

我抬头看看，脚下虽然一片混乱，可世界并无崩塌的迹象。

我长嘘着气，眼中无物。

我在寻找那艘载着陈八尺的战舰，可我看不到它了。我在找曹欣欣，她倩影全无。

我有一种老友离世的感觉。我怔怔地想，人死了会不会也是去了另外的三维世界?我的情感是出于全人类共同记忆所形成的条件反射吗?

我心头无味，却无法控制地潸然泪下。

可王教授忽然拍了下地：“曹欣欣是曹家人，康熙，江宁曹家！”

〔第一部完〕

图书在版编目（CIP）数据

地宫笔记. 南京秘河 / 黑暗森林著. — 南京：江苏凤凰文艺出版社，2018.10
ISBN 978-7-5594-2883-7

Ⅰ. ①地… Ⅱ. ①黑… Ⅲ. ①长篇小说–中国–当代 Ⅳ. ①I247.5

中国版本图书馆CIP数据核字（2018）第208883号

书　　名	地宫笔记. 南京秘河
著　　者	黑暗森林
责任编辑	王　青
特约编辑	晏杰然
出版发行	江苏凤凰文艺出版社
出版社地址	南京市中央路165号，邮编210009
出版社网址	http://www.jswenyi.com
印　　刷	北京嘉业印刷厂
开　　本	710mm × 1000mm　1/16
印　　张	18
字　　数	292千字
版　　次	2018年10月第1版　2019年1月第2次印刷
标准书号	ISBN 978-7-5594-2883-7
定　　价	42.80元